Wolfgang Mittmann **Tatort Dessau**

Wolfgang Mittmann

Tatort Dessau

und zwei weitere Fälle

Bild und Heimat

ISBN 978-3-86789-434-0

1. Auflage dieser Sonderausgabe

Umschlaggestaltung: capa
Umschlagabbildung: Chris Keller / bobsairport
Druck und Bindung: GGP Media GmbH, Pößneck

SUPERillu

In Kooperation mit der SUPERillu
www.superillu-shop.de

FSC
www.fsc.org
MIX
Papier aus verantwortungsvollen Quellen
FSC® C014496

Inhalt

TATORT DESSAU

Der Schauprozess um die DCGG

Nachrichten über spektakuläre Raubverbrechen, bei denen die Beute nach Millionen zählte, haben zu allen Zeiten für Aufsehen gesorgt. Wer erinnert sich nicht an den legendären Coup der Brüder Sass, die im Januar 1929 im Tresorraum der Berliner Disconto-Bank-Gesellschaft zwei Millionen Reichsmark erbeuteten? Oder an das Millionending des Knackertrios Mikulla-Kremmin-Pannewitz, die in der Nacht vom 6. zum 7. Oktober 1951 mehr als eine Million Mark aus der Ostberliner Eisenbahn-Verkehrskasse, Unter den Linden, raubten?

Nahezu unvergleichlich in der deutschen Kriminalgeschichte aber dürfte der Fall sein, der sich 1950 in Dessau zutrug.

»100 MILLIONEN MARK DER DEUTSCHEN
CONTINENTALEN GAS-GESELLSCHAFT GESTOHLEN/
EINE BANDE VON VERBRECHERN
AM VOLKSEIGENTUM VOR GERICHT«,

lauteten die Schlagzeilen, die den Prozess im April 1950 begleiteten. Da er zu den bedeutenden Ereignissen des kalten Krieges in Deutschland gehörte, war die Berichterstattung in Ost und West stark polarisiert. Die später publizierten Kommentare zweier Betroffener zu den Vorgängen konnten zwar zur Erhellung des tatsächlichen Geschehens einiges beitragen, dennoch blieb es dem Chronisten vorbehalten, bei der Bewertung der Archivakten einen dichten Propagandaschleier aufzuheben, ehe der faktische Kern des Falles um die Dessauer Conti sichtbar wurde.

Die Vorgänge reichen zurück bis zum 9. Juli 1945, mit dem unser Bericht beginnt.

»Ihr Frühstück, Herr Direktor.«

»Danke.« Friedrich Methfessel nickte dem Hausmädchen zu. Wohlgelaunt rieb er sich die Hände, trat auf die sonnenüberflutete Terrasse hinaus und nahm in einem der bequemen Korbsessel Platz. Zwei Eier im Glas, Toast, Butter und goldgelber Honig standen auf dem Tisch. Dazu duftender Bohnenkaffee, den der kaufmännische Direktor der Deutschen Continentalen Gas-Gesellschaft in Dessau als krönenden Abschluss seiner Frühstücksminuten zur Morgenzigarre schätzte. Für diesen 9. Juli 1945 ein wahrhaft fürstliches Gedeck. Noch vor wenigen Wochen hatte zudem der »Völkische Beobachter« für den Hausherren bereitgelegen, aber dieses Blatt gab es nicht mehr. Eingestellt im April 1945; gewissermaßen als Vorbote des unausweichlichen Untergangs des »Dritten Reiches«, das eigentlich tausend Jahre währen sollte. Schon vierzehn Tage später waren amerikanische Panzer in Dessau eingerückt. Mit den amerikanischen Offizieren hatte man sich arrangieren können. An tiefgreifenden Umwälzungen im Dessauer Wirtschafts- und Verwaltungsapparat zeigten sie wenig Interesse. Die belasteten Nazigrößen waren ohnehin untergetaucht. Die Zusammenarbeit gestaltete sich für alle Seiten zufriedenstellend. Ende Juni kam der große Schock. Ein Befehl des Oberkommandos der Alliierten Streitkräfte in Deutschland legte fest, dass die Amerikaner die von ihnen besetzten Gebiete westlich der Elbe räumen und bis hinter den Harz zurückgehen würden.

Am 3. Juli 1945 verließ der letzte amerikanische Soldat um sechs Uhr morgens die Stadt Dessau. Vierundzwanzig Stunden später bestimmten russische Uniformen das Straßenbild. Am 5. Juli übernahm Oberst Romanjuk die russische Kommandantur.

Zu Methfessels Leidwesen waren mit den Amerikanern auch Dr. Darge, Dr. Schalfejew und der Prokurist Dr. Glatzel aus der Dessauer Conti-Zentrale westwärts gezogen. Schalfejew, der Aufsichtsratsvorsitzende, war von den Nazis mit dem Titel eines »Wehrwirtschaftsführers« behängt worden. Nun fürchtete er, nicht ganz zu unrecht, dass dieser Titel ihm unter der neuen Besatzungsmacht zum Verhängnis werden könnte.

Methfessel seufzte. Der Korbsessel ächzte unter seinem Gewicht. Der zweiundfünfzigjährige Friedrich Methfessel dachte keineswegs daran, das Flaggschiff der Dessauer Konzernzentrale ohne zwingende Gründe zu verlassen. Sein Herz hing mit allen Fasern an der Conti, in deren Dienste er 1927 eingetreten war. Bis zum kaufmännischen Direktor hatte er es gebracht. Eine Position, die ihm gewisse Machtbefugnis verlieh, die ihn am aufregenden Getriebe eines der ältesten und bedeutendsten Industrieunternehmen Mitteldeutschlands teilhaben ließ.

»Guten Morgen, Friedrich.«

Direktor Methfessel sah auf.

Seine Frau kam aus dem Haus. Sie warf sich in den zweiten Sessel am Frühstückstisch. Wie gewöhnlich war sie über den neuesten Dessauer Klatsch informiert und wollte ihn bei ihrem Gatten loswerden.

»Hast du gehört, Friedrich, wir bekommen einen neuen Bürgermeister. Stell dir vor«, sie stülpte die Lippen auf, »es ist ein Schlosser. Die Russen haben ihn eingesetzt.«

»Das wird nicht die letzte Überraschung sein, die wir mit den Russen erleben«, murmelte Methfessel.

»In Halle haben die Kommunisten gestern einen Jubelempfang für die Befreier aus dem Osten veranstaltet. Sollen aber nicht viel Leute gekommen sein.«

Methfessel trank den letzten Schluck Kaffee. Er sah zur Uhr. »Entschuldige, Liebes, ich muss ins Büro.«

Wenige Augenblicke später verließ er die Villa in der Hardenbergstraße. Am Fahrbahnrand wartete der Chauffeur im dunklen Firmenwagen.

Die Deutsche Continentale Gas-Gesellschaft war 1856 mit Sitz in Dessau gegründet worden. Zunächst für den Bau und Betrieb von Gaswerken geplant, hatte sie 1886 auch die elektrische Stromerzeugung in ihr Unternehmenskonzept aufgenommen.

Inzwischen verfügte die DCGG über 21 Eigenbetriebe und 33 Tochtergesellschaften, wie die Charlottenburger Wasserwerke, verschiedene Straßenbahnbetriebe, Handelsgesellschaften und Bergbauschächte, deren Standorte über ganz Deutschland verteilt waren.

Das Auto fuhr durch die Antoinettenstraße und bog nach rechts zum Georgengarten ab. Die Verwaltung der Conti hatte dort im ehemaligen NSDAP-Gebäude ihr neues Domizil, seitdem am 7. März 1945 ihre Geschäftsräume in der Kavalierstraße in Flammen aufgegangen waren. Achtzig Prozent der historischen Dessauer Altstadt war an diesem Tag den Bomben eines anglo-amerikanischen Luftangriffes zum Opfer gefallen.

Der Pförtner, ein einarmiger Kriegsinvalide, nahm Haltung an. »Guten Morgen, Herr Direktor!« Eilfertig riss er die Flügeltür auf.

Methfessel dankte leutselig. »Dolles Wetter heute, wie? Was sagt denn Ihr Arm dazu?«

»Schmerzt wieder, Herr Direktor. Wird Regen geben.«

»Na ja«, tröstete Methfessel, »wir haben alle unser Päckchen zu tragen.«

In der Direktionsetage stieß er auf Hermann Müller. Der Dreiundsechzigjährige war der technische Direktor der DCGG. Müllers längliches Gesicht, mit hoher Stirn und stark gelichtetem Haar, ließ ein fröhliches Grinsen sehen. »Da haben uns doch die Russen einen zweiten Bürgermeister vor die Nase gesetzt. Der Mann heißt Wilhelm Bahn. Ein Kommunist.«

Methfessel nickte gleichmütig.

»Ich weiß. Er ist Schlosser. An solche Leute werden wir uns gewöhnen müssen.«

»Bis sie eines Tages auch uns den Stuhl vor die Tür stellen.«

»Du siehst mal wieder zu schwarz, Müller. An uns kann man nicht vorbei. Die Wirtschaft braucht Fachleute, wenn sie wieder in Gang kommen soll.«

Methfessel gab sich optimistisch. Nur seine Ehefrau wusste, wie es um den Nachtschlaf ihres Friedrich bestellt war. Er litt seit Wochen unter Albträumen.

Eine Stunde später setzten sich die Herren zur Direktionsbesprechung zusammen. Rechtsanwalt Dr. Heil, der die Interessen der DCGG seit vielen Jahren vertrat, hatte sich gleichfalls eingestellt.

Dass die Sieger des Krieges sich an der deutschen Wirtschaft schadlos halten würden, stand außer Zweifel. Demontagen und Enteignungen waren seit der Konferenz der Alliierten von Jalta im Februar 1945 vorprogrammiert. Für die UdSSR stand in Jalta die Zerstörung des deutschen Kriegspotenzials an erster Stelle. Reparationsleistungen sollten die Deutschen sowohl durch einmalige Entnahmen aus dem »Nationaleigentum Deutschlands« als auch durch jährliche Warenlieferungen aus der laufenden Produktion erbringen.

Doch wie weit würden die Alliierten in ihren Reparationsforderungen gehen? Die DCGG hatte von Hitlers Raubkrieg profitiert. Ihre Askania Werke in Berlin und das Tochterunternehmen Staßfurter Rundfunk AG waren zu achtzig Prozent in die Kriegswirtschaft eingebunden. Nach dem Einmarsch der Wehrmacht ins Sudetenland waren auch die Nordböhmischen Elektrizitätswerke an die Dessauer Zentrale gefallen. Und im Russlandfeldzug hatte man sich die Herrschaft über das riesenhafte Dynamowerk in Charkow vermittels einer »Patenschaft« sichern können.

In der Tat – die Zukunftsaussichten der DCGG in Dessau waren nicht rosig.

Müller, der Techniker, versuchte entgegenzuhalten: »Unsere Hauptprodukte sind Gas und Elektrizität«, sagte er. »Wir haben zu allen Zeiten für die Bedürfnisse der Bevölkerung produziert. Das wird auch in Zukunft so sein. Keine Besatzungsmacht, ob Russen oder Amerikaner, kann den volkswirtschaftlichen Nutzen unserer Arbeit bestreiten.«

Dr. Heil riet: »Warten wir die Entscheidung der Besatzungsbehörde ab, bevor wir unsere Dispositionen treffen. Letztendlich ist alles eine Frage des Standpunktes.«

Friedrich Methfessel kehrte an seinen Schreibtisch zurück. Er beschloss, einen Brief an Dr. Schalfejew zu schreiben. Die Geschäftsordnung gebot, dass der Aufsichtsratsvorsitzende auch in seinem selbstgewählten Exil über den Stand der Dinge unterrichtet war.

Methfessel rief die Sekretärin. Wie gewohnt, diktierte er ihr den Text sofort in die Schreibmaschine.

»Lieber Herr Dr. Schalfejew!

Ich danke Ihnen für Ihren Brief vom 29. Juni des Jahres. Nachdem, wie schon erwähnt, in der russischen Zone etwa 75% des Gesellschaftsvermögens der DCGG festliegen, ist es u. E. nicht zu verantworten, dieses Herzstück unserer Gesellschaft mehr oder weniger sich selbst zu überlassen. Es muss vielmehr der Versuch gemacht werden, diesen wertvollen Besitz selbst unter Inkaufnahme persönlicher Gefahren und Unannehmlichkeiten für die Gesellschaft in eine bessere Zukunft hinüberzuretten. Wir sind sogar der Auffassung, dass dieser Wiederaufbau der im Westen gelegenen Industriewerke nur möglich sein wird, wenn es gelingt, die in der russischen Besatzungszone liegenden großen Vermögenswerte für die Gesellschaft zu erhalten …«

Methfessel sortierte seine Unterlagen. Nicht jeder im Direktorium war mit Schalfejews Weggang aus Dessau vorbehaltlos einverstanden. Sein eiliger Schritt erinnerte wohl auch ein wenig an Fahnenflucht. Der Direktor war sich sicher, dass Schalfejew die versteckte Kritik aus dem Brief herauslesen würde.

Die Sekretärin hatte einen neuen Bogen eingespannt. »Kann weitergehen«, signalisierte sie ihrem Chef.

Methfessel nahm den Faden wieder auf. »Erschwerend kommt noch hinzu, dass Hand in Hand mit dem Erscheinen der russischen Besatzungsmacht der Einfluss der Kommunisten stark gewachsen ist und überall zur Vorherrschaft drängt. Wir sind uns darüber im Klaren, dass innerhalb der russischen Besatzungszone die innerpolitischen Kämpfe erst jetzt mit aller Schärfe einsetzen werden. Auch mit den Schwierigkeiten wird nur ein schlagkräftiger und arbeitsfähiger Vorstand fertig werden können.«

Methfessel schloss mit einigen persönlichen Nachrichten. »So, das wär's für heute«, meinte er. »Mit herzlichen Grüßen an Sie und Ihre Gattin, sowie an die Herren Dr. Darge und Dr. Glatzel bin ich Ihr Friedrich Methfessel. – Haben Sie?«

Der kaufmännische Direktor unterschrieb den Brief. Den Durchschlag nahm er zu seinen persönlichen Akten, die Methfessel mit dem Vermerk »Vertraulich« zu kennzeichnen pflegte.

Vier Jahre später sollte die Briefkopie in einem grauen Leitz-Ordner gefunden werden und als Beweismittel erhebliche Bedeutung erlangen.

Mit der Potsdamer Konferenz vom 17. Juli bis 2. August 1945 wurde die Lösung des Reparationsproblems im Unterschied zu Jalta weitgehend dem Ermessen der einzelnen Besatzungsmächte selbst überlassen. Die Erfüllung ihrer Reparationsforderungen sollte auf das jeweilige Besatzungsgebiet beschränkt werden. Der

Trend zur Integration der Teile Deutschlands in die Wirtschaftssysteme der Besatzungsmächte gewann die Oberhand.

Während die Westmächte lediglich kriegsbelastete Konzerne, wie die IG Farben, auflösten, ging man im Osten Deutschlands rigoroser zu Werke. Am 30. Oktober 1945 erließ der Oberste Chef der Sowjetischen Militäradministration in Deutschland (SMAD) den Befehl Nr. 124, der eine Vernichtung der Rechtspersönlichkeit aller Kartelle und Monopolvereinigungen bedeutete. Dieser als Sequesterbefehl in die Nachkriegsgeschichte eingegangene Ukas sah eine Einziehung allen Konzernvermögens vor, bis eine Entscheidung entweder für die Rückgabe an den früheren Eigentümer oder für die Überführung in Volkseigentum gefallen war.

Entscheidend hierfür war, ob die von den Länderregierungen berufenen Sequesterkommissionen die Prädikate »Rüstungsbetrieb«, »gemischtes Werk« oder »ziviles Unternehmen« vergaben.

In Dessau begannen Demontageaktionen nach dem Einmarsch der Roten Armee im Juli 1945. Auch mehrere Betriebsstätten der Deutschen Continentalen Gas-Gesellschaft waren davon betroffen.

Direktor Friedrich Methfessel legte das Kalenderblatt auf dem Schreibtisch in seinem Arbeitszimmer um. Freitag, der 13. Dezember 1946. Mit grimmiger Kälte war der Winter über das Land hergefallen. Die ohnehin unzureichende Energieversorgung wurde prekär. Stromabschaltungen häuften sich. Die Menschen froren und hungerten.

Methfessel starrte auf die frostbemalten Fensterscheiben. Seit einem drei viertel Jahr saßen er und Müller nun als treuhänderischer Vorstand am Georgengarten.

Am 11. Dezember 1945 hatte der Präsident der Provinz Sachsen-Anhalt den Aufsichtsrat für aufgelöst erklärt. Dr. Schalfejew,

Dr. Darge und der Prokurist Dr. Glatzel wurden in Abwesenheit ihrer Positionen enthoben. An ihrer Stelle wurden die Herren Dr. Leo Herwegen, Minister für Arbeit und Soziales des Landes Sachsen-Anhalt, Dr. Leopold Kaatz, Präsident der Industrie- und Handelskammer, und der Direktor der Landeskreditbank Sachsen-Anhalt, Heinrich Scharf, in den treuhänderischen Aufsichtsrat berufen.

Am 14. Februar 1946 bekundeten Müller und Methfessel ihre Bereitschaft, die Geschäfte des Vorstandes weiterzuführen. Im Haus des Wirtschaftsministers Dieker, seit April 1946 SED, überwog die Einsicht, dass der Wiederaufbau der Wirtschaft Sachsen-Anhalts ohne das Fachwissen der Leitungskräfte nicht zu bewältigen war.

Friedrich Methfessel griff zur Mappe mit dem Posteingang. Er sah die Papiere durch. Am Nachmittag stand die Aufsichtsratssitzung zum Jahresabschluss auf dem Programm. Da wollte er gerüstet sein.

Während er las, flog die Tür zu seinem Büro auf. Zwei Männer traten aktentaschenschwenkend in den Raum.

»Doktor Darge und Doktor Glatzel in Dessau?« Methfessel staunte. »Welcher Wind hat Sie denn hergeweht?«

»Die Sehnsucht nach der alten Heimat«, meinte Darge lachend. »Sie verstehen.«

Die Herren begrüßten einander überschwänglich. Dann schälten sich die Ankömmlinge aus ihren Mänteln. Darge und Glatzel waren nach Frankfurt am Main gegangen, wo sie ein Verbindungsbüro aufbauten, dessen Aufgabe es war, die Fäden zwischen den Conti-Betrieben West und der Dessauer Zentrale nicht ganz und gar abreißen zu lassen.

Um ihnen nach ihrer Amtsenthebung als Aufsichtsrat die Geschäftsfähigkeit zu erhalten, hatten Müller und Methfessel ihnen weitgehende Vollmachten über das Vermögen der Gaswerke Hagen-Eckesey in Westfalen übertragen.

»Macht sich übrigens gut, Ihr neues Firmenschild«, meinte Dr. Glatzel. »Allgemeine Gas-Aktiengesellschaft. Erinnert nicht so vordergründig an die gute alte Conti. Ist die Enteignung dadurch passé?«

»Ich fürchte, die ist noch lange nicht vom Tisch«, knurrte Methfessel mit säuerlicher Miene.

»Und das wollen Sie widerspruchslos hinnehmen?«

»Ich bitte Sie, lieber Freund! Unsere Existenz hängt natürlich vom Fortbestand der Conti ab. Noch haben wir keinen offiziellen Enteignungsbescheid. Uns sind die Hände gebunden. Aber Müller hat schon mal vorsorglich beim Leiter der Städtischen Wirtschaftsabteilung eine Erklärung besorgt, aus der hervorgeht, dass unser Unternehmen nicht unter Sequester gestellt ist.«

Dr. Darge hegte Zweifel. »Glauben Sie, dass dieses Papier ausreichenden Schutz bietet?«

»Selbstverständlich haben wir uns auch auf der Landesebene bemüht. Vom Minister für Arbeit und Soziales, Dr. Herwegen, er sitzt übrigens in unserem Aufsichtsrat, stammt ein Gutachten, das die Allgemeine Gas-Aktiengesellschaft zur reinen Fachgesellschaft erklärt. Der Charakter einer Monopolvereinigung wird darin ausdrücklich verneint.«

»Na bravo! Das eröffnet Ihnen die Chance, als ›ziviles Unternehmen‹ eingestuft zu werden«, sagte Glatzel. »Wie kommen Sie denn mit den neuen Leuten im Aufsichtsrat zurecht?«

»Doktor Herwegen ist Bergbaufachmann. Erstklassige Schule. Kommt aus den Riebekschen Montanwerken in Halle. Vor dreiunddreißig in der Zentrumspartei aktiv. Nach dem Zusammenbruch Mitbegründer und Landesvorsitzender der CDU.«

»Habe schon von ihm gehört«, bestätigte Dr. Darge. »Und Kaatz?«

»Der dürfte Ihnen kein Unbekannter sein. Regierungsdirektor a. D., jetzt Treuhänder der Zuckerraffinerie und Präsident der Industrie- und Handelskammer. Von Scharf weiß ich, dass er Filialleiter der Deutschen Bank in Halle war, bevor er Direktor der Landeskreditbank wurde. – Wenn Sie wollen, kann ich Sie noch heute mit den Herren bekannt machen. Nehmen Sie doch als Gäste an der Aufsichtsratssitzung teil. Einverstanden?«

»Wenn sich die Gelegenheit bietet.« Dr. Darge lächelte hintergründig. »Die Sehnsucht allein hat uns natürlich nicht nach Dessau getrieben.«

Die Aufsichtsratsmitglieder Dr. Herwegen, Dr. Kaatz und Bankdirektor Scharf sahen keinen Anlass, gegen die Anwesenheit der Gäste aus Frankfurt am Main zu protestieren. Die Begrüßung fiel steif, aber nicht unfreundlich aus. Der Minister erwies sich als ein Mann um die Sechzig. Tiefliegende Augen beherrschten sein müdes Gesicht. Der grauhaarige Dr. Kaatz hatte die Sechzig längst überschritten, aber seine stämmige Gestalt und straffe Haltung ließen den ehemaligen Offizier jünger aussehen.

Man tagte im kleinen Konferenzzimmer. Wie bei solchen Anlässen üblich, war ein Imbiss vorbereitet. Die Reisenden aus Frankfurt ließen es sich nicht nehmen, eine Kiste Rotwein, die sie im Auto über die Demarkationslinie geschmuggelt hatten, beizusteuern.

Dr. Müller beklagte in seinem Tätigkeitsbericht die noch immer ungeklärte Rechtslage der DCGG. Minister Herwegen merkte an, dass seit dem 21. Mai des Jahres der Befehl Nr. 154 in Kraft getreten sei, der formal alle Vermögenswerte den Länderregierungen unterstelle. In Wahrheit aber werde der Entscheidungsprozess durch die Sowjetische Militäradministration hinausgezögert, weil niemand so genau wisse, welche Werke die Besatzungsmacht zu übernehmen gedenke. Dieser Zustand blieb tatsächlich bis Mitte 1947 bestehen.

Zu den Aktivposten des Jahresberichtes 1946 zählte Dr. Müller den im März ausgehandelten Konsortialvertrag über den Eintritt der Energieversorgungs-Betriebe der Conti in die Prevag AG. Die »Provinziale Energieversorgungs-Aktiengesellschaft« war ein Zusammenschluss der maßgeblichen Energiewirtschaftsunternehmen im Land Sachsen-Anhalt. In ihrem Bemühen, der Wirtschaft des Landes so rasch wie möglich auf die Beine zu helfen, fand sie die Unterstützung der liberal geführten Landesregierung. Den Wegbereitern einer Planwirtschaft nach sowjetischem Typus war die Prevag ein Dorn im Auge. Sie favorisierten einen Verband der Volkseigenen Industriewerke.

Direktor Methfessel meldete sich zu Wort. »Was halten Sie davon, meine Herren, wenn wir alle Conti-Betriebe in die Prevag überführen? Unter gewissen Umständen – ich habe das mal durchgerechnet – kämen wir auf eine Aktienmajorität von zweiundsechzig Prozent.«

Minister Herwegen nickte lebhaft. »Ich kann Sie an einen guten Mann im Aufsichtsrat empfehlen. Ministerialdirektor Brundert gehört zwar der SED an, doch er vertritt in Enteignungsfragen durchaus gemäßigte Ansichten. Mit ihm lässt sich reden.«

Beim letzten Tagesordnungspunkt erhielt der Gast aus Frankfurt, Dr. Glatzel, das Wort. »Ich beginne ohne Umschweife, meine Herren. Die Lage, in der sich unsere gute alte Conti befindet, ist zweifellos kompliziert, aber dank Ihrer umsichtigen Arbeit im Vorstand und im Aufsichtsrat nicht ohne Hoffnungen. Was aber wird aus den Werken in den westlichen Besatzungszonen? Von einer Aussöhnung der Westalliierten mit den Russen sind wir mehr denn je entfernt. In Aussicht steht, dass sich die Fronten eher noch verhärten. Einen direkten Zugriff der Russen auf die Westniederlassungen der Conti wird es nicht geben. Damit erheben sich Fragen: Werden wir im Westen zu herrenlosen Gesellschaftern? Und vor allem, wie bleiben wir unter diesen Umständen geschäftsfähig? Mein Kollege, Herr Doktor Darge, und ich möchten mit Ihnen die notwendigen Schritte koordinieren. Wir schlagen vor, die westlichen Betriebe in einer GmbH zusammenzuführen, deren Sitz in Hagen zu errichten wäre.«

Dr. Herwegen schien nicht abgeneigt. »Auf jeden Fall erreicht man eine Bereinigung der Interessenlage«, begründete er seinen Standpunkt.

Auch Dr. Kaatz bekundete Bereitschaft, das Vorhaben zu unterstützen. Lediglich der Bankfachmann Scharf äußerte Bedenken. »Das muss vorher juristisch sehr sorgfältig insistiert werden«, warnte er die Runde.

»Wenn die Herren gestatten.« Dr. Glatzel ergriff abermals das Wort. »Ich muss Sie auf ein zweites Problem aufmerksam machen. Rechtsanwalt Doktor Koenemann teilte aus Berlin mit, dass der Magistrat eine Enteignung aller Betriebe mit einem Grundvermögen von über zehn Millionen Reichsmark ins Auge gefasst hat. Das betrifft auch unser Askania Werk. Das Ganze ist wohl eine Initiative der SED-Abgeordneten. Wenn Sie sich mit Koenemanns Büro ins Benehmen setzen wollen, er steht Ihnen zur Verfügung.«

Glatzel reichte die Geschäftskarte über den Tisch. Methfessel notierte einen Vermerk für das Sitzungsprotokoll.

Der Frankfurter Prokurist steuerte ein neues Thema an. Sachlich und anscheinend unbeteiligt verkündete er: »Seit geraumer Zeit registrieren wir erhebliche Abwanderungen ehemaliger Conti-Fachkräfte in die Westzonen. Die Leute klopfen bei uns in der Verbindungsstelle an und fragen nach den Versorgungsansprüchen, die sie bei der DCGG erworben haben.«

»Die Leute sind im Recht. Wir werden ihre Forderungen erfüllen müssen«, erklärte Dr. Darge, verwies aber gleichzeitig darauf, dass man die Pensionsansprüche nicht allein aus dem

Gewinn des Gaswerkes Hagen-Eckesey bestreiten könne. »Das übersteigt unsere Finanzkraft«, beteuerte er.

»Um Himmels willen, Sie überschütten uns ja geradezu mit Problemen«, stöhnte Müller. »Sehen Sie wenigstens eine Lösung?«

»Der einfachste Weg wäre die Errichtung eines Sonderfonds, der in angemessener Höhe aus dem Gesamtvermögen der DCGG auszustatten ist.«

»Tja, verehrte Herren vom Aufsichtsrat, jetzt sind Sie am Zug.« Dr. Glatzels Blick ging fordernd in die Runde. »Die Entscheidung liegt bei Ihnen.«

Ministerialdirektor Willi Brundert war ein Mann in den besten Jahren. Kurz vor seinem fünfunddreißigsten Geburtstag stand er am Beginn einer erfolgversprechenden Karriere. Durch sein energisches, sachliches Auftreten und seine blendenden Kenntnisse auf dem Gebiet des Wirtschaftsrechts hatte er sich den Ruf eines führenden Wirtschaftspolitikers im Land Sachsen-Anhalt erworben. Seit Beginn des letzten Studiensemesters lehrte er auch an der Hallenser Universität. Man munkelte schon hinter vorgehaltener Hand, dass mit seiner Ernennung zum Professor zu rechnen sei.

Als Brundert an diesem 7. März 1947 von der Besprechung beim Wirtschaftsminister Dieker kam, erwarteten ihn drei Herren im Vorzimmer.

»Direktor Müller und Direktor Methfessel aus Dessau«, erinnerte ihn die Sekretärin. Der dritte Gast deutete eine knappe Verbeugung an. »Doktor Koenemann. Rechtsanwalt aus Berlin.«

Der Ministerialdirektor griff sich an die Stirn. »Ah ja – wir hatten einen Termin vereinbart. Entschuldigen Sie, aber der Herr Minister …« Er öffnete die ledergepolsterte Tür zu seinem Büro und bat die Herren einzutreten. »Glauben Sie mir, noch so einen Winter wie in diesem Jahr kann unsere Wirtschaft nicht verkraften. Der Dauerfrost hat katastrophale Schäden verursacht.« Während Brundert zum Schreibtisch lief, setzte er seinen Monolog fort: »Um vierzig Prozent ist die Industrieproduktion zurückgefallen. Und wenn ich an die Reparationen denke, wird mir angst und bange. Die Offiziere der Besatzungsmacht sind nicht gewillt, ihre Forderungen auch nur um einen Deut zurückzunehmen.« Brunderts schwarze Arbeitsmappe flog auf den Tisch. Der Ministerialdirektor plumpste in seinen Sessel. »Wozu erzähle ich Ihnen das«, seufzte er. »Sie haben gewiss andere Sorgen. Bitte, nehmen Sie Platz.«

»Unser Besuch dient gewissermaßen einem sozialen Zweck«, klärte Methfessel den Ministerialdirektor auf, der zugleich stellvertretender Wirtschaftsminister war.

Brundert lachte. »Pardon, meine Herren, da sind Sie im Wirtschaftsministerium vor der falschen Schmiede! Der Minister für Arbeit und Soziales heißt Leo Herwegen.«

»Doktor Herwegen weiß von unserem Besuch. Er ist der Ansicht, dass Sie allein helfen könnten.«

»Danke für das Kompliment. Sie machen mich neugierig.«

Im anschließenden Gespräch wurde der Ministerialdirektor in die Pläne des DCGG-Vorstandes, einen Sonderfonds zur Auszahlung von Pensionsansprüchen zu errichten, eingeweiht. Brundert hörte schweigend zu. Er hielt den Blick auf die Tischplatte gerichtet. Seine Finger berührten spielerisch den halbmondförmigen Tintenlöscher, zwangen ihn zu kreiselnden Bewegungen.

Nach Methfessel sprach Dr. Koenemann. »Der Fall liegt aus juristischer Sicht …, nun sagen wir mal – ungewöhnlich. Ich kenne in der Fachliteratur keinen vergleichbaren Fall.« Er versuchte ein gewinnendes Lächeln. »Deutschland war auch noch nie in vier Besatzungszonen aufgeteilt.«

Brundert ließ keine Gefühlsregung erkennen. Sachlich fragte

er: »Wie stellen Sie sich denn die Finanzierung Ihres Sonderfonds vor?«

»Eben da liegt, wie man so sagt, der Hase im Pfeffer. Wir müssten das Gaswerk in Lemgo verkaufen.«

»Lemgo – nie gehört.«

»Liegt in Westfalen. Gehört aber zur Agag in Dessau.«

»Eine Tochtergesellschaft der Conti, wie ich vermute. Wo steckt das Problem?«

»Die Agag steht unter Verfügungsgewalt der Landesregierung. Wenn wir das Gaswerk von der Agag übernehmen, sagen wir zu einem Nennbetrag von siebenhunderttausend Mark, müsste zuerst der Sperrvermerk im Handelsregister – wenigstens zeitweilig – aufgehoben werden. Wir übertragen die Verfügungsgewalt für Lemgo auf die Gesellschafter in Hagen, die wiederum die Zahlungsverpflichtungen gegenüber allen DCGG-Pensionären in den Westzonen übernehmen.«

Willi Brundert schloss die Augen. Daumen und Mittelfinger seiner rechten Hand massierten die Nasenwurzel. Der Ministerialdirektor überdachte die Rechtslage. Eine Vermögensverfügung, die in Wirklichkeit nur auf dem Papier stattfand. Das Gesamtvermögen der Deutschen Continentalen Gas-Gesellschaft nahm keinen Schaden, wenn das Gaswerk Lemgo in die Hagener Regie überging.

Dr. Willi Brundert, der als Sozialdemokrat in die SED geraten war, verstand sich nicht als Gegner der Enteignungspolitik seiner Landesregierung, doch er warnte stets vor übereilten Schritten. Während in der Privatindustrie die seit Jahren eingeschliffenen Betriebsregime trotz aller Widrigkeiten für eine kontinuierliche Produktionssteigerung sorgten, geriet in den neuen volkseigenen Betrieben noch so manches drunter und drüber. Brundert lag der Erhalt der Prevag, zu deren Mitbegründern und Aufsichtsrat er gehörte, am Herzen.

Der Ministerialdirektor raffte sich zu einer Entscheidung auf.

»Also gut, meine Herren, ich veranlasse die Aufhebung des Sperrvermerkes. Einzige Bedingung, auf die ich nachdrücklich verweise: Der von Ihnen benannte nominale Aktienwert darf im Gegenzug nur in den Pensionsfond einfließen.«

Wohlgemut verließen die drei Besucher das Hallenser Wirtschaftsministerium. Nach einem ausgedehnten Bummel durchs Stadtzentrum der Landeshauptstadt fuhren sie nach Dessau zurück. In der Vorstandszentrale, Am Georgengarten Nr. 20, erlebten sie eine böse Überraschung. Der formale Enteignungsbescheid der Landesregierung über das Gesamtvermögen der DCGG war mit Ausstellungsdatum vom 25. Februar 1947 eingetroffen.

»Keine Panik, Herrschaften!«, beruhigte Dr. Koenemann die aufgeschreckten Direktoren. »Wir werden alle Rechtsmittel ausschöpfen, die uns zur Verfügung stehen. Die DCGG legt Einspruch ein.«

Schon am 6. März hatten Aufsichtsrat und Vorstand einen solchen Schritt in Erwägung gezogen und für alle Fälle Dr. Koenemann, der über Erfahrungen im Einspruchsrecht verfügte, um juristischen Beistand gebeten.

Gleich am nächsten Tag, am 8. März 1947, brachten Dr. Koenemann, Methfessel, Müller und der Dessauer Rechtsanwalt, Dr. Paul Heil, das Einspruchsbegehren der DCGG zu Papier.

Nach getaner Arbeit wählte Koenemann den Nachtzug nach Berlin. Müller und Methfessel begleiteten ihn zum Bahnhof. Bevor Koenemann in den Waggon stieg, empfahl er den Direktoren: »Ich will die Qualifikation Ihres Herrn Heil beileibe nicht in Zweifel ziehen, kann mich aber des Eindruckes nicht erwehren, dass der Mann überfordert ist. Schauen Sie sich nach einem versierten Juristen um.«

»Doktor Heil vertritt die Conti seit mehr als zehn Jahren.«

»Mag sein, lieber Herr Müller, mag sein. In schwierigen Zeiten darf die DCGG keine Kosten scheuen. Sie sollten sich einen juristischen Mitarbeiter leisten. Mein Tipp: Wenden Sie sich an Doktor Simon.«

»Ernst Simon, der ehemalige Landgerichtsrat? Der Mann ist NS-belastet!«

»Stimmt. Dafür wurde er aus dem Justizdienst entlassen. Ich bin kein Freund von Beckmesserei. Räumen Sie ihm eine Chance ein. Beauftragen Sie ihn mit dem Lemgo-Vertrag.« Der Zug ruckte an. Dr. Koenemann stand am Abteilfenster und winkte den Zurückbleibenden. »Vielleicht sehen wir uns demnächst in Berlin. Ich lade Sie ein!«

Zu Koenemanns Handgepäck zählte ein Brief an die Adresse der Firmenleitung Voigt & Haeffner AG in Frankfurt am Main. Am 6. März hatte der DCGG-Vorstand beschlossen, die in Dessau eingelagerten Voigt-&-Haeffner-Aktien, die einem Schwarm von Kleinaktionären im Rheinland und der DCGG gehörten, durch einen Scherenschnitt ungültig zu machen. Die Frankfurter Firmenleitung sollte neue Aktien drucken lassen, um sie an die rechtmäßigen Besitzer neu zu verteilen.

Ministerialdirektor Brundert hielt Wort. Am 27. April hob er den Sperrvermerk für die Agag im Dessauer Handelsregister auf.

Zwei Tage später lehnte die Landesregierung den Einspruch der DCGG gegen die entschädigungslose Enteignung endgültig ab. Allgemeine Verwunderung in Dessau; den Ablehnungsbescheid hatte Professor Dr. Brundert im Auftrag des Wirtschaftsministers unterzeichnet.

Als der Aufsichtsrat am 17. Juni 1947 zur routinemäßigen Sitzung zusammentrat, gab er der Forderung des Vorstandes nach, die Geschicke aller in Westdeutschland gelegenen Conti-Betriebe in die Obhut der DCGG m.b.H. Hagen/Westfalen zu legen. Im Gegenzug avancierten Müller und Methfessel zu »delegierten Vorstandsmitgliedern« in Hagen. Die Legitimierung dieser Maßnahme bot ein juristisches Gutachten, aus dem hervorging, dass die Betriebe der DCGG weder nach britischem noch nach amerikanischem Rechtsverständnis unter Sequester nach dem Gesetz Nr. 52 der westalliierten Militärregierungen fallen. Das Protokoll der Sitzung schloss mit der Unterschrift des Aufsichtsratsvorsitzenden Dr. Leopold Kaatz.

Kaatz, der Sohn eines Likörfabrikanten, hatte Jura studiert. Zu Beginn der zwanziger Jahre als Rechtsanwalt tätig, war er später in der anhaltinischen Finanzverwaltung bis zum Regierungsrat aufgestiegen. Danach bewarb er sich um den Posten eines Direktors bei der Dessauer Zuckerraffinerie, den er seit mehr als zwanzig Jahren innehatte, seit 1946 in der Funktion eines Treuhänders. Während der NS-Diktatur hatte Kaatz sich als unauffälliges Mitglied des »Stahlhelm-Bundes« aus allen politischen Intrigen heraushalten können. Er ließ sich nicht zum Eintritt in die NSDAP überreden. 1945 trat er der neuerstandenen SPD bei. Auch die SED nahm ihn bei der Vereinigung willig in ihre Reihen auf, obwohl Kaatz, jetzt Präsident der Industrie- und Handelskammer und Besitzer eines Rittergutes, eher ins Lager des Todfeindes Bourgeoisie gehörte.

Einem harten Winter folgte 1947 ein langer, heißer Sommer. Infolge von Dürreschäden, infolge der vehement wachsenden Rohstoffknappheit und der drückenden Lasten sowjetischer Reparationsforderungen stand Ostdeutschland vor einem Wirtschaftskollaps. Die Produktion stagnierte, und die Versorgung der Bevölkerung konnte kaum noch gesichert werden. In Kreisen der CDU und der LDP sprach man immer offener über die Notwendigkeit, enteignete Betriebe zu reprivatisieren, um neue Wirtschaftsmotivationen zu setzen. Selbst eingeschworene Kommunisten, wie der sächsische Industrieminister Fritz Selbmann, meldeten Bedenken hinsichtlich der sowjetischen Reparationspolitik an.

Die SED-Führung reagierte mit Administration, Repression und Kontrolle. Die Volkskontrollausschüsse für die Sicherung der Ernährung und die Verteilung von Brennstoffen überwachten vor allem Betriebe und Handelsunternehmungen, die sich in Privatbesitz befanden. Mit der Deutschen Wirtschaftskommission (DWK), im Juni 1947 in Berlin gegründet, die den parteienpluralistisch besetzten Länderregierungen weisungsberechtigt war, schuf sich die SED darüber hinaus ein zentrales Machtorgan, das ihren Führungsanspruch in Staat und Wirtschaft sichern sollte.

Die Gelegenheit für einen Besuch bei Dr. Koenemann in Berlin-Wilmersdorf ergab sich für Methfessel im Oktober 1947. Der Vorstand der Charlottenburger Wasserwerke A. G. hatte zur Generalversammlung geladen, und da die DCGG Aktien im Nominalwert von einer Million Reichsmark hielt, nahm Direktor Methfessel die Interessen der Conti wahr.

Die Nachricht, die ihm während der Versammlung zugetragen wurde, war nicht mehr taufrisch, doch für die DCGG im höchsten Grad alarmierend. Der Berliner Magistrat trug sich mit der Absicht, das Wasserwerk zu kommunalisieren.

Am Abend saßen Methfessel und Dr. Koeneman bei einer Flasche Rotwein in der Wohnung des Anwaltes beieinander. Koenemann, mit den Berliner Verhältnissen bestens vertraut, erwies sich als charmanter Plauderer. »Wenn der linkslastige Magistrat die Mehrheit im Abgeordnetenhaus wider Erwarten zusammenbekommen sollte, sehe ich schwarz für die Anteile der Conti.«

Methfessels Freude an der gedämpften Musik, am Schimmer der Kerzen und am Funkeln des rubinroten Weines schwand dahin. »Ich mag gar nicht dran denken. Ein böser Verlust wäre das für uns.«

Dr. Koenemann beugte sich zu seinem Gast. »Wenn es Sie beruhigt, teurer Freund, ich glaube nicht, dass dieser Coup zustande kommt. Und wenn – das letzte Wort haben immer noch die Sektorenkommandanten. Können Sie sich vorstellen, dass ausgerechnet die Briten über Nacht ihre Liebe für den Bolschewismus entdecken?«

»Ihr Wort in Gottes Ohr.«

Der Hausherr winkte lässig ab. Er lehnte sich behaglich zurück, hob sein Glas, einen stilvollen Römer, gegen das Kerzenlicht und ließ den Wein sanft kreisen. »Ein 38er Beaujolais, lieber Methfessel. Schauen Sie nur, welch herrliche Farben.« Der Anwalt schnalzte genießerisch mit der Zunge. »Vielleicht ziehen Sie und die Herren vom Aufsichtsrat aber doch einen Verkauf der Charlotte-Aktien ins Kalkül? Ich hätte da einen Draht zu Stadtrat Ernst Reuter. Passabler Mann in der SPD. Ich weiß nicht, ob Sie seine Geschichte schon gehört haben? Reuter wurde am 26. Juni von der Stadtverordnetenversammlung zum Oberbürgermeister gewählt. Er kann dieses Amt aber nicht antreten, weil sich die Sowjets in der Alliierten Stadtkommandantur weigern, die Wahl zu bestätigen. Reuter ist kein Mann ihres Vertrauens. Woran Sie erkennen mögen, wie weit das Demokratieverständnis der Russen tatsächlich reicht.«

Friedrich Methfessel kam auf Koenemanns Angebot zurück: »Ihr Vorschlag gefällt mir, Doktor. Vorbehaltlich der Entscheidung des Aufsichtsrates plädiere ich für einen Verkauf.«

Koenemann verzog keine Miene. »Geht in Ordnung, lieber Freund«, sagte er knapp. Anglizismen wie das immer mehr in Mode kommende »Okay« lehnte der Doktor aus Prinzip ab. »Ich gehe bei den Herrn im Magistrat auf Tuchfühlung. – N. d. P.!« Er hob sein Glas und fügte, als er Methfessels verdutztes Gesicht bemerkte, vergnügt hinzu: »Na denn Prost!«

Am 12. November informierte Methfessel Vorstand und Aufsichtsrat über das Gespräch mit Dr. Koenemann. Wieder war es Bankdirektor Scharf, der Bedenken anmeldete.

»Aber was wollen Sie denn, Scharf«, redete Minister Herwegen seinem Parteifreund zu. »Wenn wir die Aktien für das Wasserwerk im englischen Sektor verkaufen, entsteht doch dem Volksvermögen kein Schaden. Das Geld bleibt ja auf der Berliner Bank.«

Der Beschluss, der nach dieser Belehrung gefasst wurde, fiel einstimmig aus. Sollte Koenemanns Erkundungsvorstoß von Erfolg gekrönt sein, so war man bereit, die Charlotte-Aktien an den Magistrat von Groß-Berlin zu verkaufen.

11. Februar 1948. Mittwoch, gegen 15.30 Uhr.

Ein eiskalter Wind fegte mit Schnee- und Graupelschauern über die Dächer Berlins. Die Joachimstaler Straße am Bahnhof Zoo stand seit jeher in dem Ruf, eine Brücke zwischen Luxus und Elend, zwischen Amüsement und Verbrechen, zwischen oben und unten zu sein. Der Krieg hatte auch hier deutliche Spuren hinterlassen. Die Menschen waren bald daran gegangen, die traurigen Überreste der Bombennächte, so gut es eben ging, zu beseitigen. Unternehmergeist und Geschäftssinn regten sich wieder. Es störte wenig, dass dabei architektonisch seltsame Gebilde aus der Not geboren wurden. Wer zum Beispiel den mit einer Samtportiere verhängten Notausgang an der Rückfront des eleganten Tanzlokals verlassen wollte, stand unvermittelt in einer Trümmerlandschaft. Die gediegene Fensterfront des Juwelierladens, die luxuriöse Blumenfiliale in der Nachbarschaft, aber auch das Delikatessengeschäft gegenüber bildeten nur die ausgeputzten Fassaden der Hausruinen. Wo Lücken zwischen den Trümmern gähnten, wurden sie zum Teil durch Holzwände verstellt, von denen farbenfrohe Bildreklamen grüßten. Und wenn es dunkelte, verwandelte eine Lichterflut die bei Tage öde und grau erscheinenden Häuserfronten in ein verwirrendes buntes Kaleidoskop.

Donnernd fuhr ein S-Bahn-Zug über die Brücke in den Bahnhof Zoologischer Garten ein. Friedrich Methfessel, Direktor Müller und Dr. Leopold Kaatz verließen den Bahnsteig. Sie waren mit dem Auto bis Potsdam gereist und dort auf die Stadtbahn umgestiegen. Methfessel, der sich in Westberlin schon auskannte, übernahm die Führung durch das brodelnde und quirlende Gewühl in der Joachimstaler. Am U-Bahn-Eingang verscheuchte er einige aufdringliche Burschen, die ihnen Schmuck, Penizillin oder 1a-Pariser andrehen wollten. Zeitungsverkäufer mühten sich mit monotonen Ausrufen, ihre Blätter unter die Käufer zu bringen. Sie tauchten ein in den Strom von Menschen, Autos, Bussen und Straßenbahnen. Die Männer aus Dessau erreichten den Kurfürstendamm, Berlins Prachtstraße im britischen Sektor.

Holla, ist das ein Trubel, dachte Kaatz beeindruckt. Das flirrt und rollt und braust nur so. An der Ecke Fasanenstraße blickte er einer mondänen Mittvierzigerin nach, wobei ihm die »Grünen Wochen« vergangener Jahre in Erinnerung kamen. Die massenhaften Ausflüge der Junker und Rittergutsbesitzer aus den Brandenburgischen und Mecklenburgischen Landen zu den Ausstellungshallen am Funkturm endeten für gewöhnlich mit einem Abstecher zum Kudamm, zu den Damen des ältesten Gewerbes der Welt. Lächelnd schüttelte er seine Erinnerungen ab.

Die Männer gelangten zur Uhlandstraße. Die Gegend war bedeutend ruhiger. Die Häuser, vier Stockwerke hoch, strahlten Solidität und Wohlstand aus. Rechtsanwälte, Zahnärzte, Ex- und Importbüros hatten sich in dem Viertel zwischen Zoo und Savignyplatz angesiedelt.

Zigarrenrauch, Gläserklingen und eine heiter gestimmte Gesellschaft beherrschten das Berliner Büro. Die Wände des kleinen Geschäftszimmers und der daran anschließende Sitzungssaal waren in Nussbaum getäfelt.

Die Sekretärin bemühte sich, den Herren aus den Mänteln zu helfen. Aber ja, meinte sie, Herr Minister Herwegen und Bankdirektor Scharf seien schon eingetroffen.

Dr. Darge eilte den Neuankömmlingen mit ausgestreckten Armen entgegen. Er war, wie immer, nobel gekleidet. »Stabsbesprechung!«, röhrte er militärisch forsch und grinste die Dessauer Vorstandsmitglieder spitzbübisch an. »Dank der Findigkeit unseres Herrn Doktor Koenemann erleben wir heute einen historischen Augenblick. Die Conti-Vorstände Ost und West an einem Tisch! Da sage mir noch einer, wir nähmen die Forderungen der SED-Führung nach gesamtdeutscher Zusammenarbeit nicht ernst!«

In Darges Begleitung waren Dr. Glatzel und ein Dr. Kessler aus Hagen angereist. Man begrüßte sich mit Handschlag.

»Bevor ich es vergesse«, sagte Glatzel, »unser Freund Eduard Schalfejew lässt Ihnen herzliche Grüße bestellen.«

»Danke. Wie geht's ihm denn?«

»Der Mann hat's geschafft, sage ich Ihnen. Momentan sitzt er im Zweizonenwirtschaftsrat in Frankfurt. Soll eine wichtige Aufgabe im Stab von Professor Ludwig Erhard übernommen haben. Wer weiß, vielleicht winkt ihm eines Tages der Sessel eines Staatssekretärs.«

Dr. Koenemann, der Hausherr, schlug in die Hände. »Wie ich sehe, sind alle Herrschaften eingetroffen. Unsere Zeit ist bemessen, lassen Sie uns daher beginnen.«

Die Männer setzten sich um den Konferenztisch. Was danach in dem kleinen Saal besprochen wurde, ist zwei Jahre später vom Generalstaatsanwalt der DDR mit solchen Sätzen beschrieben worden:

»In einer am 11. Februar 1948 im Westsektor Berlins stattgefundenen konspirativen Zusammenkunft zwischen den West-Conti-Vertretern Dr. Darge, Dr. Glatzel, Dr. Kessler und Koenemann einerseits und den Angeschuldigten Herwegen, Kaatz, Scharf, Müller und Methfessel andererseits wurde der Herausgabeanspruch über die bei Heil hinterlegten ELG-Aktien und über die Kuxe der Gewerkschaft Westfalen auf die West-Conti-Vertreter übertragen.«

Halten wir fest: Es ging in dieser Beratung um Wertpapiere der DCGG, die zu den in Westdeutschland gelegenen Vermögenswerten gehörten. Die Aktien der ELG, das heißt das Geschäftskapital der Hamburger Elektro-Großhandels GmbH, war aus einer Fusion der DCGG-Büros in Hamburg und München hervorgegangen. Und die »Kuxe« waren Anteile der DCGG an einer bergrechtlichen Gewerkschaft in Westfalen.

Dr. Herwegen, der Minister für Arbeit und Soziales in der Landesregierung Sachsen-Anhalt, kommentierte später aus seiner Sicht:

»Ich hatte tatsächlich den Eindruck und die Überzeugung, man will wohl jetzt klare Bahnen schaffen; was in unserem Lande liegt, soll unser sein, was an Betrieben dort liegt, soll denen sein. Diese Auffassung hatte ich.«

Die Konferenz dauerte lange. In der Pause sagte Koenemann den Dessauer Direktoren: »Meine Verhandlungen mit Stadtrat Reuter sind zufriedenstellend verlaufen. Die Adressaten haben verbindlich zugesagt, bei Vorlage der Charlotte-Wasser-Aktien eine Kaufsumme von einer Million Reichsmark zuzüglich vierzigtausend Mark Zinsen zu überweisen. Ich schlage vor, dass Sie zwei Herren als Bevollmächtigte für die Abwicklung des Verkaufs benennen.« Wenige Tage vor der Währungsreform war der Verkauf perfekt.

Fast zur gleichen Stunde strichen die westlichen Sektorenkommandanten gegen den Protest des sowjetischen Vertreters, Oberst Jelisarow, die Erörterung eines Gesetzes über die Enteignung von Berliner Großunternehmen aus der Tagesordnung der Stadtkommandanten-Konferenz. Die Probleme zwischen den einstigen Verbündeten der Antihitlerkoalition bündelten sich in Berlin wie in einem Brennspiegel. Die Wirksamkeit des ohnehin schwerfälligen Kontrollrats, den sich die Siegermächte 1945 in Potsdam zur Vermittlung der unterschiedlichen Interessen geschaffen hatten, wurde immer stärker ausgehöhlt. Als im Herbst 1947 Gerüchte über eine Währungsreform in den Westzonen auftauchten, wurde die diesbezügliche offizielle Anfrage der sowjetischen Seite mit einem Dementi des amerikanischen Militärgouverneurs Clay in der »Frankfurter Allgemeinen Zeitung« beantwortet. Mit der Währungreform im Frühjahr 1948 schließlich wurden historische Tatsachen geschaffen.

Die Befürchtungen des DCGG-Vorstandes, dass vonseiten der westlichen Besatzungsbehörden ebenfalls Enteignungen drohen könnten, erwiesen sich immer mehr als grundlos.

Seit dem frühen Morgen saß Professor Willi Brundert hinter seinem Schreibtisch im Wirtschaftsministerium und erledigte Büroarbeit. Er diktierte Briefe, verfasste Berichte und empfing zwischendurch den einen oder anderen Mitarbeiter seines Fachbereiches zur Berichterstattung. Aufgrund der Vielfalt in Brunderts Arbeitsgebiet war es ihm kaum möglich, mit jedem Aktenvorgang bis ins letzte Detail vertraut zu sein.

Der Professor galt als Arbeitstier. Er liebte die geistige Herausforderung, den intellektuellen Streit um Ideologien, und er spielte, wann immer es ging, theoretisch die Folgen ihrer praktischen Umsetzung durch. Am wohlsten aber fühlte er sich, wenn er im Hörsaal der ehrwürdigen Alma Mater hallensis vor die Studenten trat. Dann war Brundert in seinem Element. Gern dachte er an jene Zeit zurück, in der er selbst als junger Student hier die Schulbank drückte. Zu den schönsten Erlebnissen seiner Sturm- und Drang-Zeit zählten die Diskussionsabende im Leuchtenberg-Kreis, den Dr. Borinski, ein Politiker auf dem rechten Flügel der SPD, um sich versammelt hatte. Unter Borinskis Einfluss war Brundert 1930 in die SPD eingetreten. 1931 wählte man ihn schon zum Vorsitzenden der sozialistischen Studentenschaft in Halle. Mit Borinski, der während des Krieges nach England emigriert war, unterhielt Brundert noch brieflichen Kontakt. Andere Mitglieder des Leuchtenberg-Kreises hatte er bei gelegentlichen Dienstreisen in das benachbarte Bundesland Hessen getroffen.

Der Professor wurde aus seinen Gedanken gerissen. Ein Mitarbeiter aus dem Hauptreferat Energie wünschte ein Gespräch. Der Ministerialdirektor ließ bitten.

»Es handelt sich um die Conti«, sagte der schreckensbleiche Verwaltungsangestellte. Er legte einen Aktenordner auf den Tisch. »Am neunundzwanzigsten April des vergangenen Jahres ist der Einspruch der Conti gegen die Enteignung rechtswirksam abgelehnt worden. Ich erlaube mir den Hinweis, Herr Ministerialdirektor, dass die Löschung der Conti im Handelsregister versäumt wurde.«

»Zeigen Sie mal her!« Brundert blätterte in dem Ordner. Tatsächlich, der Vorgang lag seit zehn Monaten auf Eis. Der Tatmensch Brundert hatte geschlampt. Wortreich bedankte er sich bei dem Mitarbeiter, rief die Sekretärin herein und diktierte ihr sofort die Benachrichtigung an das Amtsgericht in Dessau. Dabei fiel ihm ein, dass die verspätete Löschung der Conti Anlass zu Missdeutungen im Vorstand und im Aufsichtsrat geben könnte. Um solchen vorzubeugen, entschloss er sich, einen zweiten Brief an die Adresse der Direktoren Müller und Methfessel zu richten.

»Die Firma Deutsche-Continentale-Gas-Gesellschaft besteht damit im Land Sachsen-Anhalt nicht mehr. Jegliche Tätigkeit der Gesellschaftsorgane (Vorstand, Aufsichtsrat, Hauptversammlung) im Land Sachsen-Anhalt ist ausgeschlossen. Ich habe unter Hinweis auf § 2 Absatz 3 der Verordnung betreffend die Industriewerke der Provinz Sachsen vom 23. September 1946 (Gesetzblatt Sachsen-Anhalt 1947 Seite 51) die Löschung der Firma im Handelsregister veranlasst.«

Brundert unterschrieb schwungvoll und glaubte, den Aktenvorgang um die DCGG ein für alle Mal erledigt zu haben.

Noch bevor die beiden Briefe auf dem schwergängigen Verwaltungsweg in Dessau eintrafen, waren Methfessel, Müller, der Notar Heil sowie der neue juristische Beistand Simon, ehemaliger Landgerichtsdirektor, aktiv geworden. Während der Berliner Konferenz hatten Darge und Glatzel um Handelsregisterauszüge gebeten, die sie für einen Eintrag der DCGG mbH Hagen/Westfalen beim Registergericht in Düsseldorf benötigten. Simon nahm sich der Sache an.

Ein Telefonat mit einem Justizangestellten, den Simon noch aus seiner früheren Tätigkeit als Richter am Dessauer Landgericht kannte, brachte schnellen Erfolg. Innerhalb von zwei Stunden hielt Simon die Papiere in den Händen.

Methfessel und Heil waren unterdessen zum Gebäude der Landesbank in Dessau gefahren. Als sie sich beim zweiten Direktor legitimieren wollten, winkte der Mann lässig ab. So groß und so anonym sei die Dessauer Geschäftswelt nun auch wieder nicht, meinte er. Gewiss möchten die Herren ans Safedepot der Conti?

Der Bankdirektor führte sie eine Treppe hinab. Er schloss die Tür zum vorderen Keller auf. Eine verkleidete Stahlplatte schwang geräuschlos zurück. Heil und Methfessel durften eintreten. Drunten im Kellergeschoss knipste der Direktor das Licht an. Sie starrten auf graue Betonwände und auf das Metall der Tresorraumtür. Die Tür musste mehrere Tonnen wiegen, aber der Direktor schob sie leicht mit einer Hand auf. Wieder klickte ein Schalter, und die enge Stahlkammer, an deren Wänden sich Dutzende von flachen Schubladen hinzogen, jede mit Zahlen gekennzeichnet, war hell erleuchtet.

»Läuten Sie, wenn Sie fertig sind.« Diskret zog sich der Direktor zurück.

In der Mitte der Kammer standen ein schmaler Tisch und vier Stühle. Methfessel öffnete mit seinem Schlüssel das Depot. Er zog die Lade heraus und stellte den stählernen Kasten auf den Tisch. Während Dr. Heil den Inhalt anhand einer Inventarliste verglich, sortierte Methfessel die westfälischen Kuxe, die ELG- und die Voigt-&-Haeffner-Aktien heraus.

»Nehmen Sie die Wertpapiere lieber mit«, sagte er zu Heil. »Es ist nicht nötig, dass die Aktien Unbefugten unter die Augen kommen.«

»Rechnen Sie mit Kontrollen?«

»Ich schließe es nicht aus. Sie haben doch einen Safe in Ihrer Kanzlei?«

Der Notar pfiff durch die Zähne. »Dort liegen die Interimsscheine, die Simon für die Agag-Betriebe beschafft hat.«

»Keine Angst, Doktor. Sie wird niemand belästigen.«

»Also gut, machen wir es so. Ich stelle Ihnen für die Aktien Hinterlegungsscheine aus. Und den Safeschlüssel verwahren wir bei Ihnen oder in Müllers Büro.«

»Sie sind ein vorsichtiger Mann«, schmunzelte Methfessel. »Es ist ja nicht für lange.« Er hob die Lade auf und schob sie in das Stahlfach zurück. Nachdem sie das Depot verschlossen hatten, trat Dr. Heil zur Wand und betätigte den Klingelknopf.

Ein paar Wochen später, während der Frühjahrsmesse, erhielt Friedrich Methfessel einen Anruf aus Leipzig.

»Hallo …? Hier spricht Direktor Birkmann aus Vohwinkel. Von den Kabel- und Drahtwerken. Sie erinnern sich …? Ich habe Ihnen Grüße von Doktor Glatzel auszurichten. Er bat mich, gewisse Hinterlegungsscheine – Sie wüssten schon Bescheid – mit nach Frankfurt zu bringen.«

Noch am gleichen Abend fuhr Methfessel zur Übergabe der Papiere nach Leipzig. Er traf sich mit Glatzels Gewährsmann in einer Bar in der Nähe des Hauptbahnhofes.

Die notariell beglaubigten Hinterlegungsscheine gelangten nach Frankfurt, wo sie ihren Zweck erfüllten. Die Rechtsfähigkeit der westfälischen DCGG konnte beim zuständigen Registergericht hergestellt werden.

Am 26. Mai 1948 richteten Darge und Glatzel ein Schreiben an den Dessauer Notar Dr. Heil. Sie baten ihn, die eingelagerten Kuxe und Aktien zu vernichten, über den Sachverhalt ein notarielles Protokoll aufzunehmen und dieses dem Berliner Anwalt Koenemann zuzustellen.

Mit diesem Akt fand ein Vorgang seinen Abschluss, der zweifelsohne mit juristischen Winkelzügen belastet war, an manchen Stellen – geben wir es ruhig zu – sogar nach Konspiration roch. Es kann daher kaum verwundern, dass die Ereignisse in der DDR-Propaganda eine höchst dramatische Ausschmückung fanden:

»Die Deutsche Continentale Gas-Gesellschaft mbh Hagen, Westfalen, … eignete sich widerrechtlich einen großen Teil des Besitzes des Dessauer Unternehmens an. Aus dem Firmentresor verschwanden zunächst Aktien im Wert von 12 926 300 RM und danach weitere Anteile (Kuxe) in einem Bilanzwert von 13 132 000 RM … Wenig später entwendeten die Verbrecher abermals ein Aktienpaket, das sie in Westberlin verkauften.

Nominalwert der Aktien: 1 Million RM. Erlös in Westberlin nach der inzwischen erfolgten Währungsspaltung 1 040 000 Westmark. Sie stahlen in Dessau außerdem Patente und Produktionsunterlagen, die sie an eine Schweizer Firma verschacherten.«

Am 31. Mai 1948 wurden Methfessel und Müller von der Deutschen Wirtschaftskommission in Berlin aufgefordert, eine Bilanz der DCGG zwecks Übernahme der Betriebe in das Volkseigentum zu erstellen. Mit dem Hinweis, dass das Unternehmen bereits gelöscht sei und ein Schreiben des Wirtschaftsministeriums Sachsen-Anhalt ihnen jegliche Tätigkeit als Vorstand, Aufsichtsrat etc. verbiete, lehnten sie das Ansinnen ab.

Eine Absage, die die Funktionäre der DWK wie eine Ohrfeige traf. Eine Reaktion konnte nicht ausbleiben.

Die Konfrontation der Siegermächte spitzte sich zu dieser Zeit dramatisch zu. Am 18. Juni 1948 veröffentlichten die Militärgouverneure der drei Westmächte die Proklamation über die Durchführung der Währungsreform in den Westzonen.

Marschall Sokolowski, der Oberste Chef der SMAD, ordnete daraufhin die Sperrung des Güter- und Kraftfahrzeugverkehrs aus den Westzonen auf Straßen, Schienen- und Wasserwegen einschließlich des Verkehrs auf der Autobahn von Helmstedt nach Berlin an.

Sokolowskis Maßnahmen ergaben sich zwangsläufig. Selbst der antikommunistisch eingestellte »Telegraf« räumte in diesen Tagen ein:

»Die Ostzone wird, und das darf niemand den sowjetischen und den deutschen Verwaltungsstellen verdenken, sich erst einmal gegenüber der vom Westen zu erwartenden Flut der Markbeträge abschirmen.«

Am 23. Juni trat der Befehl Nr. 111 der SMAD über die Durchführung einer Währungsreform in der Sowjetischen Besatzungszone einschließlich Groß-Berlin in Kraft. Die westlichen Sektorenkommandanten Berlins antworteten mit der Einführung der »B-Mark«, die erst 1949 von den D-Mark-Noten abgelöst wurde.

Als Sokolowski am 24. Juni zudem die Lebensmittel- und Energielieferungen aus der sowjetischen Besatzungszone in die Westsektoren Berlins demonstrativ stoppte, starteten die Amerikaner die »Operation Vittles«. Versorgungsgüter für die alliierten Garnisonen und die Bevölkerung Westberlins wurden auf dem Luftweg von den »Rosinenbombern« in die Stadt eingeflogen.

Der Ost-West-Konflikt der Siegermächte beschleunigte die Integration der fünf Länder der SBZ in das Herrschaftssystem der Sowjetunion. Er lieferte der Führungsclique der SED die Argumente, um systemimmanente Maßnahmen zu begründen. Der Kalte Krieg trug nicht unwesentlich dazu bei, dass die Kritiker und Opponenten der SED-Politik stets als »Agenten des Westens« diffamiert werden konnten. Anfangs waren es solche, die einstmals irgendeiner »abweichenden Gruppe« angehört hatten, dann schon bald »Abweichler« aus den eigenen Reihen, und später mussten Sündenböcke für die Schwächen des Staatsgefüges oder die Mängel in der Wirtschaft gefunden werden.

Die Deutsche Wirtschaftskommission, die ihren Sitz in der Leipziger Straße in Berlin hatte, übte in wachsendem Maße die Funktion eines zentralen staatlichen Führungsgremiums aus, das die angeblichen Interessen der »Arbeiterklasse und ihrer Verbündeten« vertrat, in Wahrheit aber die Linie der auf den Stalinismus eingeschwenkten SED durchsetzte. Der Apparat der DWK wuchs in kurzer Zeit auf 10 000 Mitarbeiter an. Unter der Regie des Kommunisten Heinrich Rau entstanden die

Zentrale Kontrollkommission bei der DWK in Berlin und die Länderkontrollkommissionen bei den Ministerpräsidenten der fünf Länder.

Chef der Zentralen Kontrollkommission wurde Fritz Lange. Ein Mann, der von der Statur her biedere Gemütlichkeit ausstrahlte, dem man aber auch Feldwebelmanieren und zuweilen basedowiden Jähzorn nachsagte. Seine Biographie hatte ihn zu einem der Bescheidwisser gemacht, die, aus Lagerhaft oder Exil kommend, ein besseres Deutschland aufbauen wollten, nach dem Vorbild des stalinistischen Sowjetstaates, versteht sich.

Langes Vertreter hieß Toni Ruh. Zu den weiteren Mitgliedern der aus acht Personen bestehenden ZKK zählten der Justitiar Dr. Masius und Roebsteck.

Die Landeskontrollkommission in Halle war mit den Genossen Kaestner und Max Krinne besetzt. Sie logierten in der Willi-Lohmann-Straße.

Die Allmacht, die den Kontrollkommissionen verliehen war, leitete sich aus einer Richtlinie her, die als juristisches Alibi für die Tätigkeit der »Sonderpolizei« zusammengezimmert worden war. Zur »Aufdeckung wirtschaftsschädigender, ungesetzlicher Handlungen, insbesondere wirtschaftlicher Sabotage, Spekulation und unzulässiger Kompensationsgeschäfte« hatte die ZKK alle Vollmachten:

»Die Zentrale Kontrollkommission sowie die Landeskontrollkommissionen haben das Recht, falls begründeter Verdacht strafbarer Handlungen vorliegt, die Polizei bzw. die Justiz verpflichtend zu beauftragen, Personen festzunehmen und Sachen sicherstellen zu lassen.« Sie ist »berechtigt, die Strafverfolgung zu veranlassen, sowie Bericht über die jeweils getroffenen Maßnahmen sowohl von den Organen der Verwaltung als auch von denen der Justiz zu verlangen«.

Die wichtigsten Industriezentren der SBZ befanden sich in

Sachsen und Sachsen-Anhalt. Sachsen war das Pionierland der industriellen Revolution in Deutschland schlechthin. Und Sachsen-Anhalt bildete den mitteldeutschen Schwerpunkt der um die Jahrhundertwende entstandenen chemischen Großindustrie, der Energie- und der Elektrowirtschaft. Unternehmen wie die Leuna-Werke, die Mansfelder Kupfer AG, der Solvay-Konzern, Junkers, Krupp-Gruson, die IG Farben, aber auch Kali und Maizena waren hier zu Hause.

Die Aktivitäten der ZKK orientierten sich zwangsläufig auf diese Region. Bei der Überprüfung von dreizehn privaten Textilbetrieben im Raum Glauchau-Meerane zum Beispiel stieß man auf »ungesetzliche Barverkäufe« von Textilien »im Wert von 8,5 Millionen Mark und 1,2 Millionen Meter Stoffe«, die dem Schwarzen Markt zugeführt worden waren. Die Verantwortlichen dieser »Wirtschaftssabotageakte« wurden in einem Musterprozess in Zwickau zur Rechenschaft gezogen, der mit fünf Todesurteilen und Zuchthausstrafen zwischen zehn und fünfzehn Jahren endete.

Engpässe bei der Versorgung der Bevölkerung wurden nun nach bewährtem Muster ausschließlich gezielter »Wirtschaftssabotage« angelastet. Fritz Lange und die Männer seiner ZKK ließen, bestärkt durch ihren Erfolg in Zwickau, weitere Recherchen folgen.

Im Zuge dieser Kampagnen geriet auch das Ministerium für Wirtschaft und Verkehr in Sachsen-Anhalt ins Schussfeld, das im Oktober 1948 eine Liste über Materialanforderungen von 113 landesgelenkten Betrieben für Reparationsaufträge bei der zuständigen Abteilung in der DWK eingereicht hatte. Die Liste, mit einem von Ministerialdirektor Brundert unterzeichneten Begleitschreiben übersandt, wurde argwöhnisch geprüft, hatten doch nach Einschätzung der ZKK einige Positionen der Materialanforderung nichts mit Reparationsaufträgen zu tun. Nachforschungen in der Industrieabteilung des Wirtschaftsministeriums ergaben, dass nur von 103 der aufgeführten 113 Firmen entsprechende Unterlagen aufzufinden waren.

Am 12. Dezember 1948 veröffentlichte Lange in der Tageszeitung »Neues Deutschland« einen Artikel unter der Überschrift »Gibt es bei uns eine Bedarfskontrolle?« Der Verfasser attackierte Ministerialdirektor Professor Dr. Brundert und erklärte:

»Bei der DWK erkannte man auf den ersten Blick, dass hier ein groß angelegter Betrug einer großen Anzahl spekulativer Elemente, vornehmlich aus der Privatindustrie, vorlag, weil Rohstoffe und Materialien angefordert wurden, die unmöglich dem echten Bedarf entsprechen konnten.«

Schon wenige Tage darauf flatterten der Redaktion Protestbriefe ins Haus. Unter anderem verwahrte sich der Volkseigene Betrieb Kühltechnik G.m.b.H. Halle gegen Langes Behauptungen:

»Zu unserer Überraschung haben wir aus der Veröffentlichung des Vorsitzenden der ZKK in Ihrer Ausgabe vom 12.12. erfahren, dass wir uns schwerwiegender Wirtschaftsvergehen schuldig gemacht haben sollen. Wir haben heute mit der Betriebsgewerkschaftsleitung und der SED-Betriebsgruppe unseres Stammhauses … die Angelegenheit nach allen Seiten geprüft und dabei festgestellt, dass die dem Vorsitzenden der ZKK, Herrn Fritz Lange, vorgelegten Unterlagen über die in Halle durchgeführten Revisionen Irrtümer enthalten müssen, die allein der Grund dafür sein können, dass unsere Firma eines Vergehens bei der Anmeldung von Materialbedarf beschuldigt wurde …«

Professor Willi Brundert machte seinem Ärger über das Vorgehen der DWK und ihrer Organe öffentlich Luft. In seinen Vorlesungen an der Universität streute er deutliche Bemerkungen ein. Er sah keinen Anlass, mit seiner Meinung besonders über die von der DWK verfügte Auflösung der Prevag hinter dem Berg zu halten. Seine Aufmüpfigkeit rief den Parteivorstand auf den Plan. Wirtschaftsminister Dieker und Brundert als sein Stellvertreter wurden aus der SED ausgeschlossen.

Immer häufiger griffen die Veröffentlichungen der Lange-Kommission Minister und Ministerien an, die liberaldemokratisch geführt oder mit Funktionären der CDU besetzt waren. Fachministerien in Thüringen, Sachsen und Mecklenburg wurden in Berichten der LKK öffentlich diffamiert, ohne dass die zuständigen Minister über die angeblich festgestellten Unregelmäßigkeiten informiert waren. Gegen dieses Vorgehen protestierte am 15.2.1949 der Vorsitzende der CDU in der SBZ, Dr. Otto Nuschke, allerdings mit wenig Erfolg. Der Leiter des Amtes Volkseigene Betriebe in Sachsen-Anhalts Landeshauptstadt wurde am 21.3.1949 auf Veranlassung der LKK in Untersuchungshaft genommen, wiederum ohne Kenntnis der zuständigen Ministerien. Fritz Langes Machtanspruch ging sogar so weit, dass er am 2. März 1949 vom Präsidenten der Deutschen Verwaltung des Innern ein Verbot der Veröffentlichung von Zeitungsannoncen verlangte, in denen für den Geschenkdienstversand zwischen den Besatzungszonen geworben wurde. Dr. Fischer lehnte das Ansinnen mit dem Hinweis auf fehlende rechtliche Handhabe ab. Ein Argument, das nicht in jedem Fall erfolgreich ins Feld geführt wurde.

Der Januar des Jahres 1949 neigte sich dem Ende zu. Mit Schippen und Besen rückten die Einwohner Dessaus dem Schnee zu Leibe, der in der Nacht gefallen war.

Kurz nach neun Uhr eilte Direktor Methfessel die Stufen zum Portal der Landesbank hinauf. Methfessel wollte rasch einen Scheck einlösen. Meistens erledigte seine Frau diese privaten Dinge, aber da er im Stadtzentrum dienstlich zu tun hatte, wollte er ihr den Gang zur Bank abnehmen. Beim Anblick der vielen Menschen, die hinter dem Tresen des Bankschalters beschäftigt waren, stutzte Methfessel. Ein halbes Dutzend Männer und Frauen blätterten in Akten und endlosen Listen. Ihre Gesichter waren Methfessel noch nie in der Bank begegnet.

»Wer sind denn diese Leute da?«, fragte er den zweiten Bankdirektor, der geschäftig herbeieilte, um Methfessels Wünsche entgegenzunehmen. »Neues Personal?«

Der Dicke lehnte sich vertraulich über den Tresen. »Eine Revisionsgruppe der Wirtschaftskommission. Aus Halle, glaube ich. Oder noch höher.« Sein Daumen wies unauffällig zur Decke. »Aus Berlin.«

»Und was suchen die?«, entfuhr es Methfessel. »Die Währungsreform ist doch abgeschlossen.«

Der Bankdirektor setzte eine Verschwörermiene oder das, was er dafür hielt, auf. Er neigte sich zu Methfessels Ohr. »Das hängt, soviel ich gehört habe, mit der Prevag zusammen. Da soll sich herausgestellt haben, dass irgendwelche Aktien unauffindbar sind.« Der Dicke vergewisserte sich mit einem verstohlenen Blick über die Schulter, dass er unbeobachtet war. »Die Herrschaften haben auch das Depot der Conti kontrolliert«, raunte er. »Die haben alle Vollmachten.«

Methfessel nickte wie betäubt. Er ließ sich sein Geld auszahlen und strebte dem Ausgang zu. Am Bordstein der winterlichen Straße wartete der Dienstwagen. Methfessel stieg ein. In seinem Kopf schwirrten die Gedanken wie ein aufgescheuchter Vogelschwarm um das Erlebnis in der Bank. Er durchschaute nicht, was da vorging, ahnte aber die Gefahr, die für die Conti heraufzog.

»Zum Büro!«, wies er endlich den Chauffeur an, der seinen Chef auf dem Rücksitz verwundert musterte. So verstört hatte er den Direktor noch nie erlebt.

Hermann Müller, die Frohnatur, ließ sich von Methfessels Bericht nicht ins Bockshorn jagen. »Ah geh, die suchen nach Steuerhinterziehern«, wiegelte er sorglos ab. »Mach dich nicht verrückt, Friedrich!«

Methfessel ging in sein Zimmer. Er nahm den Telefonhörer ab und wählte die Nummer von Notar Heils Anschluss. In der Kanzlei meldete sich die Sekretärin. Nein, der Herr Doktor sei im Moment nicht zu erreichen, erklärte sie. Wann? Sie wisse es auch nicht genau. Vielleicht am Nachmittag.

Methfessel bat um einen Rückruf. Nichts geschah.

Am darauf folgenden Tag versuchte der Direktor erneut, den Rechtsberater der Conti am Telefon zu konsultieren. Die Sekretärin bedauerte außerordentlich, aber der Herr Anwalt sei schon wieder zu einem dringenden Termin außer Haus. Selbstverständlich habe sie ihren Chef über Direktor Methfessels Anruf in Kenntnis gesetzt.

Ein weiterer Versuch, den neuerdings sehr beschäftigten Dr. Heil an die Strippe zu bekommen, scheiterte am Nachmittag. Methfessel wäre bereit gewesen, jeden Eid zu schwören, dass er während des kurzen Gespräches Dr. Heils Stimme aus dem Hintergrund der Kanzlei vernommen hatte.

Auf einmal waren die Zweifel wieder da. Misstrauen quälte Methfessel. Von Unruhe getrieben, begab er sich am Abend zu Dr. Heils Wohnung. Der Notar war peinlich überrascht, als der Conti-Direktor vor der Tür stand. Sein Gesicht verzog sich zu eisiger Abwehr. Friedrich Methfessel begriff: Der Anwalt ließ sich bewusst verleugnen!

»Was wollen Sie denn hier?«, entfuhr es Dr. Heil. Seine Stimme klang seltsam gepresst. Er machte keine Anstalten, den späten Gast hereinzubitten.

Methfessel riss der Geduldsfaden. »Warum gehen Sie nicht ans Telefon, wenn ich mit Ihnen reden will?«, entrüstete er sich. »Was soll das Versteckspiel?«

»Wissen Sie nicht, dass bei der Prevag eine Untersuchung in Gang gekommen ist?«

»Deshalb sollten wir uns bemühen, so schnell wie möglich klarzusehen. Wenn sich der erste Sturm gelegt hat, dann können wir …«

»Den Teufel werde ich tun!«, konterte Heil erbost. »Warum haben Sie mir nicht gesagt, dass die Agag schon gelöscht war, als ich Ihnen die Handelsregisterauszüge für Lemgo besorgen musste?« Er schnaufte empört. »Jetzt soll ich die Suppe auslöffeln, wie? Ich denke, es wird für uns beide von Nutzen sein, wenn wir uns eine Weile nicht über den Weg laufen. Guten Abend, Herr Direktor Methfessel!«

Paul Heil schlug seinem Besucher die Tür vor der Nase zu.

Auf die Spur der Conti in Dessau waren Langes Rechercheure wohl zuerst durch die Charlottenburger Wasserwerke AG und durch die Prevag geraten. Es war ihrer Aufmerksamkeit nicht entgangen, dass die Wasserwerke inzwischen in den alleinigen Besitz des Westberliner Magistrats übergegangen waren und dass die DCGG mit zweiundsechzig Prozent die Aktienmehrheit in der Prevag gehalten hatte. Seit Berlin im Dezember 1948 durch die Bildung zweier Magistratsverwaltungen gespalten worden war, beobachtete die DWK argwöhnisch jede Veränderung in der Westberliner Wirtschaft. Welche ostdeutschen Firmen hatten Niederlassungen in Westberlin?

Anhand von Handelsregisterauszügen ermittelte die ZKK, dass fünfundzwanzig Prozent des Gesamtvermögens der Conti auf westdeutschem Boden lagen. Die Jagd nach den Wertpapieren, die ostdeutsche Besitzansprüche rechtswirksam begründen sollten, wurde eingeläutet.

Am Mittwoch, dem 2. Februar 1949, erschien ein Polizeikommando unter Führung der Landeskontrollkommission in den

Büroräumen der Dessauer Conti-Verwaltung. Die Weisungen gaben die LKK-Mitarbeiter.

Hermann Müller und Dr. Simon wurden festgenommen. Von Friedrich Methfessel fehlte jede Spur. Er war seit zwei Tagen nicht mehr im Büro erschienen.

Als das Polizeikommando an der Villa in der Hardenbergstraße klingelte, fanden die Beamten eine leere Wohnung vor. Der kaufmännische Direktor hatte sich mit seiner Familie nach Westberlin abgesetzt.

Die Durchsuchung der Wohn- und Geschäftsräume nahm die Dessauer Polizei vor. Sie beschlagnahmte Wertpapiere und schriftliche Aufzeichnungen, die als Beweismittel von Bedeutung sein konnten.

Müller und Simon wurden von den Männern der Landeskontrollkommission verhört. Ernst Simon, der kregle Jurist mit der Berufserfahrung eines Landgerichtsrates, berief sich auf die Bestimmungen der Strafprozessordnung. Diese sichere ihm ein Recht auf Verteidigung gesetzlich zu. Simon verlangte von den Kriminalbeamten, denen er sich gegenüber wähnte, Auskünfte über die Straftaten, die man ihm zur Last lege.

»Für uns gelten andere Gesetze!«, wurde er belehrt. »Die Landeskontrollkommission Sachsen-Anhalt verlangt von Ihnen Rechenschaft über Ihre Tätigkeit für die Deutsche Continentale Gas-Gesellschaft.«

Ernst Simon blieb stur. Er habe seine juristische Tätigkeit im Auftrag des Aufsichtsrates ausgeführt, nur diesem sei er rechenschaftspflichtig. Es sei denn, der Vorsitzende entbinde ihn von seiner Schweigepflicht. Irgendwelche ominösen Richtlinien, auf die man ihn aufmerksam mache, hätten keine Gesetzeskraft.

Auch Hermann Müller erklärte, als treuhänderischer Direktor an die Weisungen des Aufsichtsrates gebunden gewesen zu sein. Im Übrigen habe Direktor Methfessel die Geschäfte geführt.

»Schluss mit dem Theater!«, schimpfte Max Krinne verärgert. Er ließ den Leiter des Polizeieinsatzkommandos rufen. »Morgen in aller Frühe nehmen Sie diesen Kaatz fest!«

»Wenn der nach einer Begründung fragt?«

»Verdacht auf Wirtschaftssabotage!«

Die Untersuchung schleppte sich dahin. Am 29. März teilte das Registergericht in Düsseldorf dem Dessauer Amtsgericht den Eintrag der DCGG mbH mit Sitz in Hagen in Westfalen mit.

Aus Berlin eilte Fritz Lange herbei, um die Männer der LKK auf Trab zu bringen. Körbe voller Akten und Unmengen archivierter Geschäftspost wurden durchforstet. Ein Protokoll aus dem Jahre 1947, an das Müller sich schon gar nicht mehr erinnerte, wurde dem Diplom-Ingenieur zum Verhängnis.

Frohlockend legten ihm die Vernehmer das Papier vor. »Nun erklären Sie uns doch mal, Müller, um welche außerordentliche Hauptversammlung es sich bei diesem Protokoll handelte?«

Hermann Müller hatte ein trockenes Gefühl im Hals. »Das war eine Zusammenkunft der Hauptaktionäre der Askania Werke AG Berlin …«

»… deren nominales Grundkapital zu Beginn der Sitzung noch zwölf Millionen Reichsmark betrug. Als das Protokoll vom anwesenden Notar unterzeichnet wurde, war das Kapital auf zwei Millionen Mark geschrumpft. Und das in fünfzehn Minuten!«, höhnte der Beamte.

Mit zitternden Händen wollte Müller nach dem Papier greifen. Der Vernehmer zog es zurück, hielt es aber immer noch so, dass der Ingenieur die Schriftzüge deutlich vor Augen hatte.

»Von uns wurde – wie es da steht – eine beschleunigte Bilanzberichtigung gefordert.«

»Und welches Geheimnis steckt hinter der ungewöhnlichen Formulierung ›Anpassung an die derzeitigen Vermögensverhältnisse‹?«

»Bedenken Sie doch, meine Herren, das Askania Werk ist zu zwei Dritteln durch Luftangriffe zerstört worden. Eine Abwertung des Grundkapitals kann daher nur rechtens sein. Diese Praxis ist – wenn ich mir die Bemerkung erlauben darf – auch von den russischen Behörden bei der Übernahme deutscher Betriebe in sowjetische Aktiengesellschaften ausgeübt worden.«

»Für wie dämlich halten Sie uns eigentlich?«, polterte Max Krinne. »Da setzen sich die Herren Methfessel, Müller und ein gewisser Quilitzsch mal ganz kurz an den Tisch, um einander das Einverständnis mit einer Herabsetzung des Askania-Vermögens zu bekunden. – Eindeutig ein Betrugsmanöver!«

»Ich bestreite entschieden …«

»Die Absicht ist doch offenkundig. Sie wollten einer Enteignung der Askania vorbeugen. Für das Volksvermögen ein Verlust von zehn Millionen Mark.«

Müller konnte sich einen kleinen Triumph nicht verkneifen. »Vielleicht darf ich Sie daran erinnern, dass das Askania Werk nicht zum sowjetischen Sektor gehört«, sagte er. »In Westberlin wird nicht enteignet.«

Das Kommando »Abführen!« beendete das mitternächtliche Verhör. Die Geständnisbereitschaft ihrer Delinquenten durch Schlafentzug zu befördern gehörte zum Handwerk der Vernehmer in der Lange-Kommission.

Auch gegen Kaatz wurden die Ermittlungen vorangetrieben. Der Morgenrapport der Hauptabteilung Kriminalpolizei in der Deutschen Verwaltung des Innern, Berlin, meldete am 14. Juli 1949 die Flucht des Abteilungsleiters Handel und Versorgung der Stadtverwaltung Dessau. Der Flüchtige »werde als Mittäter bei Wirtschaftsverbrechen« gesucht. Die Kriminalpolizei fand eine Verbindung zur Zuckerraffinerie. Sie nahm den Prokuristen Hasenzogel fest, setzte ihn aber wieder auf freien Fuß, als sich herausstellte, dass fehlerhafte Eintragungen in den Abrechnungsbüchern über Spirituosenkäufe und die Schwarzlagerung von vier Zentnern Zucker durch die Direktoren Kaatz und Gronzig angewiesen waren. Viel schwerer wog die Erkenntnis, dass in der Zuckerraffinerie bis zum Jahre 1945 Giftgas hergestellt worden war.

Nun saß Dr. Kaatz seinen Vernehmern gegenüber. Der Präsident der Industrie- und Handelskammer starrte auf die Tischplatte, hin und wieder lehnte er sich nervös zurück und ließ den Blick über die Zimmerdecke wandern.

»Seit wann sind Sie als Direktor in der Zuckerfabrik tätig?«

»Seit 1922. Habe aber anfangs als Prokurist gearbeitet.«

»Was wurde in der Raffinerie produziert?«

»Ammonsulfat, Zyan, Pottasche.«

»Wozu diente die Zyanstation?«

»Hier wurde in einer kleineren Abteilung Zyklon B hergestellt.«

»Wofür benötigte man Zyklon B?«

Kaatz zuckte die Schultern. »Wir verkauften es, soviel ich weiß, zur Durchgasung von Mühlen, Schiffen oder Massenquartieren.«

»Dass während der Nazizeit auch Konzentrationslager unter den Begriff Massenquartiere fielen, ist Ihnen bekannt?«

»Ich habe es 1945 – also nach dem Zusammenbruch – gehört.«

»Und dennoch haben Sie sich seit 1945 dafür eingesetzt, dass die Dessauer Zuckerraffinerie nicht als Kriegsverbrecherbetrieb behandelt wurde.«

»Ja, ich war der Ansicht, dass eine entschädigungslose Enteignung nur dann in Frage kommt, wenn der Unternehmer den Verwendungszweck seiner Produkte definitiv kannte.«

»Während des Krieges gehörte ein Zwangsarbeiterlager zur Zuckerfabrik?«

Kaatz nickte. »Die meisten Arbeiter stammten aus Polen.«

»Der Dessauer Kriminalpolizei liegen Aussagen vor, dass im vorletzten Kriegsjahr zwei polnische Arbeiter im Lager öffentlich gehängt wurden. Äußern Sie sich dazu, Herr Kaatz!«

»Ich habe von dem traurigen Vorfall nichts gewusst. Erst später habe ich es erfahren. Die Betriebsleitung hatte mit der Angelegenheit nichts zu schaffen. Die Initiative ging von der SS aus, die verwaltete das Lager.«

»Ich wiederhole meine Frage: Trotzdem haben Sie dafür plädiert, dass die Raffinerie nicht als kriegsverbrecherisches Unternehmen behandelt wurde?«

Kaatz verlor seine kontrollierte Zurückhaltung: »Man kann doch nicht verlangen, dass ich meiner eigenen Enteignung zustimme!«

»Das ist der springende Punkt, Herr Kaatz. Hier liegen auch die Gründe für Ihre Mitwirkung bei der Verschiebung von Aktien aus dem DCGG-Gesamtvermögen, das Ihnen als Mitglied des treuhänderischen Aufsichtsrates anvertraut war.«

Leopold Kaatz schnappte nach Luft. »Ich war doch nicht allein im Aufsichtsrat«, entrüstete er sich. »Herr Minister Herwegen gehörte ebenso dazu wie Herr Direktor Scharf von der Landeskreditbank in Halle.«

Heinrich Scharf wurde zur Vernehmung in die Hallenser Willi-Lohmann-Straße gebracht. Geschockt und reichlich verunsichert, setzte er den Vernehmern der Landeskontrollkommission kaum Widerstand entgegen. Er gab bereitwillig Auskunft. So erklärt sich wohl, dass der neunundfünfzigjährige Bankdirektor nach seinem ersten Verhör zunächst wieder frei kam.

Scharf entstammte einer gut situierten Kaufmannsfamilie. Im Ersten Weltkrieg diente er als Offizier und stieg danach ins Bankfach ein, wo er seit 1918 ununterbrochen tätig war. Seine Berufung in den Aufsichtsrat der DCGG hatte Friedrich Methfessel vermittelt, der in Scharf einen berechenbaren Helfer witterte.

Heinrich Scharf räumte in seiner ersten Vernehmung ein, dass ihn schon bei der Berufung ein »ungutes Gefühl« überkommen sei.

»Sie wussten doch, Herr Scharf, dass ein Treuhänder nicht gegen die Enteignungspolitik der Regierung kämpfen darf!«, hielt ihm der Vernehmer vor.

»Ich habe die Bedenken, die ich hegte, beiseitegeschoben, weil mich die Ausführungen des Herrn Minister Herwegen eines anderen belehrten.«

»Sie hätten aber mit dem Minister, der zugleich Ihr Parteifreund war, über diese Bedenken sprechen können.«

Scharf seufzte schuldbewusst. »Vielleicht können Sie das nicht verstehen, aber die Argumente haben mich überzeugt. So ein Minister hat doch eine gewisse Autorität.«

»Eine Autorität, der Sie unbedingt folgen mussten?«

Scharf war zu arglos, um den Fallstrick zu erkennen, der jetzt gelegt war. »Unbedingt«, nickte er brav. »Minister Herwegen kam ja aus dem Kabinett, das die Enteignungsgesetze beschlossen hatte. Da musste er doch besser Bescheid wissen als ich.«

»Hören Sie zu, Herr Scharf. Sie erleichtern Ihre Lage, wenn Sie uns alles erzählen. Die Sache sieht dann mit einem Schlag günstiger für Sie aus.«

Der Bankdirektor erzählte von dem Ausflug nach Westberlin, von der großen Aufsichtsratssitzung in Charlottenburg, an der sogar Minister Herwegen teilgenommen hatte.

Der Vernehmer fixierte sein Gegenüber. Lange, schweigend. Um die Mundwinkel ein kaum wahrnehmbares zufriedenes Lächeln.

Minister Herwegen, ein Spitzenmann der CDU, war ins Schussfeld geraten. Kaestner und Krinne mussten sich eingestehen, dass die Affäre Conti für die Landeskontrollkommission eine Nummer zu groß war. Kaestner fuhr mit den Akten nach Berlin.

Fritz Lange, Toni Ruh, Dr. Masius und Roebsteck machten sich über das Material her. Die Chefdetektive der ZKK benötigten immerhin zwei Tage, bis sie alle Berichte und Vernehmungsprotokolle gesichtet hatten. Nach einem vertraulichen Gespräch im Zentralvorstand der SED, deren Beauftragter Lauffen gleichfalls zur Untersuchungskommission stieß, wurde die »zonale Bedeutung der Angelegenheit Deutsche Continentale Gas-Gesellschaft erkannt und da sie in ihrem Umfang den Bereich eines Landes überschritt, die Zuständigkeit der Zentralen Kontrollkommission erklärt«. Die Karten wurden neu gemischt.

»Wenn dieser Scharf zu seiner Aussage steht, ist Herwegen geliefert«, belehrte Lange die ZKK-Emissäre. »Unsere Aufgabe hat einen politischen Charakter. Indem wir Herwegen die Konzernverbrechen nachweisen, ihn öffentlich des Verrates an den Interessen des Volkes überführen, schalten wir gleichzeitig den Landesvorsitzenden der CDU in Sachsen-Anhalt aus. Und dann soll es uns nicht schwerfallen, die Querulanten in den anderen Parteien auch zur Räson zu bringen.«

Von Walter Ulbricht ist der Satz überliefert: »Herwegen ist der typische Vertreter der reaktionären Gruppierung innerhalb der CDU, die versucht, im Auftrage der westlichen Konzernherren das Rad der Geschichte zurückzudrehen.«

Während der Beratung in Langes Zimmer ließ Kaestner die Bemerkung fallen: »Herwegen saß im Aufsichtsrat der Prevag. Wissen Sie, wer dort noch einen Sitz hatte? – Ministerialdirektor Brundert!«

»Sieh an, der saubere Herr Professor!« Lange triumphierte. »Dem treibe ich die Wühltätigkeit auch noch aus!«

Lauffen vom Parteivorstand der SED meinte: »Ich kann dir

einen Tipp geben. Seht euch Brunderts Personalakte gründlich an. Die Protokolle aus dem Parteiausschlussverfahren belegen, dass Brundert in englischer Gefangenschaft war.«

»Das ist ja die reinste Verschwörung«, brummte Roebsteck. »Fehlt nur noch das Motiv.«

Auch dieses fand sich im Wust der beschlagnahmten Conti-Papiere. Es war der Brief, den Friedrich Methfessel am 9. Juli 1945 an Dr. Schalfejew geschrieben hatte.

Dr. Masius, der Rechtskundige in der ZKK, gab zu bedenken: »Ich weiß nicht, ob dieser Brief geeignet ist, eine gemeinsame Sabotageabsicht zu unterstellen. Er wurde lange Zeit vor der Bestellung der Treuhänder verfasst. Ich lese hier nur, dass der Vorstand in Dessau gewillt war, auf seinem Posten zu verbleiben.«

»Haben Sie vergessen, wer Schalfejew ist? – Staatssekretär im Bonner Wirtschaftsministerium!«

Fritz Lange setzte seinen Willen durch. Der Brief wurde zu den Untersuchungsakten genommen und spielte im Dessauer Prozess die Rolle eines Beweismittels für die subjektive Tatmotivation der Angeklagten.

Das Netz zog sich zusammen. Bevor es in Halle und Dessau zur Sache ging, waren organisatorische Probleme zu lösen. Der Sicherheitsstandard in den Untersuchungshaftanstalten und in den Polizeigefängnissen Sachsen-Anhalts war in den Nachkriegsjahren bedenklich gesunken. Wiederholt war es Gefangenen gelungen, auszubrechen und in den Westen zu flüchten. Um den Erfolg seiner Mission nicht zu gefährden, sah Lange sich nach einer Isolationsmöglichkeit für die Delinquenten um.

Seine Wahl fiel auf das Polizeigefängnis in Gommern. Ein muffiger Altbau, der gegen den Verfall ankämpfte. An die Landespolizeibehörde erging die Weisung, einen Flügel des dreistöckigen Gebäudes herzurichten und ein Sonderbewachungskommando aus zuverlässigen Bediensteten abzukommandieren.

Müller, Simon und Dr. Kaatz, die seit Anfang Februar in Haft saßen, wurden nach Gommern verlegt.

Während in der großen Politik mit der Gründung der Bundesrepublik und der späteren Proklamation der DDR Fakten geschaffen wurden, die Europa für viele Jahre prägen sollten, ruhten die Ermittlungen der Lange-Kommission, die sich nun bald »Zentrale Kommission für Staatliche Kontrolle« (ZKSK) nennen durfte. Ende Oktober lebte das Verfahren wieder auf.

Am 28. Oktober 1949 wurde Bankdirektor Heinrich Scharf verhaftet. Die Polizei nahm ihn an seinem Arbeitsplatz fest. Bevor er die Fahrt nach Gommern ins Sondergefängnis der Lange-Kommission antrat, durchsuchten ihn die Beamten vorschriftsgemäß. Dabei nahmen sie ihm Gürtel und Schnürsenkel ab und entdeckten in Scharfs Strumpf eine tödliche Dosis Zyankali.

In den Amtsstuben der Landeshauptstadt kursierten Gerüchte. Sie blieben Professor Willi Brundert nicht verborgen. Durch einen Zufall erfuhr er, dass man mehrere Angestellte des Wirtschaftsministeriums ausgefragt hatte. Über ihm braute sich etwas zusammen. Als er am Nachmittag das Ministerium verließ und zur Universität fuhr, glaubte er sich von einer Limousine verfolgt, in der drei Männer saßen. Aufs höchste beunruhigt, beschloss Brundert, den Stier bei den Hörnern zu packen. Am Abend wählte er in seiner Wohnung, August-Bebel-Straße 70, den Privatanschluss des Generalstaatsanwalts für Sachsen-Anhalt an. Er hörte, wie am anderen Ende der Leitung abgenommen wurde.

»Hallo?« Eine männliche Stimme, die kratzig klang. Ihr Besitzer rauchte wohl zu viel.

Mindert fragte: »Ist dort Fischl?«

»Was wollen Sie? Wer sind Sie?«

»Hier spricht Brundert. Professor Willi Brundert. Entschuldigen Sie die Störung, Herr Generalstaatsanwalt.«

»Ja, ich verstehe. Von wo aus rufen Sie an?«

»Ich bin in meiner Wohnung.«

»Was ist passiert?«

»Ich hörte, Sie führen die Untersuchung in der sogenannten Conti-Affäre?«

»Ich nicht«, tönte es sofort aus dem Hörer. »Sie überschätzen meine Möglichkeiten. Das ist Sache der ZKSK in Berlin. Aber das nur nebenbei. Was haben Sie auf dem Herzen?«

»Ich bin etwas in Sorge«, gestand Brundert. »In letzter Zeit geschehen in meiner Umgebung seltsame Dinge. Ihnen steht doch der Machtapparat rechtmäßig zur Verfügung, und da dachte ich …«

»Ja?«

»Es ist mir natürlich unangenehm, so direkt zu fragen, aber vielleicht wissen Sie, ob ich … ich meine, ob ich auf meine Sicherheit achten muss?«

»Lieber Herr Professor Brundert, wie kommen Sie denn darauf?«

»Eine dunkle Ahnung, verstehen Sie.«

»Nee nee, mein Lieber, ich bitte Sie. Nichts wird geschehen.« Fischl lachte kurz auf.

»Ich wünsche Ihnen eine angenehme Nacht.«

In aller Herrgottsfrühe stürmten nach heftigem Klingeln mehrere Polizeibeamte in Brunderts Wohnung.

»Ziehen Sie sich an!«, befahl ein Zivilist.

Das Blut schoss Brundert ins Gesicht, das Herz hämmerte, es rumorte in den Schläfen. »Ich protestiere! Haben Sie einen Ausweis?«

»Zentrale Kommission für Staatliche Kontrolle, Berlin!«

Zur gleichen Zeit ein ähnliches Bild in der nur wenige Straßenzüge entfernten Wohnung des Ministers Dr. Leo Herwegen. Herwegen hatte tags zuvor einen Anruf aus der Bundesrepublik erhalten. Ein Freund, der kürzlich aus Halle geflüchtet war, hatte vor möglichen Eskalationen in der Conti-Affäre gewarnt.

Familie Herwegen wurde beim Kofferpacken überrascht.

»Eine Erholungsreise«, sagte der Minister verdattert.

Der ZKSK-Mann bückte sich rasch. Er kramte eine wertvolle alte Bibel aus dem aufgeklappten Koffer. »Ein kostspieliges Reisegepäck, nicht wahr?«

Am 3. November, einem Donnerstag, nahm die ZKSK Dr. Heil und Ernst Pauli, zuletzt Abteilungsleiter Industrie bei der Industrie- und Handelskammer in Dessau, fest. Pauli hatte der DCGG im August 1946, als er Wirtschaftsbeauftragter beim Oberbürgermeister war, die amtliche Bescheinigung ausgestellt, die der Conti Sequesterfreiheit bestätigte.

Willi Brundert schilderte später die Vorgänge dieser Tage in seinem 1958 in Hannover erschienenen Buch »Es begann im Theater« auf Seite 36 folgendermaßen:

»Die Verhaftung der acht Angeklagten des Dessauer Schauprozesses erfolgte schlagartig am 28.10.1949 morgens zwischen sechs und sieben Uhr, also in der für NKWD-Bräuche typischen Verhaftungsstunde. Dass die Aktion schlagartig durchgeführt wurde und unter dramatischen Begleitumständen – wie die polizeiliche Absperrung aller Ausfallstraßen der Stadt Halle –, veranschaulicht die Nachahmungssucht der Kommunisten gegenüber den Gestapo-Methoden der braunen Diktatur. Nach kurzer Unterbringung in der Haftanstalt des Polizeipräsidiums Halle erfolgte die getrennte Überführung der Verhafteten nach dem kleinen Gefängnis in Gommern bei Magdeburg.«

Diese dramatische Darstellung des Geschehens vom 28. Oktober 1949 entspricht allerdings nicht den Tatsachen. Die Verhaftungen sind nicht schlagartig erfolgt, sondern im Zeitraum von Februar bis November 1949 nach dem Domino-Prinzip.

So war es aus dem Eröffnungsbeschluss des Obersten Gerichtes zu entnehmen, der zu Prozessbeginn in Dessau verlesen wurde. Der Aufruf jedes Angeklagten endete mit der Formulierung »In Untersuchungshaft seit ...«

Unterlage über eine groß angelegte Polizeiaktion in den Hallenser Ausfallstraßen sind nicht aufzufinden. Die Morgenrapporte der Hauptabteilung Kriminalpolizei in der Deutschen Verwaltung des Innern Berlin, die 1949 jede polizeiliche Festnahme in Sachen Wirtschaftsverbrechen penibel registrierte, enthalten die Namen der in Dessau und Halle Verhafteten nicht. Ein sicheres Indiz für die Tatsache, dass die Verhaftungen nicht in der Verantwortung der Polizeibehörden lagen.

Erst am 12. Dezember 1949 meldete die Landespolizeibehörde Sachsen-Anhalt vier Zentner verdorbenen Zucker und die unsachgemäße Lagerung von Chemikalien in der VVB Dessauer Zuckerraffinerie als Wirtschaftsverbrechen des ehemaligen Direktors Kaatz, der zu dieser Zeit bereits in Haft saß.

Am 23. November 1949 boten fast alle Tageszeitungen in der DDR ihren Lesern den mehrspaltigen Aufmacher

»EINE BANDE VON VERBRECHERN AM VOLKSEIGENTUM GEFASST / WERTE VON HUNDERT MILLIONEN NACH WESTDEUTSCHLAND VERSCHOBEN / VERBINDUNG MIT AUSLÄNDISCHER SPIONAGE«.

Die SED-Zeitung »Neues Deutschland« druckte auf der Titelseite den Amtlichen Bericht der Zentralen Kommission für Staatliche Kontrolle.

»Infolge ungenügender demokratischer Wachsamkeit ist es einer Anzahl monopolkapitalistischer Agenten im Lande Sachsen-Anhalt gelungen, in den Regierungsapparat und in etliche wirtschaftliche Institutionen einzudringen und mangelndes demokratisches Bewusstsein bei einigen verantwortlichen, leitenden Personen des öffentlichen Lebens auszunutzen für verbrecherische Manipulationen zum Schaden des Volkseigentums.

Etliche dieser Agenten verbündeten sich in Durchführung ihrer volksfeindlichen und nationalverräterischen Verbrechen mit kosmopolitisch versippten monopolkapitalistischen Elementen in Westdeutschland und in Westberlin und konspirierten mit Spionen in ausländischen Diensten.«

Der weitere Text beschrieb die Aktivitäten der Vorstands- und Aufsichtsratsmitglieder. Der Bericht schloss:

»Der Amtliche Bericht der zentralen Kommission für Staatliche Kontrolle stützt sich auf unwiderlegbare beweiskräftige Dokumente und enthält nur einen Teil der Verbrechen, die von den monopolkapitalistischen Kreaturen im Lande Sachsen-Anhalt begangen worden sind. Die Ermittlungen werden fortgesetzt. Die Zentrale Kommission für Staatliche Kontrolle fordert alle demokratisch bewussten Kräfte in den früheren Konzernbetrieben auf, der Provisorischen Regierung der Deutschen Demokratischen Republik behilflich zu sein bei der Ausschaltung schädlicher monopolkapitalistischer Einflüsse auf die volkseigenen Betriebe.

Berlin, den 21. November 1949

Fritz Lange

Der Vorsitzende der Zentralen Kommission für Staatliche Kontrolle«

Nach der Ankunft in Gommern mussten die Festgenommenen die Zivilkleidung ablegen. Sie erhielten Anstaltskleidung aus reißfestem Drillich. Obwohl in den Polizeigefängnissen Sachsen-Anhalts gemeinhin Platzmangel herrschte, hatte die

Verwaltung in Gommern einen kompletten Gebäudeflügel für die Gefangenen der Lange-Kommission geräumt. Vier Häftlinge lagen in der ersten Etage, vier im Erdgeschoss, jeweils zwei links und rechts vom Treppenhaus. Dazwischen Leerzellen, sodass keine Klopfverbindung möglich war. Die Isolierung war total. Nicht einmal das Stammpersonal von Gommern durfte an die Gefangenen heran. Den Wachdienst übernahm ein Sonderkommando in einer Stärke von 1:12. Diese verschärften Haftbedingungen verfehlten ihre Wirkung nicht. Heinrich Scharf unternahm in seiner Zelle einen Selbstmordversuch.

Die Vernehmer der ZKSK fühlten sich dem Berufsethos eines Andrej Wyschinski verpflichtet. Der gnadenlose Chefankläger der UdSSR hatte sich in den stalinistischen Schauprozessen der dreißiger und vierziger Jahre einen Namen gemacht. Von ihm stammt der Satz: »Ein Geständnis ist Beweis der Schuld.« Ein Freibrief für alle, die vorgaben, das »Schwert der proletarischen Revolution« im Namen und zum Nutzen des Volkes zu handhaben.

Häufig beteiligte sich Fritz Lange selbst an den Vernehmungen. Er leitete auch die Dauervernehmung vom 25. November, die in den Abendstunden begann und fast vierundzwanzig Stunden dauerte.

Brundert ließ sich von der rüden Behandlung, die ihm und seinen Schicksalsgefährten widerfuhr, nicht einschüchtern.

»Das ganze Verfahren ist ungesetzlich!«, erklärte er entschlossen. »Ich verlange, von Kriminalbeamten oder einem Untersuchungsrichter angehört zu werden.«

Der ZKSK-Vorsitzende verfärbte sich. »Das Untersuchungsorgan sind wir!«, trumpfte er auf. »Dass Sie sich Ihrer Lage noch immer nicht bewusst sind, beweist nur Ihre Infantilität!«

»Das ist kein ordentliches Verfahren!«, beharrte der Professor.

»Wir kennen Ihre parteifeindliche Tätigkeit sehr genau, Herr Brundert! Ihre Zusammenarbeit mit dem englischen Geheimdienst. Ihre Sabotagetätigkeit zugunsten der Konzernherren im Westen. Sie sind entlarvt!«

»Ich protestiere gegen diese Unterstellungen!«

Lange winkte ab. »Protestieren Sie, so viel Sie wollen. An der Sachlage ändert das überhaupt nichts.« Seine Worte waren voller Hohn. »Schon bei der Durchsicht Ihrer Personalakte ist mir klar geworden, welches feindliche Element sich im Wirtschaftsministerium in Halle eingenistet hat.«

Willi Brundert war kein Amokläufer. Er lenkte ein. »Stellen Sie mir präzise Fragen. Ich bin sicher, die Dinge lassen sich aufklären.«

»Na schön!« Lange blätterte die Akte auf. »Sie haben sich 1930 dem Leuchtenberg-Kreis in Halle angeschlossen. Und 1931 wurden Sie Vorsitzender der sozialistischen Studentenschaft. Alles säuberlich im Lebenslauf aufgeführt, mein Lieber. Aber dass Sie drei Jahre später Ihre Gesinnung verrieten, hat Ihr Gedächtnis verdrängt!«

»Wovon reden Sie?«

Roebsteck, der zweite Vernehmer, kam hinter dem Tisch hervor. Er legte Brundert eine dickleibige Broschüre im grauweißen Pappeinband in die Hand. »Liste der auszusondernden Literatur« stand auf dem Umschlag. »Herausgegeben von der Deutschen Verwaltung für Volksbildung in der sowjetischen Besatzungszone.«

»Blättern Sie ruhig«, schlug Roebsteck vor. »Die Seite sechsundfünfzig ist interessant.«

Willi Brundert entdeckte seinen Namen im Verfasserregister. Daneben den Titel der Schrift »Junge Nation und Kampfbund«. Er hatte sie 1934 im Eisenacher Röth-Verlag veröffentlicht.

»Ich verstehe nicht, was Sie damit beweisen wollen. Ich habe diese Broschüre vor fünfzehn Jahren geschrieben. Meine berufliche Existenz stand damals auf dem Spiel. Ich schrieb auch einen Aufsatz zum Thema ›Aus deutscher Rechtsgeschichte‹.

Das gebe ich ja alles zu. Aber was haben die Schriften mit den Anschuldigungen zu tun, die Sie gegen mich erheben?«

Fritz Lange, die Überlegenheit in Person, brummte fast zärtlich: »Aber Professor, ich denke, Sie sind promovierter Jurist. Die Schriften beweisen natürlich, dass die volksfeindlichen Ideen des Sozialdemokratismus nicht von einem Tag auf den anderen in Ihrem Kopf entstanden sind!«

Brundert schüttelte nachdenklich den Kopf. »Die Fakten stimmen, das ist richtig. Aber die Bedeutung, die Sie ihnen beimessen, und die Schlussfolgerungen, die Sie daraus ableiten, sind absurd.«

»Sie werden sich noch wundern, Brundert. Auch ohne Ihr Geständnis reicht die Summe unserer Beweise für eine Verurteilung aus. – Wann und wo sind Sie mit dem britischen Geheimdienst in Verbindung getreten? Von wem wurden Sie angeworben?«

»Ich bin niemals vom englischen Geheimdienst …« Bei diesem Stichwort klinkte sich Toni Ruh, der für Geheimdienste zuständige Spezialist, ein:

»In Ihrem Lebenslauf haben Sie, Herr Brundert, erklärt, dass Sie 1944 als Leutnant in englische Gefangenschaft gegangen sind.«

»An der Scheldemündung. Das ist richtig.«

»In welches Lager?«

»Camp achtzehn, bei Haltwhistle.«

»Sie haben dort juristische Vorlesungen gehalten?«

»Ja, im Rahmen der POW-University[1]. Ich habe es nicht verschwiegen.«

»Was wissen Sie über das Lager Wilton-Park?«

»Ich lernte es erst im März 1946 kennen, als meine Entlassung aus der Gefangenschaft bevorstand. Das Lager war kein Geheimnis.»

»Wer unterrichtete in Wilton-Park?

»Engländer und Deutsche. Es gab zwei Gruppen unter den Dozenten. Als Gastdozenten traten deutsche Emigranten auf.«

»Wer war der Leiter?«

»Ein Rektor mit Namen Kepler.«

»Da muss ich Sie korrigieren. Es war der deutsche Emigrant Dr. Kepler, der unter dem englischen Decknamen Professor King auftrat.«

»Ja, ich erinnere mich.« Toni Ruh verfügte über Detailkenntnisse, die Brundert verblüfften. »Dr. Kepler war der erste Redner, der im Auftrag der PID[2] die Vorlesungsreihe eröffnete. Damals unter dem Namen Professor King.«

»Gab es weitere Dozenten mit Decknamen?«

»Warum fragen Sie? Sie wissen es doch.«

Fritz Lange schnarrte: »Wollen Sie behaupten, dass die Umschulungslager keine Spionageschulen waren? Niemand schützt seine Leute konspirativ, wenn es die Sache nicht zwingend verlangt.«

»Ich habe es nicht als Spionage gedeutet.«

»Sondern?«

»So, wie ich es auffasste, ging es vornehmlich um eine anglophile Beeinflussung der deutschen Kriegsheimkehrer.«

»Unsinn!«, behauptete Lange. »Um Spione des englischen Geheimdienstes ging es, wie Sie einer sind!«

Brundert schüttelte energisch den Kopf. »Glauben Sie, meine Auftraggeber hätten mir dann gestattet, kurz vor meiner Rückkehr nach Deutschland einen Artikel über Wilton-Park in den deutschen Zeitungen zu veröffentlichen? Welcher Agent kündigt seine Ankunft an?«

Das Verhör steckte in einer Sackgasse. Langes Konzept, den Gefangenen mit Hilfe seiner eigenen Aussagen in die Enge zu treiben, ging nicht auf. Er versuchte es mit Drohungen: »Lassen Sie sich Zeit, Brundert. Halten Sie uns ruhig hin. Wenn ich müde werde, übernimmt einer meiner Leute das Verhör, und wenn er müde wird, löst ihn ein anderer ab. Wir wollen den Prozess. Wenigstens das sollten Sie begriffen haben. Wenn Sie verstockt bleiben, wird der Staatsanwalt die Höchststrafe beantragen. Glauben Sie ja nicht, dass wir mit ungeladenen Pistolen in der Gegend herumfuchteln!«

Die Lager, die das PID in England unterhielt, unterschieden sich in ihrer Struktur und Organisation nicht von den Antifa-Umschulungslagern für deutsche Kriegsgefangene in der UdSSR. Stand hier die marxistische Ideologie auf dem Lehrplan, waren es dort die westlichen Leitbilder für eine Demokratie im Nachkriegsdeutschland. Tausende von Kriegsgefangenen sind durch diese Lager gegangen. Einen Teil seiner V-Leute gewann der britische Geheimdienst wohl auch unter Gefangenen, die in die sowjetisch besetzte Zone entlassen wurden. Professor Willi Brundert freilich konnte auch vor Gericht ein Spionageauftrag nicht nachgewiesen werden.

Wie der Autor Werner Kahl in seinem Report »Spionage in Deutschland heute« beschreibt, hatte der Secret Service unmittelbar nach Kriegsende ein leistungsfähiges Nachrichtennetz in der SBZ aufgebaut, das Hunderte von Agenten und Gewährsleuten beschäftigte.

Der sowjetische militärische Geheimdienst GRU sah im englischen Secret Service seinen Hauptgegner. Die Briten waren für ihre lange Geschichte erfolgreicher Geheimdienstoperationen bekannt. In den zwanziger Jahren unterhielten sie in Sowjetrussland mehrere Agentennetze, die von der Tscheka[3] nur in mühevoller Kleinarbeit zerschlagen wurden.

Weiträumig versuchte die GRU ab 1947, gestützt auf das deutsche Kripo-Kommissariat 5, ihre Besatzungszone gegen westliche Einflüsse abzuschirmen und die gegnerischen Nachrichtendienste auszuschalten. Der Geheimdienst warnte vor Heimkehrern, die Aufträge westlicher Geheimdienste in den Taschen hatten. Die Agenten-Hysterie mündete 1949 in den Sicherheitsbefehl Nr. 2 der SMAD, der sich gegen alle Personen richtete, die aus westlicher Emigration oder Kriegsgefangenschaft heimgekehrt waren und nun in sicherheitssensiblen Bereichen, wie Polizei, Justiz oder in den zentralen staatlichen Verwaltungsbehörden, arbeiteten.

Eine Welle von Kündigungen setzte ein. Allein in der Volkspolizei wurden mehr als 2000 Mitarbeiter Opfer dieses Berufsverbotes.

In einer weiteren Vernehmung, die zwei Tage später, wieder zur Nachtzeit, arrangiert war, konfrontierten Lange und Roebsteck den gestürzten Ministerialdirektor mit seinen Verwicklungen in die vermeintlichen Konzernverbrechen.

Roebsteck repetierte: »Im Frühjahr 1947 fassten Müller, Methfessel und die sauberen Herren aus Frankfurt am Main den frechen Plan, die West-Conti zu gründen. In diese sollten die aus der Ostzone verschobenen Vermögenswerte einfließen.«

Lange: »An dieser Stelle kommen Sie ins Spiel, Professor Brundert! Sie haben natürlich von der Transaktion gewusst. Ach, was sag ich – Sie haben sie bewusst unterstützt! Die Aufhebung des Sperrvermerkes für die Agag war Ihr Werk!«

Wieder Roebsteck: »Obwohl Ihnen bekannt war, dass die Conti enteignet wurde, haben Sie die Löschung im Handelsregister verschleppt!«

»Beim Minister lag ein Einspruch gegen die Enteignung vor.«

»Schon der Gedanke an einen solchen Einspruch ist Sabotage!«, wetterte Lange.

Brundert setzte sich zur Wehr. »Ich kannte den Umfang des Wertpapierbesitzes nicht. Es gab kein Bestandsverzeichnis.«

»Wer war für die Bearbeitung zuständig?«

»In unserem Ministerium? Das Hauptreferat Energie.«

»Wem unterstand das Hauptreferat?«

»Doktor Almoss.«

»Und Almoss?« Roebsteck blieb hartnäckig.

»Dem zuständigen Ministerialdirigenten.«

»Und dessen Vorgesetzter ...?«

»... war der Minister. In seiner Vertretung allerdings ich.«

Genugtuung stahl sich in Langes Gesicht. »Das ist doch schon ein halbes Geständnis, Herr Brundert. Begreifen Sie doch endlich: Die große Chance, die Sie haben, ist, früher zu gestehen als die anderen.«

»Ich habe nichts zu gestehen!«

Der Tatverdächtige Brundert machte es den Männern der ZKSK schwer. Die gestandene Methode, Fakten mit ihren Deutungen so unkenntlich zu machen, dass am Schluss mancher Verdächtige selbst an seine Schuld glaubte, griff hier nicht.

Fritz Lange hatte das längst erkannt. Gemächlich schlenderte er zum Fenster und sah hinaus. Die Hände hatte er auf dem Rücken verschränkt. »Tut gut, einmal durchzuatmen«, meinte er friedlich.

»Nicht in dieser Museumsgruft«, murrte Brundert.

»Ach ja?« Pause. »Der Himmel bezieht sich wieder. Sieht aus, als sollten wir den ersten Schnee bekommen.« Der ZKSK-Emissär drehte sich heftig vom Fenster weg. »Sie sind doch politisch geschult, Professor Brundert. Sie werden sich doch denken können, dass wir diesen Prozess in Sachsen-Anhalt nicht ohne Grund anstreben. Ich glaube nicht, dass Sie so tief gesunken sind, uns Ihre Mithilfe zu verweigern. Wir wissen zum Beispiel von unseren Wachtmeistern, dass Herwegen von morgens bis abends in seiner Zelle hin und her rennt und den Rosenkranz betet. Das kann er. Das ist uns völlig egal. Uns interessiert seine Partei, die CDU, verstehen Sie. In Calbe haben die frommen Brüder ein Plakat aufgehängt, da steht drauf: ›Werde Mitglied der CDU – der stärksten Partei Deutschlands.‹ Dazu wird es nicht kommen.« Langes Stimme bekam einen werbenden Klang. »Der Name Brundert spielt in der Wirtschaftspolitik des Landes Sachsen-Anhalt eine große Rolle. Wenn Sie uns im Prozess helfen, sind Sie gerettet.«

Erwartungsvoll musterte er seinen Gefangenen.

Dessen Antwort ließ auf sich warten. Der Ministerialdirektor starrte zu Boden, bis er nach mehreren Minuten sagte: »Der einzige Fehler, den ich mir vorzuwerfen habe, ist die Vernachlässigung meiner Aufsichtspflicht gegenüber der DCGG.«

Die Vernehmer der Kontrollkommission verstärkten den Druck auf die Verdächtigen. Sie zogen alle Register, um den Festgenommenen Schuldgefühle zu suggerieren. Am 21. Dezember 1949 nötigten Lange, Ruh und Roebsteck Leo Herwegen zu dieser Erklärung:

»Ich muss auf Vorhalt zugeben, dass ich, trotzdem ich als Regierungsvertreter im Aufsichtsrat dieser Gesellschaft nach 1945 war, nichts getan habe, um

1. die Manipulationen des Methfessel und Müller, als die Konzernvertreter, zum Schaden des Volkes und zum Schaden der Volkswirtschaft von Sachsen-Anhalt zu verhindern.

2. Ich habe nichts dagegen getan, um die Verschiebung des Aktienkapitals und der verschiedenen Aktien an die ehem. Konzernherren nach dem Westen zu verhindern.

Im Gegenteil, ich muss zugeben, dass ich bei verschiedenen Anlässen der Aufsichtsratssitzungen diesen verschleierten Transaktionen, die von Müller und Methfessel vorgetragen wurden, zugestimmt habe. Ich fühle mich schuldig, dadurch entscheidend an der Verschleppung des Aktienkapitals zum Schaden des Volkes mitgewirkt zu haben.«

Der Minister hatte aufgegeben. Mit zitternden Fingern unterschrieb er den Revers, den die Vernehmer ihm diktierten. Dann wurde er, völlig erschöpft, in seine Einzelzelle zurückgeführt.

Von ihrem Erfolg überzeugt, eröffnete die Lange-Kommission ihren propagandistischen Feldzug in der Conti-Affäre. Noch während die Untersuchung lief, erhielt ein Reporterteam der »Neuen Berliner Illustrierten« die Erlaubnis zu einem Fototermin in der Haftanstalt. Die Gefangenen wurden einer nach dem anderen aus ihren Zellen geholt und vor der Kamera platziert. Geschickte Regie erweckte den Eindruck, als habe der Fotograf Schnappschüsse von den Vernehmungen des »Inspirators Herwegen«, des »Rechtsfälschers Dr. Heil«, des »Spionage-Agenten Brundert«, des »Vermögensschiebers Scharf«, des »Hauptschuldigen Kaatz«, des »Mithelfers Simon«, des »Handlangers Pauli« und des »Organisators Müller« eingefangen. Eine weitere Aufnahme zeigte den Ex-Minister Herwegen beim gemütlichen Plausch mit einem Wärter an der Zellentür. Das Kameraobjektiv durfte sogar, mit Blick durch die Gitterstäbe, den täglichen Rundgang der prominenten Häftlinge auf dem Gefängnishof beobachten.

Der mit »Donath« gezeichnete Report erschien im 2. Dezemberheft der auflagenstärksten Illustrierten in der DDR unter dem reißerischen Titel »RATTEN IN DER FALLE«. Die Unterzeile: »Erste Aufnahmen vom Untersuchungsverfahren gegen die in der Strafanstalt Gommern inhaftierten Schuldigen am 100-Millionen-Diebstahl des volkseigenen DCGG-Vermögens«. Die Verdächtigen wurden zu Schuldigen gestempelt, bevor sie den Gerichtssaal überhaupt betreten hatten. Flankiert wurde diese Kampagne im Dezember 1948 u.a. von einem Auftritt Walter Ulbrichts auf der Landesdelegiertenkonferenz der SED Sachsen-Anhalt:

»Wir wissen, dass die Feinde Agenten in unser Gebiet geschickt haben, die auf lange Sicht arbeiten. Zu diesen Leuten gehört auch Brundert, der von der englischen Wilton-Park-Schule kommt. Er wurde dort geschult in der Richtung der Rettung der alten kapitalistischen Herrschaft in Deutschland. Ich habe die Arbeiten Brunderts studiert. Brundert hat kapitalistische Theorien bei uns in der Praxis umsetzen wollen.«

Die innenpolitische Entwicklung verhieß nichts Gutes für den Ausgang des Strafverfahrens gegen die Häftlinge von Gommern.

Am 26. Januar 1950 veröffentlichte der Ministerrat der DDR den Regierungsbeschluss »ABWEHR GEGEN SABOTAGE«, der eine härtere Gangart der Justizorgane legitimierte. Und am 8. Februar 1950 entstand aus der bisherigen Hauptverwaltung zum Schutz der Volkswirtschaft im DDR-Innenministerium per Gesetz ein Ministerium für Staatssicherheit.

Mitte März reiste Dr. Ernst Melzheimer, der Generalstaatsanwalt der DDR, in das unbedeutende Provinzstädtchen vor den Toren Magdeburgs. Der hochrangige Jurist, der es in der Nazizeit bis zum Kammergerichtsrat gebracht hatte, verhörte nun höchstpersönlich die Häftlinge der ZKSK. Das Untersuchungsmaterial entsprach seinen Erwartungen. Melzheimer entwarf die 59 Seiten umfassende Anklageschrift. Der Text, der zu einem Konglomerat aus juristischen Behauptungen und politischem Traktat geriet, wurde unter dem Aktenzeichen »Az 1 Gen Sta 1/50« registriert und in einer unverhältnismäßig hohen Zahl von Exemplaren gedruckt.

Brundert beharrte weiterhin auf seinem Recht, einen Anwalt zu konsultieren. Melzheimer erlaubte Brundert drei Konsultationen mit seinem Verteidiger Dr. Bühling. Die Gespräche zwischen Anwalt und Klient fanden unter den wachsamen Augen eines Magdeburger Richters statt.

Auf höchster Ebene in Berlin fiel die Entscheidung, den Prozess gegen die »Conti-Verschwörer« nach Dessau zu legen. Das Dessauer Theater, im März 1945 bis auf die Grundmauern niedergebrannt und auf besonderen Wunsch der sowjetischen Besatzungsmacht wieder aufgebaut, bot 1200 Zuschauern Platz. Der passende Rahmen für das Schauspiel, das vom 24. bis 29. April hier zur Aufführung gelangen sollte.

Der SED-Propagandaapparat rekrutierte aus Mitarbeitern der ZKSK, des Amtes für Informationen beim Ministerrat, aus Polizeioffizieren, Justizangestellten und Bevollmächtigten des Ministeriums für Staatssicherheit ein »Organisationsbüro Herwegen-Brundert-Prozess«. Das Büro ließ Ausweiskarten drucken. Grauweiß für alle Besucher, in Rot für die Mitarbeiter der Generalstaatsanwaltschaft und des Obersten Gerichts.

Als die Sachbearbeiter S 2 der Kreispolizeiämter Sachsen-Anhalts am 6. April zur Dienstberatung in der Landespolizeibehörde anreisten, forderte ein Inspekteur Paulsen die Anwesenden auf, »sich Gedanken zu machen, wer von ihrem Haftanstalts- und Gefangenentransportpersonal für die Bewachung der Verbrecherbande Herwegen und Brundert in Frage käme«. Nur die zuverlässigsten VP-Angehörigen seien »mit genauen Personalien und kurzer Persönlichkeitscharakteristik dem Referat S 2 der Landespolizeibehörde vorzuschlagen«.

Am 19. April wies der Innenminister des Landes Sachsen-Anhalt die Verwaltungen der Landkreise und kreisfreien Städte an, den zu erwartenden Dessauer Prozess in täglichen Belegschaftsversammlungen auszuwerten.

Während noch die Bühne des Dessauer Theaters für einen der größten Schauprozesse der Nachkriegszeit vorbereitet wurde, forderten die IG Banken und Versicherungen, 4000 Belegschaftsmitglieder der Stickstoffwerke Piesteritz und »Leserbriefe« in der Presse bereits die strengste Bestrafung der Konzernagenten.

In einer öffentlichen Ladung, am 21. April 1950 auf Ersuchen des Obersten Gerichts in allen Tageszeitungen der DDR veröffentlicht, wurde Friedrich Methfessel aufgefordert, zur Verhandlung zu erscheinen:

»Berlin (ADN). Der 1. Strafsenat des Obersten Gerichts der Deutschen Demokratischen Republik teilt mit:

Gegen den am 11. August 1893 in Freiburg im Breisgau geborenen Friedrich Methfessel, zuletzt wohnhaft in Dessau, Hardenbergstraße 40, ehemaliger Direktor der Deutschen Continentalen Gas-Gesellschaft in Dessau, zur Zeit flüchtig, steht Termin zur Hauptverhandlung vor dem Obersten Gericht der Republik am 24. April 1950 an.

Er wird beschuldigt, in Dessau seit Dezember 1945 als von der Regierung der damaligen Provinz Sachsen in der DCGG in Dessau eingesetzter treuhänderischer Geschäftsführer in Sabotageabsicht die Durchführung der gemäß Befehl Nr. 124/45 der SMAD und der Verordnung der damaligen Provinzialverwaltung Sachsen vom 30. Juli 1946 erfolgten Beschlagnahme und Enteignung dieser Gesellschaft durchkreuzt und weitgehend vereitelt zu haben. (Verbrechen nach Befehl 160/45 SMAD).

Er wird zur Verhandlung dieser Sache zu dem oben genannten Termin, vormittags neun Uhr im Gebäude des Landgerichts Dessau, großer Sitzungssaal, geladen. Er wird darauf hingewiesen, dass die Hauptverhandlung auch bei seinem Ausbleiben stattfinden wird und dass das Urteil vollstreckbar ist.«

Auf Seite 7 veröffentlichte das »Neue Deutschland« an diesem Tag außerdem einen Kommentar zum »Justizskandal« um das Schwarzmateriallager im Seifhennersdorfer Textilbetrieb Moritz. Die Richter in Bautzen hatten den inhaftierten Eigentümer wieder auf freien Fuß gesetzt, den Betrieb aber immer noch nicht als VEB ins Handelsregister eintragen lassen. »Solche Verhältnisse darf es bei uns nicht geben«, wetterte der Kolumnist. »Wenn irgendwo in dem Justizapparat noch jemand sitzt, der den kleinen ›Herwegen‹ noch Türen offen hält, während der Prozess gegen ihre großen Komplizen schon vorbereitet wird, so müssen diese Menschen durch gute Arbeit der Verwaltungen gestellt und aus unseren Behörden entfernt werden – und es darf ihnen nicht erlaubt sein, Unsicherheit und Verwirrung zu stiften.«

In der Nacht vom 21. zum 22. April wurden die Zellen in Gommern geöffnet. Die acht Gefangenen wurden in ihrer Zivilkleidung und in Handschellen nach 22.00 Uhr in dunklen Limousinen unter schärfster Bewachung zum Dessauer Justizgefängnis transportiert. Die Straßenkreuzungen waren abgesperrt, jede Ortsdurchfahrt von Polizeiposten gesichert. Weit nach Mitternacht bezogen die Häftlinge ihr neues Domizil im Dessauer Justizgefängnis, achtundvierzig Stunden vor Prozessbeginn im Theater am Platz des Friedens.

Einen Tag darauf, am 23. April, wartete das ND nochmals mit einem Artikel zum Thema auf:

»DESSAU – DER PROZESS GEGEN
DIE HANDLANGER DER KRIEGSTREIBER
VON HEUTE«,

Autor war Fritz Lange. Keinen Zweifel über die politischen Ziele des Prozesses ließ die mitteldeutsche Tageszeitung »Freiheit« am 24. April, die auf ihrer Titelseite textete:

»… Der Prozess reicht in seiner Bedeutung weit über die Grenzen des Landes Sachsen-Anhalt und der Deutschen Demokratischen Republik hinaus. Es ist der erste Prozess auf deutschem Boden, der die hinterhältige und verbrecherische Tätigkeit der Agenten des amerikanischen Monopolkapitals in der Deutschen Demokratischen Republik ebenso vor der breitesten Öffentlichkeit entlarven wird, wie es zuvor schon durch Prozesse in den volksdemokratischen Ländern vor der Welt geschehen ist …

Die Prozesse gegen Rajk in Ungarn, gegen Kostoff in Bulgarien und weitere, gegen Spione des anglo-amerikanischen Imperialismus geführte Prozesse in den übrigen Volksdemokratien haben der Welt klar gezeigt, welcher Methoden sich die feindlichen Agenten bedienen, um den Staatsapparat der fortschrittlichen Länder zu zersetzen und den Kräften der Reaktion zum Siege zu verhelfen …«

Blassblauer Himmel spannte sich über der Stadt. Die Bäume am Theaterplatz hatten frisches Grün getrieben. Überall in den Grünanlagen und Gärten hatte der Frühling Einzug gehalten.

Stunden vor Prozessbeginn war ein Polizeikordon um den Theaterbau gelegt worden. In den Seitenstraßen sammelten sich Menschengruppen. Arbeiterdelegationen wurden in Bussen und auf Lkw herangekarrt. An jedem Morgen waren es neue Gesichter. Das »handverlesene« Publikum wechselte täglich. Die Gültigkeit der Eintrittskarten war auf einen Tag begrenzt.

Auf der Freitreppe vor dem Theatereingang marschierte eine Abordnung der Freien Deutschen Jugend in Blauhemden auf und skandierte Sprechchöre. Sie forderte die strengste Bestrafung der Konzernverbrecher.

Der Theatersaal war hellerleuchtet. Über der Bühne prangte ein Transparent. »DIE STAATSGEWALT IN DER DEUTSCHEN DEMOKRATISCHEN REPUBLIK DIENT DEM VOLKE.« Für den Gerichtshof war ein mit rotem Samt bedecktes, hufeisenförmiges Podium vorbereitet. Auf die Bühnenmitte warfen zusätzliche Scheinwerfer ihre Lichtkegel. Ein Kameramann des DEFA-Augenzeugen postierte sein Stativ auf einem hölzernen Seitenpodest, das für die Wochenschaufilmer zurechtgezimmert worden war. Es versteht sich, dass die vordersten Reihen im Zuschauerraum für die Politprominenz aus Stadt und Land reserviert waren. Dazwischen die unvermeidlichen Sicherheitsbeamten im unauffälligen Zivil. Fritz Lange hatte sich mit seinem Vertreter Toni Ruh in die Intendantenloge zurückgezogen. Hinter der Bühne, gewissermaßen in Reichweite der Anklagebehörde, hockte Roebsteck. Er nahm deren Regieanweisungen entgegen und organisierte die Weitergabe per Zettelpost.

An den Pressetischen drängten sich die Vertreter der inländischen Zeitungen neben den Korrespondenten der Nachrichtenagenturen Reuter, AP, UP, DPA und des »Nye Dag«. Der Berliner Rundfunk, der allabendlich in Sondersendungen vom Prozessverlauf berichtete, hatte einen damals noch unbekannten Reporter entsandt. Sein Name wurde seinerzeit nicht genannt, doch die archivierten Tonkonserven weisen ihn als den Mann aus, der später zum Chef der Anti-BRD-Propaganda im Fernsehen der DDR aufstieg.

Zehn Minuten vor neun Uhr. Der Saal war bis auf den letzten Platz gefüllt. Als die acht Angeklagten, von je einem Wachmann begleitet, hereingeführt wurden, tauchten sie ein in das Blitzlichtgewitter der Fotografen. Die Kamera der Wochenschau begann mit einem Totalschwenk, erfasste die Bühnenaufbauten und blickte in die Gesichter der Angeklagten. Der Mann am Mikro des Berliner Rundfunks eröffnete die Originalreportage mit einer Milieuschilderung.

Zwei Minuten vor neun nahm die Anklagevertretung, Generalstaatsanwalt Dr. Ernst Melzheimer, sekundiert von Staatsanwalt Dr. Cohn, der sich schon im Glauchau-Meerane-Prozess bewährt hatte, Platz.

Das hohe Gericht erschien pünktlich. Es war mit Hilde Benjamin, der Vizepräsidentin am Obersten Gericht der DDR, und den Beisitzern Dr. Rothschild und Richter Trapp besetzt.

Hilde Benjamin erklärte die Verhandlung vor dem 1. Strafsenat des Obersten Gerichtes der Deutschen Demokratischen Republik für eröffnet. Die neun Angeklagten (also auch der abwesende Friedrich Methfessel) wurden der Form nach durch die Rechtsanwälte Jäckel, Dr. Bühling, Kästner, Dr. Miehe, Dr. Pein, Kretschmar, Jaeger, Dr. Bundschuh und Frau Genz vertreten.

Nach dem Aufruf der Angeklagten erhielt der Generalstaatsanwalt das Wort. Dr. Melzheimer erhob sich. Im Saal herrschte vollkommene Stille, als er den Männern auf der Anklagebank vorwarf, »in der Zeit seit Dezember 1945, fortgesetzt als Täter handelnd, in Sabotageabsicht die wirtschaftlichen Maßnahmen der deutschen Selbstverwaltungsorgane durchkreuzt zu haben, wodurch dem wirtschaftlichen Wiederaufbau Deutschlands und dem Vermögen des deutschen Volkes schwerster Schaden entstanden ist«.

Er fuhr fort: »Strafbar nach Befehl 160 des Chefs der Sowjetischen Militäradministration und Obersten Befehlshabers in der sowjetischen Besatzungszone Deutschlands vom 3. Dezember 1945.«

Die dreistündige Anklagerede endete mit den Worten:

»Die Angeschuldigten haben ungeheure Verbrechen gegen unsere Demokratie, gegen unseren wirtschaftlichen Aufbau und dadurch gegen den Frieden des deutschen Volkes und der Welt begangen und schwerste Schuld auf sich geladen. … Während seit Jahren die Massen unseres werktätigen Volkes Tag für Tag in zäher und erfolgreicher Arbeit am Wiederaufbau unseres Vaterlandes und an der Wiedergeburt unseres Staates auf friedlicher und demokratischer Grundlage unermüdlich schaffen, sind ihnen diese Angeschuldigten in verräterischer und heimtückischer Weise in den Rücken gefallen … Die Angeschuldigten …, die im Solde einer zwar kleinen, doch einflussreichen

Clique von deutschen imperialistischen Kriegshetzern und ihrer angloamerikanischen Hintermänner stehen, müssen für ihre schändlichen Verbrechen die ganze Härte unserer demokratischen Gesetzlichkeit spüren. Sie müssen schwerstens bestraft werden.«

Am Nachmittag trat das Gericht in die Beweisaufnahme ein. Dr. Herwegen wurde als Erster vernommen. Die Anklage warf dem Mitbegründer und Landesvorsitzenden der CDU in Sachsen-Anhalt seine konzernfreundliche Haltung vor.

Diese Einstellung wäre unter dem Druck einer gewissen Rechtsströmung in seiner Partei entstanden, verteidigte sich Herwegen. Einige dieser Mitglieder seien inzwischen in den Westen geflüchtet.

Hilde Benjamin fragte scharf: »Wollen Sie damit vielleicht sagen, dass Ihre Partei gegen die fortschrittlichen Maßnahmen eingestellt war?«

»Nein, die Partei nicht! Aber sehr viele führende Funktionäre.«

»Worin bestand Ihre Parteidisziplin? Indem Sie diesen führenden Männern oder dem Programm Ihrer Partei treu blieben?«

»Man versucht zu lavieren. Ich konnte doch nicht gegen den Strom schwimmen.«

Der Generalstaatsanwalt erkannte seine Chance. »Wohin ging der große Strom?«, rief er.

Herwegen antwortete ausweichend.

Melzheimer wiederholte seine Frage: »Ich möchte wissen, wohin der Zug Ihrer Partei ging?«

Herwegen: »Er ging dahin, wohin sie alle wollten.«

Nun wieder die Benjamin, schon ungeduldig: »Wo wollten Sie hin?«

»Nach dem Osten.«

»Gegen den Marshall-Plan? Gegen die Konzerne?«
»Jawohl.«
Die Vorsitzende blätterte in ihrem Aktenberg. »Ich möchte Ihnen in diesem Zusammenhang vorhalten, was Sie am 17. Dezember 1949 in der Voruntersuchung ausgesagt haben.« Sie zitierte: »Obwohl ich zeit meines Lebens bemüht war, dem Fortschritt zu dienen, und obwohl mir das Wesen der Conti bekannt war, habe ich all diese Dinge nicht verhindert, da ich sie aufgrund meines persönlichen Werdeganges nicht als strafbare Handlungen erkannt habe. Durch meine fast dreißigjährige Tätigkeit bei den Konzernen war es mir klar, dass ich in erster Linie die Interessen wahrzunehmen hatte.« Hilde Benjamin sah auf, bevor sie mit schriller Stimme, so als hätte sie einen überaus wichtigen Beweis entdeckt, ausrief: »Also doch für den Marshall-Plan, für die Konzerne!«

Erwartungsgemäß wurden in der Vernehmung Professor Dr. Brunderts zwei Akzente gesetzt: seine Agententätigkeit, die aus der Gefangenschaft in Wilton-Park abgeleitet wurde, und die verzögerte Löschung der DCGG im Handelsregister.

Zunächst vergewisserte sich Frau Benjamin: »Es gab außer Kepler noch andere Lehrer in Wilton-Park, die mit Doppelnamen lebten. Kannten Sie einen Mister Holt?«

»Jawohl«, antwortete Brundert. »Aber nur flüchtig.«

»Als was trat er auf?«

»Mister Holt war, als ich nach Wilton-Park kam, wie Borinski Lehrgangsleiter und ist dann im April nach Deutschland zurückgegangen.«

»Auch als Mister Holt?«

»Nein. Unter seinem früheren Namen ›von Knörrigen‹.«

»Waldemar von Knoeringen, jetzt Vorsitzender der SPD in Bayern«, trompetete die Benjamin ins Tischmikrophon. »Kannten Sie Herrn Schöttle?«

»Herr Schöttle hat in Wilton-Park einen Vortrag gehalten. Ich habe ihn persönlich nicht kennengelernt.«

Wenngleich Schöttle nicht das Geringste mit dem Dessauer Prozess zu tun hatte, bohrte die Vizepräsidentin des Obersten Gerichtes unbeirrt weiter: »Er hat also auch als Beauftragter dieser Spionagearbeit Vorträge gehalten. Was ist Herr Schöttle heute?«

»Das weiß ich nicht.«

»Führender Sozialdemokrat in Stuttgart!« Lebhafte Bewegung im Saal. »Angeklagter Brundert«, setzte die Vorsitzende die Vernehmung fort, »war Ihnen bekannt, dass die für die Schulungslager verantwortliche PID eine Spionageabteilung war?«

»Nein.«

»Ist Ihnen das wenigstens heute bewusst?«

Brundert zuckte die Achseln. »Jetzt wäre es billig, auch in Hinsicht auf meine Verteidigung, das einfach zuzugeben.«

Der Prozessberichterstatter des ND drahtete am Abend an seine Redaktion:

»BRUNDERT – EIN IN ENGLAND
AUSGEBILDETER AGENT«.

Die »Freiheit« wartete am 26. April mit der Schlagzeile auf:

»WILTON-PARK-SCHÜLER BRUNDERT
ALS AGENT ENTLARVT!«

Als die verzögerte Löschung der Conti am Mittwoch zur Debatte stand, wurde Brundert gefragt: »Sie hielten es also nicht für nötig, die Tatsache, dass die Conti endlich enteignet war, dem Handelsregister mitzuteilen und die Löschung der Conti herbeizuführen. Wollen Sie uns erklären, warum Sie das unterlassen haben?«

Brundert: »Ich habe schon im Vorverfahren gesagt, dass ich in der Folgezeit die Aufsichtspflicht nicht in dem Maße ausgeübt habe, wie sie ausgeübt werden musste.«

Hilde Benjamin daraufhin spitz: »Zehn Monate tun Sie nichts, und dann tun Sie merkwürdigerweise gleich zweierlei. Dann schreiben Sie statt eines Briefes gleich zwei. Dann schreiben Sie nicht nur an das Amtsgericht Dessau, dass man im Handelsregister die DCGG löschen soll, sondern dann schreiben Sie am gleichen Tag – vielleicht auch noch etwas eher – an den Vorstand der früheren Deutschen Continental-Gesellschaft. Das, was seit zehn Monaten fällig war, das kündigen Sie denen, die diese zehn Monate zu den unsaubersten Geschäften ausgenutzt haben, auch noch an. Wissen Sie, woran mich das erinnert, Angeklagter Brundert?« Pause. »Das erinnert mich an den Mann, der Schmiere steht und pfeift!«

Hermann Müller wurde aufgerufen. Anstelle des geflüchteten Methfessel lastete man dem Diplom-Ingenieur nun die Hauptverantwortung an. Müller verteidigte sich unbeholfen. Sie hatten ihm den Schneid abgekauft.

Als die Vorsitzende ihn mit der Frage »Also haben Sie die Einsprüche zugunsten der Aktionäre eingelegt?« in die Falle lockte, gab Müller treuherzig zur Antwort: »Ich glaubte eben, dass man solche entschädigungslosen Enteignungen nicht machen sollte.«

»Warum nicht?«

»Weil bei uns doch auch viele Kleinaktionäre waren. Kleine Privatsparer, die ihre Ersparnisse in Aktien angelegt hatten.«

Ein Wink von Fritz Lange an die Techniker hinter der Bühne. Augenblicklich leuchteten an der Schautafel die Namen »Deutsche Bank« und »Dresdner Bank« als Hauptaktionäre auf. Die Show-Einlage verfehlte ihre Wirkung beim Publikum nicht.

Zu den makabren Regieeinfällen des allmächtigen ZKSK-Vorsitzenden zählte auch der tägliche An- und Abtransport der Angeklagten. Obwohl diese – bis auf Brundert – schon im sechsten Lebensjahrzehnt standen, wurden die Herren demonstrativ gefesselt. Den kurzen Weg von der Dessauer Justizhaftanstalt bis zum Verhandlungsort legten sie, zwischen zwei Wachtmeister geklemmt, auf dem Rücksitz dunkler Polizeilimousinen zurück, deren Heckscheiben mit weißer Farbe zugepinselt waren.

Am dritten Verhandlungstag wurde Dr. Leopold Kaatz vom Gericht gehört. Zwei Drittel seiner Vernehmungszeit waren den Vorgängen um den Tod der zwangsverpflichteten Ostarbeiter in der Zuckerraffinerie gewidmet. Auffallend gründlich walzten Ankläger und Vorsitzende die Geschehnisse des Jahres 1944 aus.

Kaatz' mehrfacher Hinweis, dass der tragische Tod nichts mit der Werkleitung zu tun hatte, sondern in der Verantwortung der SS und der Gestapo gelegen habe, interessierte Frau Benjamin wenig. Herr Kaatz, so verkündete sie düster, werde sich für dieses Verbrechen noch in einem anderen Prozess zu verantworten haben. Dann kehrte sie zum Gegenstand des Conti-Verfahrens zurück.

Auf den Vorhalt, die Zustimmung zur Bildung des Konzernablegers in Hagen/Westfalen erteilt zu haben, erklärte Kaatz: »Das ist richtig. Aber ich bestreite ganz entschieden, dass die Gründung in Hagen zur Vermögensverschiebung geschah!«

»Hätten die Anteile der West-Conti nicht durch notariellen Vertrag auf die Regierung des Landes Sachsen-Anhalt übertragen werden müssen?«

»Das ist möglich. Es einzuleiten war aber nicht meine Aufgabe, sondern Methfessels.«

Kaatz durfte seinen Platz auf der Anklagebank wieder einnehmen.

Ernst Simon wurde aufgerufen. Fünfundzwanzig Jahre hindurch sei dieser Mann als Richter und Landgerichtsdirektor tätig gewesen, erläuterte die Vorsitzende für Presse und Publikum. Er habe auch Urteile über »Rassenschande« gesprochen, wobei er sich auf die »Nürnberger Gesetze« berief. Simon war ein Richter, der wusste, was sich im Dritten Reich gehörte.

Die Handelsregisterauszüge kamen zur Sprache.

»Woher kannten Sie den Justizangestellten Schmidt? Noch von früher, aus Ihrer Tätigkeit als Richter am Amtsgericht? – Aha. Und da wandten Sie sich privatim an Herrn Schmidt. Was sagten Sie ihm?«

Simon: »Ich habe gesagt, ich will noch heute Handelsregisterauszüge. Sonst dauert das natürlich sehr lange.«

Benjamin: »Wie lange dauert das beim Amtsgericht Dessau?«

Simon: »Ein paar Wochen.«

Benjamin: »Und jetzt haben Sie Ihre alten Beziehungen zum Justizangestellten Schmidt ausgenutzt, und er hat innerhalb von zwei Stunden …? Wie viel Handelsregisterauszüge brachte er?«

Simon: »Es waren eine ganze Menge.«

Benjamin: »Die hat er aus purer Freundschaft zu Ihnen gebracht?«

Simon: »Weil er mich kannte.«

Benjamin: »Diese Handelsregisterauszüge sind nach dem Westen gegangen! Damit nämlich Herr Darge in Frankfurt für seine Geschäfte sagen konnte: Die Conti ist noch im Handelsregister eingetragen, und ich bin Vorstandsmitglied. Das war Ihnen klar?«

Simon: »Jawohl.«

Frau Benjamin hob zürnend die Stimme: »Das war Ihnen doch klar, wozu sie benutzt werden sollten?«

Simon nickte gehorsam. »Jawohl.«

Zu einem Glanzstück der »Beweisaufnahme« gestaltete das Gericht die Vernehmung des Angeklagten Pauli. Seine tatsächliche Verstrickung in die DCGG-Affäre bestand darin, dass er am 12. August 1946 eine Bescheinigung für den Conti-

Vorstand ausgestellt hatte, die besagte, dass die DCGG nicht unter Sequester gestellt sei. Obwohl der formale Enteignungsbescheid der Landesregierung tatsächlich erst am 25. Februar 1947 zugestellt worden war, folgerte das hohe Gericht: »In voller Erkenntnis der Rechtswidrigkeit seiner Handlung und in böswilliger Absicht stellte Pauli diese falsche Bescheinigung aus, durch die die Saboteure der DCGG die Grundlage für ihre Verbrechen erhielten.«

Der ehemalige Fliegeroffizier Pauli war 1947 in die LDP eingetreten. Ein »besonderes Zeugnis seiner Verkommenheit« stellte nach Ansicht des Gerichtes seine Tätigkeit während des Krieges als Einkäufer für Edelmetalle dar, welche die Rüstungswirtschaft dringend benötigte.

»Ich bitte, ihm auch seine privaten Räubereien in den besetzten Gebieten vorzuhalten«, rief der Generalstaatsanwalt aus. »Sie haben doch nicht nur für das Luftfahrtministerium eingekauft, Angeklagter! Sie haben doch auch für sich einiges besorgt.«

Pauli daraufhin: »Jawohl, das habe ich getan, wie es in der Anklageschrift heißt. Aber ich habe doch nicht so viel gekauft, wie es dort angegeben wird. Im Januar 1941 habe ich für meine Frau einen ganz einfachen Pelzmantel gekauft für zweitausend Francs, gegenwärtig sind das einhundert Mark.«

Frau Benjamin erkundigte sich: »Die haben Sie dafür bezahlt?«

»Nun, ich habe ihn ja im Laden gekauft. Ich habe weiter ein Rundfunkgerät gekauft, ein deutsches Gerät, welches lediglich in Frankreich mit einem Holzgehäuse versehen war. Ich habe – wie üblich …«

Die Vorsitzende mit Blick zur Pressebank: »Wie üblich …!«

Pauli fuhr fort: »… Lebensmittel gekauft und sie nach Hause geschickt. Als es mir finanziell etwas besser ging, kaufte ich meistenteils in Spanien ein, denn in Frankreich war nichts mehr zu holen. Die Qualität war nicht gut, und die Preise waren sehr hoch.«

In den Reihen des Publikums kam Unwillen auf. Im Bericht über diesen Verhandlungstag, den das »Organisationsbüro Herwegen-Brundert-Prozess« täglich den Mitarbeitern des Amtes für Informationen zustellte, nahmen sich Paulis Aussagen folgendermaßen aus:

»Der Angeklagte Pauli hat vor dem Obersten Gericht der Deutschen Demokratischen Republik in einer schamlos-zynischen Art zum Ausdruck gebracht, dass er seine Einkäufe, die nur seiner persönlichen Bereicherung dienen konnten, in Franco-Spanien getätigt hat, weil ›in Frankreich nichts mehr zu holen war‹.

Das Oberste Gericht der Deutschen Demokratischen Republik bedauert, dass dieser Angeklagte, nachdem er bereits zugegeben hat, an der Ausraubung Frankreichs aktiv teilgenommen zu haben, einer derartigen nachträglichen Verhöhnung des damals vom deutschen Faschismus gequälten französischen Volkes Ausdruck verliehen wurde.

Das Oberste Gericht bittet den anwesenden Vertreter der französischen Presseagentur, dieses Bedauern dem französischen Volk vermitteln zu wollen.«

Am vierten Verhandlungstag gerieten Heil und Scharf ins Kreuzverhör. Heil verstrickte sich mit seinen Aussagen zum Aufbewahrungsort der Aktien und Hinterlegungsscheine in Widersprüche. Frau Benjamin brillierte mit beißendem Sarkasmus: »Die westlichen Zeitungen haben gestern behauptet, der Prozess sei ein Mittel der SED, die deutsche Intelligenz zu vernichten. Ich weiß nicht, ob man Sie damit gemeint hat.«

Scharf, der, wie die Zeitungen schrieben, »ohne Schärfe vernommen wurde«, war in allen Anklagepunkten geständig. Von der Vorsitzenden wurde er gefragt: »Sie hatten bei Ihrer Verhaftung Gift eingesteckt?«

»Ja, es war Zyankali.«

»Sind bei Ihnen später nochmal Tabletten oder Drogen oder dergleichen gefunden worden?«

Scharfs Gesicht wirkte leer. »Nicht in Gommern, aber hier in Dessau, ohne meine Schuld.«

Mit deutlichem Seitenhieb auf diverse Pressekommentare sagte Frau Benjamin: »Es ist hier wiederholt behauptet worden, dass den Angeklagten von irgendwelchen deutschen Stellen oder von der Besatzungsmacht Drogen eingeführt würden. Ich möchte nun gerade von Ihnen hören, dass bei Ihnen Drogen aus Ihrem Privatbesitz gefunden wurden und dass man sie Ihnen abnahm.«

»Jawohl.«

»Hatten Sie die Möglichkeit, sich zusätzlich Lebensmittel zu kaufen?«

»Alle Angeklagten konnten bei der HO einkaufen, und dabei war das Essen gleichmäßig gut gekocht.« In vorauseilendem Gehorsam erklärte Scharf: »Ich freue mich direkt, wenn ich hier die Gelegenheit habe, zu bestätigen, in wie vorbildlicher und humaner Form wir behandelt wurden.«

Frau Benjamin nickte zufrieden. »Ihre körperliche Betreuung haben wir jetzt klargestellt. Konnten Sie Bücher oder so etwas haben?«

Bravourös sagte der Angeklagte sein Sprüchlein auf: »Jawohl, ich habe Bücher haben können. Ich durfte sogar – und das war eine ganz entscheidende Entlastung – eine Ausarbeitung über kreditgeschäftliche Erfahrungen machen. Das war für mich seelisch eine so enorme Entspannung, dass ich Herrn Generalstaatsanwalt meinen Dank abzustatten bei der ersten Gelegenheit wahrnehmen werde.«

Der Kredit, den die Vernehmer der Lange-Kommission dem

Bankdirektor bei der Festnahme eingeräumt hatten, wurde gewissenhaft eingelöst.

Den Abschluss der Beweisaufnahme bildete der mehrstündige Vortrag des Industrie-Ministers Fritz Selbmann, der vom 1. Strafsenat als Gutachter bestellt war.

Selbmann vertrat den Standpunkt, die Regierung des Landes Sachsen-Anhalt habe durch den Aufbewahrungsort der Wertpapiere in Dessau einen Rechtsanspruch auf das gesamtdeutsche Vermögen der DCGG erworben.

Der Befehl Nr. 124, auf den sich die Sequestrierung in der sowjetischen Besatzungszone stützte, legte in der dazu erlassenen Instruktion fest, was unter dem Begriff des Vermögens zu verstehen sei, nämlich alle Immobilien, beliebige Dokumente, die ein Eigentumsrecht oder Forderungen auf Vermögen beweisen, und Papiere (Aktien, Obligationen, Kupons, Zertifikate). Daraus leite sich ab, dass im Falle der DCGG das gesamte Vermögen unter die Beschlagnahme nach Befehl 124 fiel, weil sich sämtliche Vermögenswerte in natura oder dokumentiert durch Wertpapiere p.p. in Dessau befanden.

Der Befehl Nr. 154 bestimmte in der Folge, dass das sequestrierte und konfiszierte Vermögen entschädigungslos in den Besitz und in die Verfügung der deutschen Provinzen und Bundesländer nach dem Aufenthaltsort dieses Eigentums zu übergeben war.

Der Sachverständige führte aus: »Ich habe bereits dargelegt, dass alle Besatzungsmächte verpflichtet waren, Gesetzesvorschriften eines Zonenbefehlshabers in einer Angelegenheit, die Deutschland als Ganzes betraf, zu respektieren. Kein deutscher Bürger und vor allem kein deutscher Staatsangestellter oder Verwaltungsangestellter durfte darauf spekulieren, dass die westlichen Besatzungsmächte das Potsdamer Abkommen verletzten.«

Selbmann schätzte das Gesamtvermögen der DCGG mit Stichtag 1. Juli 1945 auf 151 Millionen Reichsmark. Von diesen Vermögenswerten seien nachweislich nur 53 Millionen Reichsmark in das Volkseigentum überführt worden. Die Differenz ergäbe den Schaden, den die Angeklagten selbst zu vertreten hätten.

Das Gericht dankte dem Sachverständigen. Selbmann verließ den Zeugenstand.

Unvermittelt sprang Dr. Melzheimer auf. Er erklärte, dass die Anklagevertretung auf die Einvernahme weiterer Zeugen und eines weiteren Sachverständigen verzichte und beantragte den Abschluss der Beweisaufnahme. »Die Anklage beruht auf reichhaltigem Urkundenmaterial, sodass jede Feststellung der Anklagebehörde hinreichend untermauert ist.«

Die Gründe dafür, dass auf die Aussagen weiterer sechs bereitgehaltener Zeugen aus Dessau, Halle und Berlin sowie eines hohen Funktionärs der Finanzverwaltung verzichtet wurde, sind nicht bekannt. Vielleicht wollte Melzheimer die eindeutigen Ergebnisse nicht durch eventuelle Unzuverlässigkeit dieser Zeugen gefährden? Die Beweisaufnahme wurde antragsgemäß abgeschlossen.

Der Vormittag des fünften Verhandlungstages im Herwegen-Brundert-Prozess stand im Zeichen der Anklagevertretung. Dr. Ernst Melzheimer trat ans Mikrophon, um sein Plädoyer zu halten. Der »braune Bomber«, wie ihn die Kollegen in der NS-Zeit scherzhaft nannten, sprach mit kraftvollem Pathos. Seine Stimme bebte, wenn er vom friedlichen Aufbauwerk in der DDR sprach, von der großherzigen Freundestat der UdSSR, die zahlreiche beschlagnahmte Konzernbetriebe an das deutsche Volk übergeben hatte, von der mangelhaften Wachsamkeit der Werktätigen, die die Verbrechen der Angeklagten überhaupt erst ermöglicht hätte. In höchsten Tönen lobte er: »Der Ministerrat der Deutschen Demokratischen Republik hat Folgerungen aus dem Gebot der Wachsamkeit gezogen. Sie hat das Ministerium für Staatssicherheit errichtet, das von allen guten Deutschen herzlich begrüßt wird.«

Melzheimers Entrüstung steigerte sich, als er die Angeklagten charakterisierte: »Herwegen erlebt den Untergang seiner Klasse mit. Er geht seiner Privilegien verlustig. Er ist der typische Verbrecher!« Brundert deklassierte er als »arroganten Karrierist, als typischen Agent«.

Melzheimer hob den Arm und deutete theatralisch auf Pauli. »Und da ist der Angeklagte Pauli, das übelste Subjekt, das mir unter die Hände gekommen ist!« Ruckartig drehte Melzheimer sich um. »Müller!«, rief er aus. »Welche Schande für Sie, auf einer Anklagebank zu sitzen mit einem Pauli! – Scharf, sehen Sie die Schande, mit einem Brundert auf der Anklagebank zu sitzen!«

Verbalinjurien auch für Dr. Leopold Kaatz, für Ernst Simon und für den Notar Dr. Paul Heil. Derartige Beschimpfungen waren schon von Wyschinskis Auftritten in Moskau bekannt und glichen sich auffallend in allen Anklagereden vergleichbarer Prozesse: »Bei lebendigem Leibe verfaulte Nichtswürdige, die den letzten Rest nicht nur der Ehre, sondern auch des Verstands verloren haben, niederträchtige, verkommene Leute, die gegen den Sowjetstaat zu ziehen versuchten, abscheuliche Politiker, kleine politische Falschspieler und Banditen!«[4]

Und ein anderer, ebenso eifernder Ankläger:

»Der gemeinsame Charakterzug der Angeklagten ist der, dass es sich um einen Auswurf, um Elemente der Gesellschaft handelt, die … infolge ihres feigen und rückgratlosen Charakters, ihres wurzellosen Wesens zu Verrätern wurden.«[5]

Zurück in den Dessauer Gerichtssaal. Ernst Melzheimer resümierte: »Es geht nicht nur um die Millionen, die nach dem Westen verschoben sind, es geht darum, dass die Kriegsverbrecher in Westdeutschland und in der ganzen Welt Morgenluft wittern. Es geht um den Wiederaufbau der alten Konzerne in dem von uns losgerissenen Teil unseres Vaterlandes unter dem Protektorat des anglo-amerikanischen Finanzkapitals!«

Dann beantragte er Zuchthausstrafen zwischen zwei und fünfzehn Jahren.

Die Plädoyers der Verteidiger hingegen fielen eher dürftig aus. Obwohl die ostdeutsche Presse lobte:

»VERTEIDIGUNG AUF
ÜBERDURCHSCHNITTLICHEM NIVEAU«,

stand jedem der neun Verteidiger nur eine Redezeit von maximal fünfundvierzig Minuten zu. Was die Verteidigung vorzutragen hatte, war ohne Höhepunkte. Der Verteidiger des Hauptangeklagten Herwegen brauchte nicht einmal zwanzig Minuten, um für seinen Mandanten Nachsicht zu erbitten.

Das Gericht zog sich zur Beratung zurück. Das Urteil wurde für Sonnabend, den 29. April, erwartet.

Noch einmal war der Saal bis zum Bersten gefüllt. Unruhe verbreitete sich in den Reihen des Publikums, übertrug sich auf die Angeklagten. Auf dem Platz vor dem Theater hatte das Organisationsbüro Tonsäulen aufstellen lassen. Die Urteilsverkündung konnte von den Passanten auf der Straße live verfolgt werden.

Das hohe Gericht erschien. Die Anwesenden erhoben sich von den Plätzen. Nachdem die Anwesenheit der Angeklagten und ihrer Verteidiger festgestellt war, verkündete die Vorsitzende, Frau Hilde Benjamin:

»Im Namen des Volkes:

Die Angeklagten werden wegen Verbrechen gegen den Befehl Nr. 160 der SMAD vom 3. Dezember 1945 verurteilt und zwar der Angeklagte Herwegen zu fünfzehn Jahren Zuchthaus,

der Angeklagte Brundert zu fünfzehn Jahren Zuchthaus,

der Angeklagte Methfessel zu fünfzehn Jahren Zuchthaus,

der Angeklagte Müller zu zwölf Jahren Zuchthaus,
der Angeklagte Kaatz zu zwölf Jahren Zuchthaus,
der Angeklagte Simon zu vier Jahren Zuchthaus,
der Angeklagte Heil zu acht Jahren Zuchthaus,
der Angeklagte Pauli zu sieben Jahren Zuchthaus,
der Angeklagte Scharf zu zwei Jahren Zuchthaus; ihm wird die seit dem 28. Oktober 1949 erlittene Untersuchungshaft in vollem Umfang auf die erkannte Strafe angerechnet.

Die Angeklagten haben die Kosten des Verfahrens zu tragen. Berufung gegen dieses Urteil ist ausgeschlossen.«

In der abschließenden Urteilsbegründung führte die Benjamin aus: »Es war ein Rütteln an den Grundpfeilern, die zum Aufbau unserer demokratischen Republik geführt haben, und damit war es ein Rütteln an den Grundlagen eines einheitlichen demokratischen Deutschland überhaupt.«

Über die Reaktionen der Angeklagten wird Unterschiedliches berichtet. Herwegen nahm das Urteil mit verschränkten Armen entgegen. Müller und Pauli mit gesenkten Köpfen. Über Brunderts Gesicht stahl sich sogar ein ironisches Lächeln. Das Schmettern von Fanfaren und Landsknechtstrommeln war gedämpft an sein Ohr gedrungen. Irgendwo draußen, vor dem Theater, marschierte ein Musikkorps auf, das für den Aufzug zum 1. Mai probte.

Hilde Benjamin erklärte die Verhandlung für geschlossen.

Die Verurteilten wurden zu ihren Transportfahrzeugen gebracht. Der Weg führte nun zurück in die Abgeschiedenheit der dunklen Zellen. Ein Tag, zwei Tage, zehn Monate, Jahre um Jahre würden vergehen. Aufstehen, Zelle reinigen, Rapport, Essenausgabe, Schlafengehen und die langen endlosen Nächte. Später vielleicht, gewissermaßen als Vergünstigung, die Verlegung in ein Arbeitskommando.

Die Menschenansammlung auf dem Platz vor dem Theater verlief sich. Zimmerleute werkelten bereits an der Ehrentribüne für den Maifeiertag.

Seit Freitag lief in den Dessauer Kinos der Rend-Deltgen-Film »Tromba«. Grellbunte Plakate an den Litfaßsäulen versprachen ein Gastspiel des Zirkus Barlay.

Die Phraseologie des kalten Krieges beherrschte die Presse in Ost und West. Während der Westberliner »Telegraf« am 26. April zweispaltig titelte: »FREISLER-METHODEN IM DESSAUER PROZESS«[6], schrieb der Prozessbeobachter der SED-Zeitung »Freiheit« in der Ausgabe vom 27. April im Stil eines PK-Frontberichterstatters[7]: »GANOVENSKIZZEN AUS DESSAU … Hier in Dessau sehen wir das Weiße im Auge des Todfeindes unseres Volkes.«

Die propagandistische Vermarktung des Dessauer Schauprozesses wurde mit demselben Aufwand betrieben wie seine Vorbereitung. Im Amt für Informationen entstand in kürzester Zeit die Broschüre »ENTLARVT – die Geschichte eines aufgedeckten Riesenbetrugs«, die als Groschenheft in hoher Auflage in die Kioske geworfen wurde. Fritz Lange hatte ein Nachwort unter dem Titel »Wie war so etwas möglich?« beigesteuert.

Am 4. Juli zitierte »Neues Deutschland« Walter Ulbricht: »Was heißt denn heute Sozialdemokrat sein? Was heißt Sozialdemokratismus?

Wenn mich danach jemand fragt, so erwidere ich ihm: Sehen Sie sich an, was der Agent Brundert hier in Sachsen-Anhalt gemacht hat. Das ist Sozialdemokratismus.

Sehen sie sich an, was Herr Schumacher im Westen macht. Das ist Sozialdemokratismus.

… Wir haben in Zusammenhang mit dem Fall Herwegen-Brundert den Sozialdemokratismus in Sachsen-Anhalt zerschlagen.«

Als der staatliche Filmverleih Progress im Jahre 1953 den DEFA-Spielfilm »Geheimakten Solvay« auf die Kinoleinwände brachte, schmückte sich die Programmillustrierte mit dem Nachdruck eines Lange-Artikels über den Prozess gegen die »Mittelsmänner der Deutschen Solvay-Werke A.G. Bernburg« aus der »Täglichen Rundschau« vom Dezember 1950. Er war mit zahlreichen Repliken auf den Fall Herwegen-Brundert gespickt.

Professor Willi Brundert, in Dessau zu fünfzehn Jahren Zuchthaus verurteilt, wurde am 19. März 1957 aus dem Strafvollzug der DDR entlassen. Er war der Letzte aus der Reihe der Dessauer Angeklagten, der seine Freiheit zurückerhielt. Brundert reiste in die Bundesrepublik aus. 1964 wurde er zum Oberbürgermeister der Stadt Frankfurt am Main gewählt. 1970 ist er verstorben. Über seine Erfahrungen mit der politischen Strafjustiz der DDR hat er ein schmales Büchlein mit dem bezeichnenden Titel »Es begann im Theater. Volksjustiz hinter dem eisernen Vorhang« verfasst. Es erschien 1958 im Verlag J. H.W. Dietz GmbH Berlin und Hannover.

Um die Fragwürdigkeit des Verfahrens bloßzustellen, analysierte Brundert sowohl die Hintergründe als auch den Verlauf des spektakulären Prozesses.

»Nach dem Zusammenbruch 1945 wurde das in der Sowjetzone gelegene DCGG-Vermögen sequestriert und in der weiteren Entwicklung aufgrund des Befehls Nr. 124 SMAD enteignet. Dagegen erhob die Gesellschaft Einspruch, der jedoch im April 1947 endgültig abgewiesen wurde. – Unabhängig von dem hier angedeuteten Sachverhalt prüften die Vertreter der Gesellschaft die Frage, was mit dem in Westdeutschland gelegenen DCGG-Vermögen werden sollte … Das Ergebnis war die Gründung einer neuen Gesellschaft mit dem Namen

›Deutsche Continentale Gas-Gesellschaft mbH‹ mit Sitz in Hagen/Westfalen. Damit diese neue Gesellschaft handlungsfähig werden konnte, wurde von den ehemaligen DCGG-Organen – Vorstand und Aufsichtsrat – beschlossen, die in Dessau befindlichen Papiere, soweit sie sich auf die in Westdeutschland gelegenen Vermögenswerte bezogen, nach Hagen zu bringen. Das ist geschehen.«

Der Autor Brundert knüpfte drei Fragen an: Konnten die in den damaligen Westzonen gelegenen Vermögenswerte überhaupt Gegenstand einer Enteignung nach russischem Befehl sein? War die Verbringung der Papiere von Dessau nach Westdeutschland im Sinne damals geltenden Rechts eine strafbare Handlung? Hatten die Angeklagten in der Absicht gehandelt, Volksvermögen zu mindern?

In einem Urteil des Oberlandgerichtes Nürnberg vom September 1949 wurden diese Fragen auf der Grundlage des bundesdeutschen Rechts beantwortet. Der Gerichtshof stellte fest, dass »eine in der ehemaligen sowjetischen Besatzungszone ausgesprochene Enteignung gegen den ordre public[8] verstoße«.

Ein Urteil, das Hilde Benjamin in der DDR-Zeitschrift »Neue Justiz«, Nr. 5/1950, mit dem Kommentar versah:

»Dieser Fehler der territorialen Betrachtungsweise findet sich bei allen westdeutschen Gerichten bis zum Obersten Gerichtshof für die Britische Zone und hat seine groteske Steigerung in einer Entscheidung des Landgerichtes Nürnberg aus diesem Jahr erlebt …«

Der Bericht über die »Affäre Conti« wäre damit zu Ende. Dr. Leo Herwegen ist 1972 in der Bundesrepublik Deutschland verstorben. Über das Schicksal der übrigen Angeklagten war nichts zu erfahren. Es ist anzunehmen, dass keiner mehr am Leben ist.

Das Zeitliche gesegnet haben inzwischen auch der unnachsichtige Ankläger Dr. Ernst Melzheimer und die spätere Justizministerin Dr. Hilde Benjamin, hinter vorgehaltener Hand die »rote Freislerin« genannt.

Fritz Lange stieg 1950 ins Zentralkomitee der SED auf. 1953 denunzierte er den ehemaligen Staatssicherheitsminister Zaiser und den Chefredakteur des »Neuen Deutschland«, Rudolf Herrnstadt, als »Mitglieder der Berija-Bande, die den Sturz Walter Ulbrichts betrieben« hätten.

Als Belohnung kletterte »Feldwebel« Lange die Leiter der Führungshierarchie weiter hinauf. Von 1954 bis 1958 war er Minister für Volksbildung in der DDR, bevor er 1960 in Ungnade fiel und als bedeutungsloser Funktionär in einem Archiv für Militärgeschichte verschwand.

Toni Ruhs Spuren führen in die Leitungsebene des Amtes für Zoll und Kontrolle des Warenverkehrs (AZKW) der DDR, als dessen Chef er von 1950 bis 1962 fungierte.

Wohin es Roebsteck verschlug, ist nicht bekannt.

Von Zeit zu Zeit tauchte die »Affäre Conti« in den verschiedenen Publikationen zur Justiz- und Polizeigeschichte der DDR als »Millionenraub von Dessau« auf. Stets diente sie als Beweis für die »Wühltätigkeit klassenfeindlicher Spione und Agenten im Wirtschafts- und Staatsapparat des jungen Arbeiter-und Bauern-Staates«.

Anhang

[1] Prisoner of War-University: Kriegsgefangenen-Universität.

[2] Political Intelligence Department – Abteilung des britischen Auslandsamtes, der die Umerziehung der deutschen Kriegsgefangenen oblag.

[3] sowjetrussischer Staatssicherheitsdienst, im Dezember 1917 gegründet

[4] Plädoyer Wyschinskis in der Strafsache des trotzkistischen Zentrums vor dem Obersten Gerichtshof der UdSSR im Januar 1937.

[5] Ankläger Dr. Alapi 1947 im Budapester Prozess gegen Laszlo Rajk.

[6] Roland Freisler war seit 1942 Vorsitzender des Volksgerichtshofes; in den Prozessen nach dem 20. Juli 1944 Personifizierung des nationalsozialistischen Justizterrors (»Blutrichter«).

[7] Propaganda-Kompanie der deutschen Wehrmacht.

[8] allgemeines Recht

ERBARMUNGSLOS

Der Frauenmörder vom Salzigen See, 1978

Still und verträumt lag die Schrankenwärterbude in der Nachmittagssonne. Ein kleines rotes Backsteingemäuer, noch vor der Jahrhundertwende erbaut, wie die meisten Dienstgebäude an der Reichsbahnstrecke zwischen Halle und Eisleben. Über der Eingangstür prangte ein Transparent mit der obligatorischen Losung »Unser Ziel – wir arbeiten UNFALLFREI«. Daneben das grellweiße Schild mit der Postennummer 16 in sattem Schwarz. Auf den zu freundlicherem Anblick aufgeputzten Beeten ließen die Blumen ihre Köpfe hängen. Die letzten Julitage des Jahres 1978 waren heiß und trocken gewesen. In den Zeitungen sprach man bereits von einem neuen Jahrhundertrekord. Und die Landwirtschaftlichen Produktionsgenossenschaften rechneten mit erheblichen Ernteausfällen.

In dem nur drei mal vier Meter großen Geviert der Wärterbude läutete es lang. Eine junge Frau trat aus der Tür, ging rasch zur Schranke und kurbelte die Barrieren herunter. Wieder im Dienstraum nahm sie an dem braungestrichenen Tisch Platz, von dem aus sie die Strecke durch zwei schmale Seitenfenster bequem beobachten konnte. Sie angelte den Hörer von dem schwarzen Kurbeltelefon und meldete: »Posten sechzehn – Schranke geschlossen!«

In der Leitung war die Stimme des Fahrdienstleiters vom Bahnhof Röblingen, der die nächste Zugfahrt ankündigte: »Dg 53226 voraussichtlich ab siebzehn Uhr vier – Fünfzehn wiederhole!«

Monika Kolz hörte, wie die Schrankenwärterin auf dem

Nachbarposten mit der Nummer 15 die Durchsage rekapitulierte. Während der Fahrdienstleiter mit »Richtig. Schluss.« das Gespräch beendete, trug Monika die Angaben in den Zugfahrtennachweis ein. Dann nahm sie das Signalhorn und die zusammengerollte Gefahrenflagge von der Wand und trat erneut ins Freie. Neben dem Schrankenbock postiert, erwartete sie den Güterzug. Aus den Telegrafenstangen entlang der Strecke tönten summende Akkorde.

Schrankenwärterdienst war ein typischer, aber schlechtbezahlter Frauenarbeitsplatz bei der Deutschen Reichsbahn. Nicht sehr abwechslungsreich; man blieb viel allein mit sich und seinen Gedanken. An den Werktagen, ja, da herrschte hier am Posten 16 noch einiger Verkehr. Lkws, die zur Kippe des Amsdorfer Tagebaues fuhren, passierten den Bahnübergang. Und zu den festgelegten Zeiten kamen die Rangierabteilungen vom Bahnhof Röblingen, schoben leere Waggons in den Gleisanschluss des etwa dreihundert Meter entfernten Kaolinwerkes und nahmen die beladenen mit, um sie in Röblingen in die Güterzugbildung einzureihen.

Der Dg 53226 dröhnte heran. Monika Kolz, schlank und dunkelhaarig, trat einen Schritt zurück. Triebfahrzeugführer und Beimann winkten von der Diesellok herab. Der Anblick der jungen Frau im schwarzen Rock und in der hellgrauen Reichsbahnerbluse gefiel den beiden »Schwarzen«. Und Monika zierte sich nie, gern grüßte sie zurück. Ein heftiger Luftzug. Getöse und Stampfen auf dem Gleiskörper. Die Räder jagten über einen Schienenstoß. Schon verlor sich das rhythmische Geklirr in der Ferne. Monika Kolz blickte dem entschwindenden Zug nach, prüfte mit einem Blick, ob das Schlusssignal auch ordnungsgemäß angebracht war.

Wieder im Dienstraum galt ihr erster Griff dem Kofferradio. Sie regulierte die Tonfrequenz, suchte nach der Schlagerhitparade, die von Radio Luxemburg ausgestrahlt wurde. Daniel

Gerards »Butterfly« oder den »Bett-im-Kornfeld«-Schmalzer Jürgen Drews hörte sie am liebsten. Obwohl Radiogeräte auf den Dienstposten verboten waren, versteckte die Schrankenwärterin ein Transistorradio in dem schmalen Holzspind, der ihre persönlichen Sachen barg. Auch das Bücherlesen war im Dienst untersagt, bis auf die »Schravo« und ein paar andere Dienstvorschriften, die aber – meist unberührt – in einem Wandregal lagen.

Vierundzwanzig Jahre war sie jung, verheiratet und Mutter von zwei Kindern. Von einem unbändigen Erlebnishunger beherrscht, glaubte sie, das Leben laufe längst an ihr vorbei. Sie träumte von einem imaginären Stück Glück, sehnte sich nach endloser Zärtlichkeit und einem idealen Mann. Das konnten ihr die Partner, die sie bisher kennengelernt hatte, auf Dauer nie bieten. Auch mit ihrem Ehemann, einem biederen Traktoristen, dem sie an Geist und Temperament überlegen war, hatte sie kein großes Los gezogen. Die erste Glut war bald erloschen. Dumpf und eintönig lebten sie seit geraumer Zeit nebeneinander her. Warum nur? Vielleicht, so dachte sie, würde sich ihre Situation bald schlagartig ändern. Seit Wochen kannte sie einen jungen Mann, dessen Ungestüm sie stets aufs neue überraschte. Wenn er sie nur in die Arme nahm und streichelte, schwanden ihr vor lauter Glückseligkeit die Sinne.

Monika Kolz sah zur Uhr. Voller Ungeduld wartete sie auf das Ende ihrer Schicht. In Gedanken weilte sie schon bei der Tanzveranstaltung, die am gleichen Abend im »Haus des Bergmannes« in Unterröblingen stattfand. Um 21.50 Uhr verstaute Monika das Kofferradio im Schrank. Sie drehte die Schrankenbäume herunter und meldete sich beim Fahrdienstleiter ab. Der Bahnübergang wurde Samstag- und Sonntagnacht nicht benutzt. Die zeitweilige Schließung war von der Reichsbahndirektion in Halle aus Personalersparnisgründen genehmigt. Den Schlüssel zur Wärterbude schob die junge Frau in das Versteck, das jeder Schrankenwärter am Posten 16 kannte.

Die Familie Kolz wohnte in Erdeborn, einem kleinen Dorf, vier Kilometer westlich von Röblingen gelegen. Zum Ort gehörte eine Bahnstation, sodass Monika Kolz die Zugverbindungen von und nach Erdeborn benutzen konnte. War sie samstags zum Spätdienst eingeteilt, wie am 29. Juli 1978, nahm sie oft den letzten Personenzug, der kurz vor Mitternacht in Richtung Eisleben fuhr. Und sie musste früh wieder raus, wenn ihr Name auf dem Dienstplan für die zwölfstündige Sonntagsschicht stand.

Als Günter Kolz nach dem Sonntagsläuten der Kirchenglocke aufstand, um die Kinder zu versorgen, sah er, dass das Bett seiner Frau unberührt war. Noch machte er sich keine Gedanken über ihr Ausbleiben. Wahrscheinlich, so dachte er, hat sie bei einer Bekannten in Röblingen übernachtet und war dann am Morgen gleich wieder zum Frühdienst gegangen. Bei kurzem Schichtwechsel kam das zuweilen vor. Seine Frau handelte vielfach sprunghaft. Das Kommando in der Ehe lag eindeutig bei ihr. Ein Umstand, an den er sich längst gewöhnt hatte.

Am Sonntagabend, Monika war noch immer nicht zu Hause aufgekreuzt, brachte Kolz die Kinder bei seinen Schwiegereltern unter. Danach zog er in die Dorfkneipe und ertränkte seinen Ärger in Alkohol. Voller Trübsinn ahnte er, dass seine Frau ein weiteres Mal aus der Ehe ausgebrochen war. Der Trauring an ihrer Hand war für sie kein Grund, andere Männer zu meiden. Wenn ein Kerl ihr gefiel, dann war sie sogleich Feuer und Flamme. Lange gedauert hat es ja nie, tröstete er sich, aber sie tat es halt immer wieder.

Auch am Montag keine Nachricht von seiner Frau. Kolz stieg auf den Traktor und fuhr das Futter zur LPG Tierzucht. Gegen Mittag rief man ihn ins Büro. Ein Eisenbahner war kurz zuvor mit dem Moped auf den Hof der LPG geknattert und hatte nach dem Traktoristen gefragt.

»Ich bin Dienstregler beim Bahnhof Röblingen. Wo steckt denn Ihre Frau, Herr Kolz? Ist sie krank geworden?«

Kolz zog die Schultern hoch. »Keine Ahnung«, knurrte er. »Hab sie seit Sonnabend nicht mehr gesehen.«

»Sie müssen doch wissen, wo sich Ihre Frau aufhält«, entrüstete sich der Eisenbahner. »Am Sonntag ist sie nicht zur Schicht gekommen. Heut lässt sie uns schon wieder sitzen. Wie soll ich denn die Dienstposten besetzen? Überall fehlen mir die Leute!«

Kolz schüttelte den Kopf. »Ich weiß wirklich nicht, wo sie ist!«, beteuerte er dumpf.

»Dann suchen Sie gefälligst nach ihr!«, forderte der Eisenbahner verbiestert. »Monika hat sich umgehend zum Dienst zu melden!« Er stieg auf sein Moped und knatterte vom Hof. Die Aussicht, einen Ersatzmann unter den dienstfreien Schrankenwärtern rekrutieren zu müssen, besserte seine Laune keineswegs.

Erst am Dienstag – Monikas Eltern hatten gleichfalls gedrängt – begann Kolz sich nach seiner Frau umzutun. Er fragte bei Bekannten nach. Alles, was er unternahm, geschah halbherzig. Der Blockwärter des Eisenbahnhaltepunktes Erdeborn versicherte ihm, dass Monika Samstagnacht nicht aus dem letzten Zug aus Richtung Röblingen gestiegen war; also hatte sie ihn nicht benutzt.

Monikas frühere Schulfreundin, bei der sie manchmal in Unterröblingen übernachtete, wusste nichts. Und eine gleichaltrige Kollegin vom Bahnhof Röblingen schüttelte ebenso ratlos den Kopf. Kolz fragte auch in der Mitropa-Gaststätte nach, die, wie er wusste, von den Eisenbahnern gern aufgesucht wurde. Doch auch hier konnte man ihm nicht weiterhelfen. Übereinstimmend erklärten ihm die beiden Serviererinnen, Monika seit Tagen nicht mehr gesehen zu haben.

»Wahrscheinlich ist sie irgendwo anders hängengeblieben«, trösteten ihn die Frauen.

Mit der Wut des gehörnten Ehemannes im Bauch setzte Günter Kolz sich an einen Ecktisch und orderte eine Lage Bier und Schnaps.

Etwa 6300 Einwohner lebten im Sommer 1978 in Röblingen am See. Die zum äußersten Südosten des Mansfelder Landes zählende Großgemeinde war in mehrere Siedlungen und Ortsteile gegliedert. Kupfer-, Salz- und Braunkohlenbergbau hatten das Gesicht der Landschaft geprägt. Mit dem Ausgang des 19. Jahrhunderts waren die ersten Brikettfabriken, Schwelereien und Mineralölwerke im Röblinger Revier entstanden. Schäbige, verrußte Fabrikgebäude, von denen die meisten bis zum Ende der DDR produzierten. Größter Arbeitgeber am Ort war das Braunkohlenwerk mit dem Namen des 1953 verstorbenen Kommunisten »Gustav Sobottka«. Restruinen – wie der Tagebau Amsdorf – sind noch heute im Gelände zu finden. Den Beinamen »am See« verdankt Röblingen einem salzhaltigen Gewässer, dessen Fluten im Jahre 1892 durch Wassereinbruch in die Kupfergruben der Wimmelburger Otto-Schächte verschwanden. Der Salzige See musste leergepumpt werden. Seitdem verlandete er.

Zwei grünbetuchte Ordnungshüter wachten über das Wohl und Wehe der Bürger von Röblingen, Erdeborn, Stedten, Schraplau, Wansleben, Aseleben und Seeburg am Süßen See. Der Abschnittsbevollmächtigte und sein Stellvertreter gehörten zum öffentlichen Leben im Röblinger Revier. In jedem Betrieb, in jeder Schule, in den Kneipen und auf der Straße kannten man die beiden Volkspolizisten.

Erst am 4. September erfuhr der ABV während eines nächtlichen Streifengangs vom Verschwinden der Schrankenwärterin Monika Kolz. Süffisant erzählte ihm der freiwillige Helfer, der ihn in dieser Nacht begleitete, den jüngsten Dorfklatsch aus Erdeborn. Der Leutnant war lange genug im Geschäft, sodass er nicht jedes Wort für bare Münze nahm. Zudem kannte er Monika und Günter Kolz und wusste um die Probleme, die zwischen den Ehepartnern standen. Dass der Alkohol dabei eine nicht unbedeutende Rolle spielte, war ein offenes Geheimnis. Acht Tage später entschloss er sich, dem Gerücht außerhalb des offiziellen Protokolles nachzugehen.

Der ABV fand den Traktoristen beim Pflügen eines Stoppelfeldes hinterm Erdeborner Windmühlenberg. Er bockte die »Schwalbe« am Feldrain auf und fingerte ein Päckchen Zigaretten aus seiner Kartentasche. Kolz kletterte unterdessen vom »Famulus«. Quer über den Acker stapfte der gedrungene Bursche heran, weit davon entfernt, so etwas wie ein Adonis zu sein. Wortlos hielt ihm der Leutnant die Schachtel entgegen. Kolz bediente sich. Sein Feuerzeug flammte auf.

»Alles in Ordnung, Kolz?«, fragte der ABV.

»Ja. Was soll schon sein? Passiert doch sowieso nicht viel in unserm Kaff.«

»Deine Frau, hört man, ist nicht nach Hause gekommen?«

»Abgehauen«, nickte Kolz. »Aber ich werd sie schon holen.«

»Du weißt, bei wem sie sich aufhält?«

»Keine Ahnung. Muss ich noch rausfinden.«

»Hat's Streit gegeben in letzter Zeit?«

»Weiß nicht.« Kolz' Gesichtsausdruck blieb verschlossen.

Der Leutnant nahm seine Mütze ab, wischte über das Schweißband. Die Abwehr des Traktoristen war deutlich. Man wollte helfen, aber die Entscheidung lag nun mal bei Kolz. Der ABV hatte es zu respektieren.

Die Zigaretten waren aufgeraucht. Die Männer traten die Kippen ins Erdreich. »Also, wenn du eine Anzeige erstatten willst«, sagte der Uniformierte, »dann komm zu uns in die Dienststelle. Und bring ein Foto mit, damit wir nach deiner Frau suchen können. Verstanden?«

Der Leutnant stieg auf sein Moped und betätigte den Starter. Pötternd sprang der Leichtmotor an. Ganz wohl war ihm nicht bei der seltsamen Geschichte. Zu vieles erschien ihm noch unklar. Eine Vermisstenanzeige musste ausreichend begründet sein. Ein umfangreicher Fahndungsapparat würde in Bewegung geraten. Je weniger Angaben über den vermutlichen Aufenthaltsort der vermissten Person vorlagen, um so größer der Aufwand bei den Ermittlungen. Das verursachte erhebliche Kosten. Selbst die Polizei war inzwischen angehalten, auf allen Ebenen zu sparen. Ungeachtet dessen entschloss sich der Leutnant, den Fahndungsoffizier der Abteilung K im Volkspolizeikreisamt Eisleben um Rat anzugehen.

Zwei weitere Wochen gingen ins Land. Dann, Ende September, erschien Günter Kolz beim VP-Gruppenposten ins Wansleben. Seine Suche war ergebnislos geblieben. Jetzt verlangten die Schwiegereltern kategorisch, dass er die Volkspolizei einschalten müsse. »So lange ist sie noch nie weggeblieben«, erklärte Kolz dem ABV mit bedrückter Miene.

Der Leutnant setzte sich an seinen ramponierten Rollsekretär, deckte die Schreibmaschine auf und musterte Kolz erwartungsvoll. Der hatte sich einen hölzernen Bürostuhl mit Armlehne herangezogen.

»Wir müssen systematisch vorgehen«, erläuterte der ABV, während er das Anzeigenformular in die Maschine drehte. »Ich werde dir Fragen stellen, du beantwortest sie nach bestem Wissen. – Also, wann hast du deine Frau zum letzten Mal gesehen?«

»Das war am Sonnabend. Da ist sie mittags zur Schicht gefahren.«

»An welchem Sonnabend, Kolz? Ich muss das schon ein bisschen genauer wissen.«

Der Traktorist begann zu rechnen. »Am 29. Juli«, gab er schließlich Auskunft. »Sie hat ihre Tasche genommen und ist zum Mittagszug gegangen. Sie fuhr ja immer mit der Bahn bis Röblingen. Eisenbahner haben doch Freifahrt.«

»Hat jemand sie in den Zug steigen sehen?«

»Weiß ich nicht. Aber sie hat ihren Dienst gemacht auf dem Posten 16 in Röblingen. Die Eisenbahner haben's mir erzählt.«

»Bis wann dauerte die Schicht?«

»Abends, so gegen zehn war sie zu Ende. Monika ist dann immer mit dem letzten Zug gekommen. Ich hab schon in Erdeborn gefragt. Niemand hat sie am Haltepunkt gesehen.«

»Das bedeutet, sie war gar nicht im Zug?«

»Wahrscheinlich hat sie in Röblingen übernachtet, dachte ich. Weil sie doch am Sonntag gleich wieder zum Frühdienst musste. Manchmal hat sie es so gemacht.«

»Und bei wem übernachtet sie dann?«

»Bei Gerlind Funke. Ist ihre Freundin. Die beiden haben zusammen bei der Eisenbahn gelernt.«

Der ABV wusste, von wem die Rede war. »Und?«, fragte er. »War sie bei der Funke?«

»Gerlind sagt nein. Sie weiß auch nicht, wo die Monika geblieben ist.«

»Welche Personen kämen denn noch für ein Nachtquartier in Frage?«

Kolz zählte eine Handvoll Namen auf, fügte aber gleich an, dass er bei den Adressen genauso vergebens nachgeforscht habe.

»Hat deine Frau Wertsachen mitgenommen? Einen größeren Geldbetrag?«

»Die Kleidung ist ja noch da, die Wäsche und alles andere auch.«

»Habt ihr Streit gehabt?«

»Bestimmt nicht, Leutnant. Da war nichts. Manchmal war sie ziemlich krötig zu mir, und ich bin auch leicht ausgerastet. Aber diesmal gab's keinen Grund.«

»Und einen Abschiedsbrief, Kolz? Irgend 'ne Nachricht muss sie doch hinterlassen haben.«

»Nee. Sie ist einfach so weggeblieben. Ohne jede Erklärung.«

»Hat Monika mal von Selbstmord gesprochen? Denk jetzt in Ruhe nach, Kolz. In jeder Ehe passieren solche Geschichten.«

Der junge Mann stützte seine Hände auf die Knie. Er streifte den Leutnant mit einem leeren Blick. »Manchmal, wenn wir in Streit gerieten, hat sie geschrien, dass sie sich den Strick nehmen will. Aber das war doch bloß so dahingesagt. Unsere Kinder hätte Monika nie im Stich gelassen!« Kolz hob die Schultern und ließ sie wieder fallen. »Glaub mir, Leutnant, ich weiß wirklich nicht, wo ich noch suchen soll. Vor einem Rätsel stehe ich.«

Der ABV blieb sachlich. »Welche Bekleidung trug deine Frau, als sie am 29. Juli die Wohnung verließ?«

»Eisenbahneruniform. Wie immer, wenn sie zum Dienst musste.«

Die Schreibmaschine klapperte. Mit spitzen Fingern hieb der Leutnant auf die Typenhebel ein. »Und jetzt«, meinte er, »brauchen wir die Angaben zur Personenbeschreibung. Wie groß war deine Frau, Kolz?«

Am nächsten Morgen fuhr der Abschnittsbevollmächtigte ins Volkspolizei-Kreisamt Eisleben. Er übergab die Vermisstenanzeige der Kriminalpolizei, wo sie auf dem Tisch des Fahndungsoffiziers im Kommissariat V landete.

Dass Menschen aus ihrem gewohnten Lebensumkreis entschwinden, war auch in der DDR kein außergewöhnliches Phänomen. Polizeiinterne Statistiken sprechen von 10 000 Fällen pro Jahr. Etwa 78 Prozent aller Vermissten waren Kinder und Jugendliche im Alter zwischen 9 und 18 Jahren. 41 Prozent der Erwachsenen gehörten dem weiblichen Geschlecht an. Der weitaus überwiegende Teil stellte sich jedoch nach wenigen Tagen oder gar Stunden unversehrt wieder ein. Wachsende Einsichtigkeit, Abstand von der Ausführung eines geplanten

Suizidvorhabens, fehlende finanzielle Mittel, ungünstige Witterung und das Abklingen psychopathologischer Dämmerzustände motivierten zur Rückkehr an den Abgangsort. Obwohl die Zahl der Fälle, die sich auf diese Art und ohne nennenswertes Zutun der Kriminalpolizei von selbst erledigten, relativ hoch war, galten strenge Maßstäbe für die Bearbeitung von Vermisstenvorgängen. Denn mit jeder Anzeige stellte sich zugleich die Frage »Wurde an der vermissten Person ein Tötungsdelikt begangen?« Die Kriminalgeschichte kennt genügend Beispiele für vertuschte Verbrechen.

Eine alte kriminalistische Regel besagt, dass man bei der Suche nach Vermissten dort ansetzen soll, wo sie sich zuletzt aufgehalten haben. Im Fall der Monika Kolz kam die Schrankenbude am Posten 16 dafür in Frage. Der Oberleutnant begann seine Ermittlungen bei der Bahnhofsverwaltung in Röblingen. Die Kaderakte Kolz enthielt keinen Hinweis für die Vermisstenfahndung. Lediglich der Verwandtenspiegel, der sich aus dem Personalfragebogen ergab, war für den Kriminalisten von Interesse. Später würde er die Leute der Reihe nach aufsuchen, um sich bei ihnen zu erkundigen.

»Kollegin K. ist in ihrer Arbeit ordentlich und gewissenhaft«, notierte der Kriminalfahnder. »Stets einsatzbereit. Übernimmt freiwillig Sonderschichten, wenn andere Kollegen im Dienst ausfallen. Ihre gesellschaftliche Einstellung ist daher als positiv zu bezeichnen. In ihrem Wesen freundlich und aufgeschlossen und ihrem Alter entsprechend auch lebenslustig. Jüngeren Mitarbeitern gegenüber zeigt sie sich kontaktfreudig und hilfsbereit. Hinweise auf unmoralisches Verhalten liegen nicht vor.«

Eine geschönte Charakteristik, wie die meisten Beurteilungen in solchen Kaderakten. Blauäugig obendrein. Denn wenn man den Bericht des Abschnittsbevollmächtigten zugrunde legte, waren die Eheprobleme der Familie Kolz nicht nur in Erdeborn bekannt. »Ich möchte mir den Dienstposten ansehen, auf dem Frau Koch am 29. Juli gearbeitet hat.«

Der Bahnhofsvorsteher begleitete ihn nach Unterröblingen. Bis zum Schrankenposten 16 waren es knapp zwei Kilometer. Die Hauptstraße in Richtung Amsdorf zog sich durch eine S-Kurve. Links stand eine geschlossene Häuserzeile. Dort, wo sie endete, zweigte rechterhand der Weg zum Bahnübergang ab. Ein Eisenbahner im vorgerückten Rentenalter bediente die Schrankenanlage. Einige grauweiße Haarsträhnen sprossen unter seiner Schirmmütze hervor. Beim Anblick seines Dienstvorgesetzten nahm er stramme Haltung an. »Ohne Vorkommnisse, Kollege Vorsteher!«

Die zackige Meldung amüsierte den Oberleutnant. Sie bescherte ihm Erinnerungen an den Kasernenhof der Polizeischule in Aschersleben. Dort wurden unter militärischem Drill junge Offiziere für die Volkspolizei ausgebildet. Erst später begriff der Kriminalist, dass das lächerliche Ritual der Eisenbahner durchaus ernst gemeint war. Es entsprang den militärischen Befehlsstrukturen, nach denen die Deutsche Reichsbahn als größter Staatsbetrieb in der DDR verwaltet wurde.

»Wegen der Kolz kommen Sie?« Der Eislebener Kriminalist hatte Mühe, den Alten zu verstehen. Der Mann nuschelte, weil sein Gebiss ihm Schwierigkeiten bereitete. »Hören Sie mir auf mit dem Flittchen. Wer weiß, mit wem die durchgebrannt ist. Mindestens ein halbes Dutzend Kerle treibt sich manchmal hier rum. Drüben vom Werk sind auch welche bei.« Sein Kinn deutete über die Gleise, wo sich der Gebäudekomplex des Kaolinwerkes mit dem hochragenden Turm der Aufbereitungsanlage erhob. Zwei Schienenstränge zweigten am Posten 16 ab, führten unmittelbar zur Verladestelle am Rande des Betriebsgeländes.

»Kennen Sie die Männer?«

»Namen weiß ich nicht«, wehrte der Alte rasch ab. Seine Offenherzigkeit gereute ihn schon.

»Aber Karl«, rief der Dienstvorsteher, »du wohnst doch in Unterröblingen. Ein paar von den Burschen wirst du schon kennen.«

Der solchermaßen Ermahnte kratzte sich verlegen am Hinterkopf. Nach reiflicher Überwindung zählte er die Namen von drei jungen Männern auf. »Hoffentlich kriege ich deswegen keinen Ärger mit den Leuten«, schloss er brummig.

Selbstverständlich würde die Vertraulichkeit gewahrt, sicherte ihm der Oberleutnant flugs zu. Dann sah er sich in der Wärterbude um. Viel zu entdecken gab es ja nicht. Sein Blick glitt von dem braungestrichenen Tisch zu den schmalen zweitürigen Holzschränken hinüber. »Welcher gehört Frau Kolz?«

»Der zweite von links.«

Ein Sicherheitsvorhängeschloss hing an der Spindtür. »Hilft nichts«, meinte der Kriminalfahnder. »Müssen wir aufbrechen. Haben Sie einen Hammer?«

Der Schrankenwärter schleppte Werkzeug aus einem Nebengelass herbei. Zwei kräftige Schläge. Das Schloss fiel zu Boden. Der Oberleutnant öffnete die Tür. Ein Eisenbahnerregenmantel und eine Uniformjacke. Auf der Mützenablage stand ein Transistorradio. Unten auf dem Schrankboden eine braune Tasche. Auf den ersten Blick war zu erkennen, dass sie der Beschreibung in der Vermisstenanzeige entsprach. Der Oberleutnant stellte die Tasche auf den Tisch. Wenn es noch Zweifel an der Identität der Besitzerin gegeben hätte, Monika Kolz' Portemonnaie, ihr Dienst- und ihr Personalausweis, die sich in der Tasche befanden, beseitigten sie.

»Kann man feststellen, bis wann Frau Kolz sich am 29. Juli in der Schrankenbude aufgehalten hat?«

Der Bahnhofsvorsteher nickte. »Zeig ihm das Dienstübergabebuch, Karl!«

Der Schrankenwärter reichte dem Oberleutnant eine abgegriffene Kladde. Unter dem Datum vom 29.7.1978 entdeckte er den Eintrag: »Dienstbesetzung von 13.30 – 22.00 Uhr: M. Kolz. Schranke um 21.50 Uhr gesichert. Abmeldung an Fahrdienstleiter Blunke. gez. Kolz«

»Vielleicht möchten Sie den Kollegen Blunke befragen?«, schlug der Dienstvorsteher vor.

Noch am Nachmittag vernahm der Oberleutnant den Fahrdienstleiter. Wie die Dinge lagen, war Blunk der letzte Zeuge, der mit Monika Kolz gesprochen hatte.

»Genau um 21.50 Uhr«, bestätigte er. »Die übliche Zeit. Die Kolz musste doch zum Zug nach Erdeborn. Jeder Fahrdienstleiter wusste das.«

»Hatten Sie vielleicht den Eindruck, dass jemand bei ihr auf dem Schrankenposten war?«

»Sie meinen Stimmen oder Hintergrundgeräusche? Nee, überhaupt nicht. Sie klang ein bisschen aufgekratzt am Telefon, ja, aber das war sie ja fast immer.«

Monika Kolz' Abgangsort und der Zeitpunkt ihres Verschwindens standen nach diesen Ermittlungen fest. Nur das Rätsel um ihren derzeitigen Aufenthaltsort blieb ungelöst.

»Jetzt drück doch mal ein bissel auf die Tube, Ebs!« Voller Ungeduld trommelte Siegfried Schwarz auf die kunststoffbezogene Armlehne der Wartburgtür.

»Hier sind bloß siebzig erlaubt!« Eberhard Schäfer, der Mann am Steuer, grinste seinen Dienstvorgesetzten an, gab aber zugleich stärker Gas. Von Halle kommend, schoss der dunkelbraune Wartburg-Kombi über die F 80 dahin, nahm eine langgezogene Rechtskurve und erkletterte den 141 Meter hohen Wachhügel, bis sich ihnen der Blick in die weite offene Landschaft des Mansfelder Landes bot. Rechts grüßte die Wasserfläche des Süßen Sees mit der imposanten Kulisse der Seeburger Schlossanlage. Links hügelige Ackerflächen für den Obstanbau. Und weit voraus der Talkessel, aus dem die Türme der Eislebener Kirchen ragten. Die Kreisstadt war das Ziel ihrer Dienstfahrt.

Der dreiundvierzigjährige Siegfried Schwarz war ein dynamischer Typ, überaus schlagfertig und spitz mit der Zunge, was dem Hauptmann nicht nur Freunde einbrachte. Er war kein bedenkenloser Parteigänger, kein Mitläufer, der seine Meinung hinter verquasten Phrasen verbarg. Eher ein kritischer und hellwacher Geist. Die meisten seiner Vorgesetzten konnten mit Schwarz' Ironie wenig anfangen. Der jederzeit korrekt gekleidete Hauptmann, der zu allem Überfluss auch noch der Jagdleidenschaft frönte, verunsicherte die Chefs mit Respektlosigkeit. Letztendlich erschien es ihnen am bequemsten, den aufmüpfigen Genossen Schwarz kurzerhand als Zyniker abzustempeln. Seine fachliche Kompetenz konnten sie ihm nicht absprechen. Und so wurde Schwarz, als der Posten des Chefs der Morduntersuchungskommission im Bezirk neu zu besetzen war, als Leiter bestätigt. Die vierköpfige MUK gehörte zum Personalbestand des 1964 gebildeten Dezernates II in der Abteilung K der VP-Bezirksbehörde.

Während der Wochenendbereitschaft hatte Schwarz den Vermisstenvorgang Kolz aus Eisleben kommen lassen. Was ihm da unter die Augen kam, alarmierte den erfahrenen Morduntersucher. Die Anzeigenerstattung war so ungewöhnlich spät erfolgt, das musste einfach Argwohn erwecken. In aller Eile hatte er einen Ermittlungsplan skizziert, für dessen Realisierung er den 3. Oktober bestimmte.

»Seit sechsundsechzig Tagen ist die Frau abgängig«, sagte Schwarz zu seinem Mitarbeiter, »und der Mann zeigt scheinbar kein Interesse, die Polizei einzuschalten. Verstehst du das?«

»Wenn du mich fragst – die Sache stinkt!«, stimmte Eberhard Schäfer ihm zu.

»Findest du?«

»Unbedingt. An der Geschichte ist was faul.« Als der hellblonde Leutnant von der Fachschule Aschersleben gekommen war, hatte man ihm eine interessante Arbeit im Dezernat II der BdVP versprochen. Zu seiner nicht geringen Überraschung landete er ausgerechnet in der MUK. Dabei mochte Schäfer den Anblick von Leichen überhaupt nicht. Unbehagen überkam ihn, wenn er zu einem Tatort ausrücken musste. Doch ein Kader-Befehl galt in der Volkspolizei als unumstößlich.

»Was mag das für ein Typ sein, dieser Günter Kolz?«, sinnierte Schwarz. Die gleiche Frage stellte er eine knappe Stunde später dem Vermisstensachbearbeiter im VPKA Eisleben.

Der Oberleutnant blätterte in seinen Aufzeichnungen. »Keine geistige Leuchte«, gab er seinen Eindruck kund. »In der Schule ein paarmal sitzengeblieben. Arbeit im Kupferbergbau, dann in der Braunkohle. Wechselte oft die Arbeitsstellen, weil er mit den allgemeinen Anforderungen nicht klarkam. Zuletzt in Erdeborn bei der LPG, wo er mit Ach und Krach die Ausbildung zum Traktoristen schaffte. 1972 heiratete er Monika Schößler, die Frau brachte ein Kind mit in die Ehe. 1973 Geburt eines zweiten Kindes. Kolz' größtes Problem ist der Alkohol.«

»Die Ehe lief nicht gut?«

»Anscheinend nicht. Die Frau war auf Abenteuer aus, manchmal für mehrere Tage unterwegs. Ich habe zwei Zeugen aufgetrieben, nach deren Aussage die Kolz noch Mitte August in Eisleben gesehen worden sein soll. Im Stadtcafé.«

»Glaubhaft?«

»Zwei Kolleginnen der Kolz. Ich gehe davon aus, dass sie sie erkannt haben.«

»Die früheren Liebhaber sind bekannt?«

Der Sachbearbeiter nickte. »Bin gerade dabei, die Liste aufzustellen, um sie der Reihe nach abzuklopfen.«

»Was ist mit dem Ehemann? Stimmt sein Alibi?«

»Mit Kolz hab ich noch nicht gesprochen. Ich wollte erst ...«

»Alles gut und schön«, unterbrach Schwarz. »Die Fülle der

Bezugspersonen muss abgeprüft werden, da gebe ich Ihnen recht. Aber manchmal liegt die Wahrheit viel näher als man denkt. Kolz muss doch einen Grund haben, wenn er das Verschwinden seiner Frau nicht anzeigen wollte. Genug der Theorie, Amigos. Beim Ehemann setzen wir jetzt an!«

Günter Kolz, Anfang Dreißig, öffnete den Männern die Haustür. Der Hof, den er mit seiner Familie bewohnte, gehörte zum Vermögen der LPG, bei der er beschäftigt war. Es ging auf die Mittagszeit zu. Kolz kaute an einem trockenen Brotkanten. Sein gedrungener Körper steckte in einem speckigen Jeansanzug. Ungekämmtes zotteliges Langhaar, das bis auf die Schultern fiel, umrahmte sein gutmütiges, rundes Gesicht. An den Füßen trug Kolz ausgediente Armeestiefel. »Sie wollen zu mir? Hab bloß keine Zeit, muss gleich wieder zur Arbeit. Hab unser Vieh gefüttert.« Er deutete über den Hof zur Kaninchenstallanlage. Irgendwo im Hintergrund gackerten Hühner.

»Sie müssen sich nicht beeilen. Ihr Chef weiß nämlich Bescheid. Wir sind von der Kripo in Halle. Mein Name ist Hauptmann Schwarz.«

»Sie haben … meine Frau gefunden?«

»Leider nein«, antwortete Schwarz wahrheitsgemäß. »Deshalb wollen wir mit Ihnen reden. Am besten, wir gehen erst mal ins Haus.«

Schwarz hatte seinen Blick über den winzigen Hof geschickt. Löcher im Scheunendach. Von der Wohnhauswand fiel der Putz in großen Fladen. Am Brunnenring, neben einer hölzernen Schwengelpumpe, zerbrochenes Kinderspielzeug. Auf dem Dorf wohnten die Menschen nicht komfortabel. Schwarz wusste es, aber was er hier zu sehen bekam, umschrieb er später mit dem Begriff Verwahrlosung.

Kolz trat zurück in den grobgefliesten Hausflur. Abgestandene Luft. Gleich hinter der Tüt staute sich ungeputztes Schuhwerk. Der Fußboden hatte schon ewig keinen Schrubber und keinen Wischlappen mehr erlebt. Zwei Zimmer, eine Küche und ein handtuchschmales Bad. Die Wohnung mit neueren, aber sichtlich ungepflegten Möbeln vollgestellt. Bestimmt vom staatlichen Ehekredit gekauft, mutmaßte Schwarz.

»Also, was ist nun mit Ihrer Frau, Herr Kolz?«

»Weg ist sie«, antwortete der Traktorist.

»Aber wohin? Irgendwo muss sie doch sein?«, meinte Schwarz.

»Zum Dienst ist sie gegangen. Damals. Und kam nicht mehr nach Hause.«

»Haben Sie wenigstens nach ihr gesucht? Im Betrieb oder bei den Verwandten nachgefragt?«

Kolz nickte heftig. »Ja, schon. Bloß nicht gefunden.«

»Wo haben Sie denn gesucht?«

»Überall. Hier und da. Weiß ja keiner was.« Unsicher klang seine Stimme, als er dies sagte.

»Warum haben Sie die Polizei nicht sofort eingeschaltet?«

»Ich hab jeden Tag gewartet, dass sie von alleine kommt. Dachte, sie lässt mich absichtlich schmoren, damit ich nicht gleich schimpfe, wenn sie wieder da ist.«

»Dann haben Sie sicher nichts dagegen, wenn wir uns im Haus und auf dem Grundstück ein wenig umsehen.«

Kolz zuckte mit keiner Wimper. Es schien ihn nicht weiter zu berühren.

Der Hauptmann gab seinen Männern einen Wink. Besichtigungen solcher Art gehören zum Kernstück kriminalistischer Vermisstensuche. Sie richten sich auf Hinweise, die über den Zeitpunkt und die Gründe des Verschwindens Aufschluss geben könnten. Zudem räumen sie den Kriminalisten die Möglichkeit ein, nach tötungs- oder verschleierungstypischen Spuren Ausschau zu halten. Hauptmann Schwarz hatte Fälle erlebt, bei denen die Leichen vermisster Personen erst nach gründlicher Suche auf dem heimischen Grundstücken entdeckt wurden.

Die Sessel im Wohnzimmer dienten als Ablage für getragene Kleidungsstücke. Die Wäsche in den ungemachten Betten bedurfte dringend einer Erneuerung. Schwarz blickte auch ins Bad, zählte die Zahnbürsten auf der Spiegelkonsole und überzeugte sich vom Vorhandensein der damentypischen Körperpflegemittel, auf die wohl keine Frau verzichtet, wenn sie für längere Zeit das Haus verlässt. Sogar eine angebrochene Packung OVOSISTON – das gebräuchlichste Schwangerschaftsverhütungspräparat in der DDR – entdeckte Schwarz im Bad.

»Wo sind eigentlich Ihre Kinder?«, fragte er.

»Bei den Schwiegereltern im Oberdorf. Ich komme nicht klar mit den beiden.«

»Sie haben zwei?«

»Junge und Mädchen.«

In der Speisekammer stieß der Hauptmann auf eine Batterie aus leeren Bier- und Schnapsflaschen. Obwohl selbst dem Alkohol gelegentlich zugetan, schüttelte er angewidert den Kopf. »Mann, Sie werden sich eines Tages noch zu Tode saufen!«, kritisierte er den Familienvater. Kolz wandte beschämt das Gesicht ab.

»Genosse Hauptmann!« Eberhard Schäfer rief von der Kellertreppe her. Der Leutnant und der Kollege aus Eisleben untersuchten die Stufen mit Hilfe einer Analysenquarzlampe. Im violetten Schräglicht zeichneten sich mehrere dunkle Flecke auf dem Zementboden ab. »Erscheint mir blutverdächtig«, kommentierte Schäfer.

Kolz spitzte hellhörig die Ohren. »Ist bestimmt von mir«, erklärte er hastig. »Bin mal auf der Kellertreppe ausgerutscht. War ganz schön duhn. Und dann Nasenbluten, verstehen Sie.«

»Da muss die Spurensicherung ran!«, entschied Schwarz. Und zu Kolz gewandt: »Blut kann man nach verschiedenen Gruppen und Untergruppen unterscheiden, Herr Kolz. Sie können sich darauf verlassen: Unsere Chemiker werden ganz schnell herausfinden, ob es sich um Ihr Blut handelt oder ob es das Blut Ihrer Frau ist. Bis zur Klärung des Sachverhaltes müssen wir Sie mitnehmen!«

Dicke Schweißtropfen perlten über das Gesicht des Traktoristen. Günter Kolz saß vornübergebeugt. Sein muskulöser Nacken war angespannt. Nur mühsam und mit äußerster Anstrengung hielt er seine Angst in Zaum. Seit Stunden wurde Kolz im obersten Stockwerk des Polizeigebäudes neben der Untersuchungshaftanstalt in Eisleben vernommen. Hauptmann Schwarz reihte die Fragen aneinander, mal sachlich und gelassen, dann wieder lauter, um den Vernehmungsdruck zu verstärken, bis er erneut ins ruhigere Fahrwasser überleitete.

»Ist in der letzten Zeit etwas vorgefallen, was Ihre Frau beschäftigt hat, was sie belastete und zu einem schweren Konflikt führen konnte?«

Kolz vermochte mit der Frage nichts anzufangen. Er schüttelte ratlos den Kopf.

»Wann haben Sie denn geheiratet, Herr Kolz?«

»Vor fünf Jahren.«

»Wie haben Sie Ihre Frau kennengelernt?«

»Monis Vater und ich waren Arbeitskollegen. Eines Tages hat er gefragt, ob ich die Moni heiraten will, damit sie in feste Hände kommt. Sie hatte da schon den Jungen.«

»Und Sie haben ›ja‹ gesagt. Hat Monika Ihre Liebe erwidert?«

»Am Anfang hat alles geklappt.«

»Später also nicht mehr?«

Kolz wich aus. »Monika hat eben Hummeln im Hintern.«

»Genauer gesagt: Sie hat sich für andere Männer interessiert. Ist Ihnen ein paarmal durchgebrannt!« Der Traktorist schwieg.

»Jetzt sagen Sie bloß nicht, Sie hätten sich damit abgefunden?«, hielt Schwarz ihm vor. »Sie haben doch mit ihr gestritten, immer häufiger!«

»Na ja.«

»Und geschlagen …?« Die Frage hing im Raum. Schwarz beugte sich vor und versuchte den Blick des Ehemanns aufzufangen. »Antworten Sie schon! Sie haben Ihre Frau verdroschen?«

Widerstrebend hob Kolz den Kopf. »Manchmal hat sie mich beschimpft«, gab er zu. »Wenn ich getrunken hatte. Vor Wut hab ich dann zugehauen.«

»Ich kann mir nicht helfen, Leute, aber mir gefällt dieser Mensch nicht«, bekundete Schwarz in einer Vernehmungspause. »Ganz und gar nicht hat der mir bis jetzt gefallen.«

»Ich weiß«, sagte Eberhard Schäfer. »Aber das ist noch lange kein Grund. Folgern kannst du daraus überhaupt nichts; jedenfalls nichts von Beweiswert.«

Erneut begann das Fragespiel. Diesmal waren Schäfer und der Fahndungsoberleutnant am Zug. »Haben Sie Verwandte in Westdeutschland?«

»Eine Tante in Stuttgart. Und Monikas Cousine ist vor Jahren nach Hannover rüber.«

»Gab es Briefwechsel?«

»Monika schrieb sich mit einer früheren Freundin. Die ist auch über die Grenze abgehauen. Im vergangenen Jahr war sie mal hier zu Besuch. Hat erzählt, wie gut es ihnen drüben geht. Sogar die Arbeitslosen könnten sich ein Auto leisten. Da wäre Moni am liebsten gleich mitgereist.«

Die Existenz beider deutscher Staaten – minen- und stacheldrahtbewehrt der eine – gebar manchen abenteuerlichen Versuch, die Grenze von Ost nach West zu überwinden. In den wenigsten Fällen basierten die »Republikfluchten« auf ernsthaften politischen Motiven. Viele lockte der bessere Lebensstandard im Zielgebiet. Aber für die DDR-Behörden war jeder Republikflüchtling ein Verräter, der, wenn er erwischt wurde, mit den Mitteln des Strafrechts zwangsdiszipliniert werden musste. In vielen Fällen erfolgte die Entdeckung der Flucht erst dann, wenn der Geflohene sich aus der Bundesrepublik gemeldet hatte. War also jemand aus seinem gewohnten Lebensumkreis verschwunden, wie Monika Kolz, hatte man die Version einer »Republikflucht« ins Auge zu fassen.

Der Vernehmungskomplex wurde gründlich abgearbeitet, erbrachte aber keine überraschenden Erkenntnisse. Um 23.00 Uhr übernahm Schwarz abermals das Verhör. Das Spiel begann von vorn. Kolz hockte, die Hände gegen seinen Kopf gepresst, auf dem Stuhl. Kopfschmerzen plagten ihn. Er verstand nicht, warum sie ihn nicht endlich in Ruhe ließen.

Der Hauptmann reichte ihm ein Glas Wasser. »Wie erklären Sie sich denn das Verschwinden Ihrer Frau?«

Kolz trank. »Ich weiß es doch nicht«, beteuerte er. »Plötzlich war sie spurlos weg.«

»Spurlos? Wieso spurlos, Kolz? Mitte August wurde Ihre Frau noch in Eisleben gesehen! Die Tasche mit ihren persönlichen Dokumenten haben wir in der Schrankenbude gefunden. Wäsche und Kleider sind vollständig, wie wir uns überzeugen konnten. Und das Kosmetiktäschchen Ihrer Frau liegt noch im Bad! Was Sie uns auftischen, ist nicht stubenrein, Herr Kolz! Die Fakten sprechen eine andere Sprache!«

»Keine Ahnung«, würgte Kolz hervor.

»Sie hatten Streit mit Ihrer Frau, haben auf sie eingeschlagen, ja?«

»Nein …, ja … Ach, ich weiß nicht.«

Schwarz stützte seine Ellenbogen auf. Er legte die Fingerspitzen gegeneinander. »Vielleicht … übermäßig derb beim letzten Schlag?«

Schweigen.

»Wir wollen Ihnen doch nur helfen. Aber Sie müssen uns schon die Wahrheit sagen.« Und wieder bohrte Schwarz. »Das eine kann ich Ihnen versprechen, Kolz, wir werden nach Ihrer

Frau suchen, bis wir sie gefunden haben – lebendig oder tot. Und dann kommt die ganze Wahrheit ans Licht!«

Für einen Moment hatte es den Anschein, als helle das Gesicht des anderen sich auf. »Sie wollen wirklich suchen?«, fragte er stockend.

»So wahr ich hier sitze, das ist mein Versprechen!«

Weit nach Mitternacht seufzte Günter Kolz tief auf. Seine Stimme klang brüchig. »Also gut – ich habe meine Frau erschlagen«, quetschte er widerstrebend hervor.

»Wann und wo?«

»Vor vierzehn Tagen, so um den zwölften September herum, ist sie wieder nach Hause gekommen. Ich wollte wissen, wo sie so lange war. Ich war wütend, auch vom Alkohol, und da hab ich ihr eben ein paar geknallt. Also, ich hab sie geschlagen ins Gesicht, ja, auch mit der Faust. Und plötzlich ..., plötzlich atmete sie nicht mehr.«

Schwarz, der gelernt hatte, aus der Haltung und Gestik eines Menschen Schlüsse zu ziehen, blieb skeptisch. »Und die Leiche?«, fragte er. »Sagen Sie schon, wo ist die Leiche Ihrer Frau geblieben?«

Erdeborn liegt an den Südhang des Höllenberges gebettet. Ein hochaufragendes Gotteshaus mitten im Zentrum. Jahrhundertealte Bauernhöfe und kleine Siedlerhäuser, die zur Blütezeit des Kupferschieferbergbaus errichtete wurden, prägen das Dorfbild. Die weite Talsenke zwischen Windmühlen- und Wickenberg zerschneidet der Zellgrundbach. Hier, irgendwo im Gelände, wollte Günter Kolz die Leiche seiner Frau abgelegt haben.

Seit neun Uhr in der Frühe waren sie unterwegs: Leutnant Schäfer, der den Traktoristen vermittels Knebelkette am Handgelenk führte, der Fahndungsoffizier und Hauptmann Schwarz am Lenkrad des Wartburg-Kombi. Ein Sicherungskommando der Schutzpolizei folgte im dichten Abstand.

Hinter der Bahnunterführung dirigierte Kolz den Fahrzeugkonvoi nach rechts. Sie holperten in Richtung Hornberg. Die Straße schien nur noch aus Schlaglöchern zu bestehen. Links floß der Zellgrundbach. Bei starken Regenfällen oder Frühjahrsschmelzwasser stieg sein Pegel oftmals an. Sie passierten eine Reihe von Datschengrundstücken. Eine wilde Müllkippe schob sich ins Sichtfeld der Männer. Kolz ließ halten.

»Hier?«, fragte Schwarz überrascht, während sein Blick über den Ausfluss der Konsumgesellschaft made in DDR tastete.

»Mit dem Handkarren hab ich sie hergebracht«, erklärte Kolz.

Die Suche auf der unkrautbewachsenen Müllhalde setzte ein. Die Polizisten schwärmten aus. Diestelstauden und dicke Büschel der Tartarenmelde streiften die eleganten Beinkleider des Hauptmanns, verursachten hässliche Staubspuren auf dem guten Zwirn. Klettenreste verhakten sich im Stoff. Unversehens trat Schwarz in einen durchnässten Aschehaufen. Wütend stakte er zur Straße zurück.

»Kolz!«, fauchte er mit drohendem Unterton. »Das ist doch ein Windei! Wenn Sie uns verarschen wollen, dann ist aber die Messe gelesen!«

Der mordverdächtige Ehemann zog furchtsam den Kopf ein. »Hierher hab ich sie gefahren«, wiederholte er kleinlaut. »Bis zum Hang und dann runtergerollt!«

»Dann wäre die Leiche aber längst gefunden worden!«, polterte Schwarz. »Allein der Verwesungsgeruch hätte Aufmerksamkeit erregt. Jeder Radfahrer, der auf der Straße vorbeikommt, hat den Blick auf den Müllplatz!«

»Vielleicht …, vielleicht hab ich sie doch eingegraben …«

»Hatten Sie denn einen Spaten mit?«

»Muss ja wohl …«

»Dann zeigen Sie uns endlich die Stelle! Aber ein bisschen Tempo, wenn ich bitten darf!«

Nicht einmal dazu war Kolz in der Lage. Erbost pfiff der Hauptmann die Aktion ab. Über Funk forderte er einen Leichensuchhund an. Aber auch dieser brachte die Kriminalisten nicht zum Ziel. »Auf der Halde«, so der eindeutige Befund des Pretzscher Diensthundeführers, »ist keine Leiche vergraben worden.«

Ein weiteres Mal nahmen sie Kolz in die Mangel. Nach einer knappen Stunde die erlösenden Worte: »Ich habe mich geirrt, Herr Hauptmann, weil ich so durcheinander bin. Aber jetzt … jetzt weiß ich's wieder. Ich glaube, sie liegt im alten Schacht …«

Kolz lotste die Kriminalpolizisten in Richtung Oberröblingen. Links von der Straße erhob sich eine verlassene Gebäudegruppe. Die Eisenbahnstrecke führte in der Nähe vorbei. Hinter einem löcherigen Drahtzaun, mit reichlichen Warnschildern bespickt, stießen sie auf das Mundloch eines toten Bergbaustollens. Um die Mitte des 18. Jahrhunderts war er für den Kupferabbau erschlossen worden. Eine Mauer aus Schieferbruch, etwa 150 Zentimeter hoch, umgab die Schachtöffnung, die mit terpentingetränkten Holzplanken abgedeckt war. Das an der Mauer hochrankende Gestrüpp gestattete ein müheloses Erklettern der Brüstung. Zwei Schutzpolizisten und der Oberleutnant vom Fahndungskommissariat rückten die Planken vorsichtig zur Seite.

Schwarz spähte über den Mauerrand in die dunkle Schachtröhre. Auf 4 x 2,5 Meter schätzte er den Querschnitt. Die Sohle war nicht zu erkennen. Wie tief mochte der Schacht wohl sein? Der Hauptmann ließ einen Gesteinsbrocken in die Tiefe fallen, zählte die Sekunden bis zum Aufschlag. Fast achtzig Meter, folgerte er. Lag die Leiche der Frau tatsächlich dort unten? Selbst als Schwarz sämtliche Handscheinwerfer, die zur Ausrüstung der Dienstfahrzeuge gehörten, herbeischleppen ließ, und mit Hilfe eines Fernglases in die Tiefe spähte, war der Erfolg gleich null.

»Wie kommen wir jetzt zur Sohle? Abseilen?«

»Das geht nur mit der Grubenwehr«, schränkte der Fahndungsoffizier ein. »Aber heute wird das nichts mehr.« Er tippte auf seine Armbanduhr. »Wenn Sie einverstanden sind, Genosse Hauptmann, kümmere ich mich morgen früh um den Einsatz.«

Der festgenommene Traktorist aus Erdeborn wurde nach Halle überführt. Der Leiter der MUK leitete ein Ermittlungsverfahren wegen Verdachts der vorsätzlichen Tötung eines Menschen gem. § 112 StGB gegen Günter Kolz ein. Sodann unterrichtete Hauptmann Schwarz den Staatsanwalt Winfried Wölfel über den Stand der Ermittlungen. Der dreiundvierzigjährige Jurist war bei der Bezirksstaatsanwaltschaft Halle für Verbrechen gegen das Leben zuständig.

»Gut, ein Geständnis liegt vor«, konstatierte Wölfel, »aber keine Leiche.« Er hatte die Akte vor sich auf dem Tisch. Mit den Fingerspitzen stieß er sie zurecht, bis sie säuberlich ausgerichtet zu liegen kam. Wölfel, der Perfektionist, liebte übersichtlich ausermittelte Fälle. In seinen Plädoyers, die er in bestechender Rhetorik vorzutragen wusste, überzeugte er durch Logik und sachliche Beweisführung. Das Fehlen der Leiche störte Wölfels Ordnungssinn, aber Schwarz stellte in Aussicht, dass sie die Tote aus dem Schachtloch heraufholen würden. Noch einmal überflog Wölfel die Aussagen der beiden Eisenbahnerinnen. Drei Wochen nach ihrem Verschwinden hatte die Schrankenwärterin noch gelebt. So gesehen erschien Kolz' Geständnis wahrhaftig. Das gab den Ausschlag. Der Staatsanwalt unterschrieb den Haftantrag.

Günter Kolz kam vor den Haftrichter. Ohne zu stocken wiederholte er sein Geständnis. Ja, er habe seine Frau während eines Streites getötet. Die Leiche läge in dem alten Stollen bei Erdeborn. Der Richter fand kein Haar in der Suppe und ordnete die Untersuchungshaft an.

Schwarz erhielt ein beifälliges Kopfnicken von seinem Dezernatsleiter. »Gut gemacht, Genosse Schwarz.« Ein aufgeklärter Mord sei das rechte Geburtstagsgeschenk auf den Gabentisch der Republik. Der 7. Oktober mit seinen vielfach geübten Politritualen stand vor der Tür.

Gegen Mittag fiel der Chef der MUK aus allen Wolken. Aus Eisleben ereilte ihn die telefonische Mitteilung, dass der tote Schacht durch die Grubenwehr befahren wurde. Ein zerfetztes Herrenjackett und mehrere morsche Stiefel bildeten die Ausbeute. Von einer Leiche keine Spur.

»Verdammte Scheiße!«, machte Schwarz seinem Ärger Luft. »Den Kerl zerreisse ich in vier Stücke!«

Günter Kolz, zur zweiten Vernehmung vorgeführt, wartete mit tränenreicher Redseligkeit auf. Er wolle jetzt endgültig die Wahrheit sagen, beteuerte er ein ums andere Mal und gab eine dritte Variante der Leichenverbringung preis. Während Eberhard Schäfer die Aussage protokollierte, setzte Schwarz einen neuen Suchtrupp in Marsch. Die Antwort, die man Stunden später aus Erdeborn übermittelte, riss schon keinen mehr vom Stuhl: Am angegebenen Ort lag keine Leiche!

Und als Bernd Heyroth vom Dezernat KT im selben Moment ins Zimmer des Hauptmanns schaute, las Schwarz die unerfreuliche Nachricht am Gesicht des Kriminaltechnikers ab: »Die Blutspuren auf der Kellertreppe stammen von Günter Kolz!«

Siegfried Schwarz saß auf seinem Schreibtischstuhl mit den hölzernen Armlehnen. Die Hände hinter dem Kopf verschränkt starrte er zur Zimmerdecke auf, als brächte ihn das der Lösung ein Stück näher. Die Gedanken quirlten in seinem Kopf. Eine Art von Inventur der Mordsache Kolz im Geist. Warum behauptet der Traktorist steif und fest, dass er seine Frau getötet hat, wenn er andererseits den Ablageort der Leiche nicht nennt? Will er es nicht, um sich möglicherweise ein Hintertürchen offenzuhalten, oder kann er es tatsächlich nicht? Was spricht für Kolz' Täterschaft? Die zerrütteten Beziehungen zwischen den Eheleuten, Alkohol und der häufige Streit, der von Handgreiflichkeiten begleitet war. Ein ganzes Bündel von Gründen. Und dann noch die verschleppte Anzeigenaufnahme. So weit – so gut. Sehen wir, was dawider steht? Das Fehlen der Leiche natürlich und Kolz' primitive Persönlichkeitsstruktur. Schon nach ihrer ersten Begegnung hatte Staatsanwalt Wölfel eine Begutachtung des mutmaßlichen Mörders in Erwägung gezogen. Erfahrene Psychologen sollten ihn explorieren, um dem Wahrheitsgehalt seiner Aussagen auf die Spur zu kommen.

Schwarz grübelte. Er erinnerte sich an eine Lektion, die er während des Studiums gehört hatte: Nach den ersten Ermittlungen verfügt der Kriminalist im Allgemeinen über eine Summe von Tatsachen, Hinweisen und Anhaltspunkten. Sie müssen nun zueinander in Beziehung gesetzt, analysiert werden mit dem Ziel, durch das Erkennen der Übereinstimmungen sowie durch das Herausarbeiten der Widersprüche neue Erkenntnisse zu gewinnen. Sie bilden die Grundlage für Versionen, zu deren Überprüfung die geeigneten Maßnahmen eingeleitet werden müssen.

Gerade dieser gedanklich-schöpferischen Tätigkeit des Kriminalisten kommt eine erhöhte Bedeutung zu.

Schwarz' »gedanklich-schöpferische Tätigkeit« trieb ihn zu einem weiteren Widerspruch: Günter Kolz hatte den 12. September als Tattag bezeichnet, seine Frau wurde aber schon seit dem 29. Juli vermisst. Wo und bei wem hatte sie sich in den sechs Wochen aufgehalten? In Eisleben, wie die Zeugen behaupten? Wer bestritt ihren Lebensunterhalt, bot ihr Kleidung und ein Bett?

Krampfhaft suchte der Hauptmann nach einer allumfassenden Erleuchtung. Er spekulierte, mutmaßte und musste sich dennoch eingestehen, dass er mit seinem Latein ziemlich am Ende war.

Anfang November – Günter Kolz weilte noch immer in der Bernburger Klinik – machte ein Gerücht in Röblingen die Runde. Nicht der Ehemann habe Monika Kolz getötet. Ein anderer käme für den Mord in Frage; zu seiner Tat habe er sich schon bekannt.

Es blieb nicht aus, dass der Abschnittsbevollmächtigte von dem Gerede Wind bekam. Pflichtgemäß nahm er die ersten Ermittlungen auf. Die Spur führte den Leutnant zu einem neununddreißigjährigen Invalidenrentner aus Unterröblingen. Peter Lohberg hatte als Kläuber im Mansfeld-Kombinat gearbeitet. Bei einem Schachtunglück war er mit dem linken Bein unter einen Hunt geraten. Die Kunst der Mediziner versagte. Lohberg wurde zum Krüppel. Seither hinkte er durchs Leben und lebte von einer Rente, die er zum überwiegenden Teil in den zwölf Kneipen der Umgebung in Alkohol umsetzte. Noch vor der Festnahme des Ehemannes Kolz hatte Lohberg seine Kneipenkumpel mit der Eröffnung überrascht: »Die Bullen sind doof. Die finden die Bahnmieze nie!« Auf den Einwand: »Hört sich an, als wüsstest du, wo sie liegt?«, parierte er mit der mysteriösen Andeutung: »Vielleicht weiß ich's ja wirklich ...?«

Zuerst hatten Lohbergs Reden pures Gelächter provoziert. Aber je mehr man ihn in den Kneipen mit der »Bahnmieze« aufzog, um so störrischer wurden seine Antworten, bis ihm schließlich die Behauptung entschlüpfte, er habe die Kolz erwürgt.

Nachdem der ABV zwei glaubhafte Zeugen aufgetrieben hatte, verständigte er die MUK in Halle. Schwarz ließ den Telefonhörer sinken. Nachdenklich rieb er sich das Kinn. Konnte es sein, dass er sich mit dem Tatverdächtigen Kolz verrannt hatte?

Mit seinem Stellvertreter Manfred Löser erwog er die Wendung, die dem Fall jetzt drohte. Neben Schwarz wirkte der schlanke Oberleutnant mit der welligen Haarfrisur zurückhaltend, wenn nicht sogar verschlossen. Rasche Auffassungsgabe, geistig flexibel, lautete die Kurzversion seiner Charakteristik in der Kaderakte. Manche kreideten ihm sein zurückhaltendes Wesen als Selbstgefälligkeit an. Lösers Verhältnis zu Schwarz müsste man wohl eher als distanziert umschreiben, nicht zuletzt der widersprüchlichen Personalpolitik wegen, der sich die hohen Vorgesetzten in der VP-Bezirksbehörde befleißigten. Anfänglich hatten sie Löser auf den Posten des Chefs der MUK gesetzt, bis sie Schwarz den Vorrang gaben, der dann zu Beginn der achtziger Jahre wiederum den Sessel für Löser räumen musste.

Nach reiflicher Überlegung kamen die beiden überein, Lohberg am 23. November nach Halle in die Dessauer Straße 70 vorführen zu lassen. In den abgeschotteten Diensträumen der MUK wollten sie ihn in aller Ausführlichkeit vernehmen.

Wider Erwarten bereitete ihnen der Mann, der sich beim Laufen auf einen Spazierstock stützte, keine großen Schwierigkeiten. »Ich weiß schon, was Sie von mir hören wollen«, sagte er friedlich. »Ob ich die Monika Kolz umgebracht habe, wollen Sie aus mir rauskriegen.«

»Kennen Sie die Schrankenwärterin überhaupt?«, fragte Schwarz.

»Freilich. Ich hab sie auf der Schrankenbude besucht.«

»Der Schrankenposten ist ein Dienstraum für die Eisenbahner«, erinnerte Löser. »Fremde Besucher sind dort nicht erlaubt.«

Lohberg lachte. »Ich war kein Fremder«, meinte er.

»Sondern …?«

»Na, Monis Freund. Hab sie deshalb auch immer besucht.«

»Und weil Sie mit ihr befreundet waren, haben Sie die Schrankenwärterin umgebracht?«

»Nee, so einfach war das nicht.« Lohberg beugte sich plötzlich vor. »Ham Sie nicht mal ’ne Zigarette?«

Alter Schnorrer, dachte Schwarz ingrimmig, während er sein silbernes Zigarettenetui aus der Tasche zog und es dem Mann hinhielt. »Jetzt bin ich aber mal gespannt, wie das mit der Moni lief?«

Lohberg ließ sein einfältiges Lächeln erkennen, wurde dann unvermittelt ernst und erklärte mit fester Stimme: »Also, ich war an dem Abend bei ihr auf der Schrankenwärterbude. Als Feierabend war, bin ich mit ihr ein Stück gegangen, und dann meinte ich, wir könnten doch auch mal ein bisschen vögeln. Ich hab sie oben angefasst, an die Brüste und so. Das wollte sie nicht. Ich war stinksauer, dachte: Na gut, dann eben mit Gewalt. Erst hab ich ihr einen Schwups mit dem Stock verpasst, dann den Knorpel zugedrückt. Hier vorn am Hals.« Er zeigte auf seinen Kehlkopf.

Schwarz und Löser blickten sich an. So rasch hatten sie noch kein Geständnis erlangt. »Was haben Sie denn mit der Leiche gemacht, Herr Lohberg?«

»Über die Schulter genommen und weggetragen.«

»Ja, aber wohin?«

»Das, Ihr Herren«, hohnlachte der Invalide, »werde ich Ihnen nicht sagen. Finden Sie es selber heraus!«

Ein Geständnis, so absurd wie grotesk, das Schwarz in Wallung brachte. Abrupt sprang er auf und verließ eilig den Raum. »Der Knabe ist doch bekloppt!« beschwerte er sich bei Eberhard Schäfer. »Geh rein, Langer, und pass auf, dass dem Löser nichts passiert.«

Nach geraumer Zeit unterbrachen sie das Verhör. Die Männer versammelten sich um Schwarz' Schreibtisch, schlürften frischgebrühten Kaffee und tauschten ihre Eindrücke aus. Die Spreu vom Weizen trennen, nannten sie das. Keiner zweifelte, dass Lohberg die Schrankenbude und damit auch Monika Kolz kannte. Er hatte ihnen die Einrichtung im Posten 16 bis in den letzten Winkel beschrieben. Jeden Stuhl, jeden Schrank, selbst die Stelle, an der der Streckenfernsprecher stand.

»Scheint wohl zu stimmen, dass er am 29. Juli bei der Kolz aufgetaucht ist«, berichtete Löser. »Lohberg weiß, dass sie ein Radio bei sich hatte und dass sie es in den Spind einschloss, bevor die beiden den Posten verließen.«

»Auch das Telefongespräch mit dem Fahrdienstleiter hat er geschildert«, ergänzte Leutnant Schäfer.

»Lauter Fakten, die man ernst nehmen muss. Das Verbrechen könnte sich tatsächlich so abgespielt haben. Warum, zur Hölle, rückt er dann nicht mit der Leiche raus? Irgendwo muss sie doch geblieben sein. Klopft ihn nochmal gründlich ab!«

Staatsanwalt Winfried Wölfel, zwischenzeitlich vom Leiter der MUK über die Situation unterrichtet, schaltete sich in die Vernehmung ein. Mit vereinten Kräften rangen sie Lohberg ein Zugeständnis ab: »Ja, ich habe die Leiche vergraben. Sie können mich jetzt ruhig einsperren, Herr Staatsanwalt. Da kriege ich fünf-zehn Jahre. Aber wenn Sie die Leiche finden, wird lebenslänglich draus. Da schweige ich lieber!«

Jetzt drehten sie den Spieß um. Aus taktischem Kalkül versuchten sie, Lohberg das Verbrechen auszureden. Die schlimmsten Torturen eines Lebens hinter Gittern malten sie ihm aus, allein es half nichts – der Invalide beharrte auf seinem Geständnis. »Sie müssen mich einsperren, Herr Staatsanwalt. Das ist Ihre Pflicht!«, monierte er.

Haftantrag oder nicht?

Staatsanwalt Wölfel raufte sich die Haare. »Normalerweise bestreiten Mörder ihre Verbrechen. Jetzt haben wir mit einem Schlag gleich zwei Verdächtige, von denen jeder die Tat für sich reklamiert. Ich kann's nicht fassen, Leute!«

Um die Unsicherheit zu überspielen, rief man gemeinsam den Bezirksstaatsanwalt Dr. Trautmann an. Bevor der entschied, wollte er sich selbst einen Eindruck verschaffen. »Bringt mir den Lohberg, oder wie der Herr sonst heißen mag, in mein Büro. Dann sehen wir weiter.«

Schwarz raffte die Akte zusammen. Sie fuhren zum Hansering. Dr. Trautmann erwartete sie an der Vorzimmertür. Er ließ sich die Akte geben, musterte Lohberg von Kopf bis zu den Füßen und verschwand dann in Begleitung Wölfels mit dem Delinquenten im Allerheiligsten. Vor Schwarz' Nase schlug die gepolsterte Tür zu. Peinlich für den Hauptmann, aber er begriff zugleich, dass es für die MUK nur von Vorteil sein konnte, wenn Dr. Trautmann unbeeinflusst entschied.

Vierzig Minuten später schlug die Tür wieder auf. Dr. Trautmann erschien auf der Schwelle. »Was er sagt, erscheint doch plausibel. Ich denke, wir beantragen U-Haft. Aber schaff mir, um Gottes willen, die Tote herbei, Schwarz! Zwei Täter und keine Leiche, eine solche Konstellation ist mir neu.«

Solange die spätherbstliche Witterung es erlaubte, mobilisierte Schwarz die Hundertschaften der Bereitschaftspolizei. In breiter Front zogen grünuniformierte Suchketten über die Wiesen und Äcker im Südosten des Mansfelder Landes. Grubenwehren nahmen stillgelegte Schächte in Augenschein, von denen es mehr als genug im Raum Wansleben – Röblingen – Erdeborn – Stedten gab. Spezialtrupps überprüften unzählige Abraumhalden. Wo der Boden brüchig und deshalb für des Menschen Fuß zu gefährlich wurde, kamen Leichensuchhunde der in Pretzsch ansässigen VP-Spezialschule für Diensthundewesen zum Einsatz. Mehrfach inspizierten sie die Tagebaukanten am Amsdorfer Braunkohlentagebau. Bergbaufachleute berieten Schwarz und seine Ermittler. Aus dem Dezernat II, das in Eisleben eine Außenstelle unterhielt, war die Kommission personell verstärkt worden. Zu den ortskundigen Kriminalisten zählte der Oberleutnant Helmut Lieneweit. Schwarz mochte den dreißigjährigen Kollegen, der mit seiner schmächtigen Figur und einem rundlichen Gesicht, in dem verschmitzt blickende Augen saßen, auf den ersten Blick einen unschuldsvoll-naiven Eindruck erweckte. Eben darin hatte sich schon mancher Ganove getäuscht.

Schwarz, Schäfer und Lieneweit untersuchten die Gärten rund um den Schrankenposten 16. Eine Weile beobachteten sie den Straßenverkehr in Richtung Amsdorf. Ab und zu passierte ein Lkw den Bahnübergang, verschwand auf dem Betriebsgelände des Kaolinwerkes jenseits der Gleise. Dann wurde die Schranke geschlossen. Aus Richtung Röblingen näherte sich eine geschobene Rangierabteilung. Auf dem Trittbrett des letzten Waggons stand ein Rangierleiter. Mit Armzeichen und kurzen oder langen Signalpfiffen dirigierte er den Lokführer. Schwarz' Blick folgte den topfartig geformten Kesselwagen, die unter einer Verladeanlage auf den Betriebsgleisen zum Halten kamen. Vielleicht zweihundertfünfzig oder dreihundert Meter von der Schrankenbude entfernt.

»Kaolin – eine durch Verwitterung feldspatreichen Gesteins entstandene weiße Tonerde«, rekapitulierte Eberhard Schäfer tiefsitzendes Schulwissen. »Enthält das begehrte Tonmineral Kaolinit, das für die Herstellung von Porzellan und als Zusatz bei Papierstoffen bedeutsam ist.«

»Alle Wetter, Ebs!« Schwarz imitierte Beifall. »Für so viel Klugheit darfst du dir ein Bienchen eintragen!«

Schäfer nahm Haltung an. »Danke ergebenst, Genosse Chef!«, flachste er zurück.

»Die Waggons gehen in den West-Export«, merkte Lieneweit indessen an. »Zunächst bis Nordhausen und dann bei Ellrich und Walkenried über die Grenze.«

Ein Gedanke durchfuhr Schwarz. »Könnt ihr euch vorstellen«, sagte er, »dass der Täter die Leiche in so einen Kessel gesteckt hat?«

»Möglich wär's«, stimmte Lieneweit ihm zu. »Aber dann ist sie für immer und ewig verschwunden.«

Bei allem Aufwand der Suchmaßnahmen, Monika Kolz' Leichnam fanden sie nicht. Die Schrankenwärterin wurde republikweit zur Vermisstenfahndung ausgeschrieben. Das von der Hauptabteilung Kriminalpolizei herausgegebene Kriminalistische Informationsblatt Nr. 4/78 zeigte das Porträt einer jungen Frau. Das dunkle Haar zu einem schlichten Madonnenscheitel geteilt. Schwarze, mandelförmig geschnittene Augen in einem freundlichen, sympathischen Gesicht.

Auf Antrag der Staatsanwaltschaft hob das Gericht am 23. November den Haftbefehl gegen Günter Kolz auf. Bevor der Traktorist das Gebäude der Untersuchungshaftanstalt verließ, wurde er von Wölfel und Oberleutnant Löser zu den Gründen seines falschen Geständnisses vernommen. Die erfahrenen Vernehmer glaubten ihren Ohren nicht zu trauen, als Kolz ihnen allen Ernstes versicherte: »Ich gebe zu, dass ich die Kriminalpolizei beschwindelt habe. Ich möchte mich dafür entschuldigen, denn ich habe meine Frau nicht umgebracht. Ich dachte, wenn ich das zugebe, dass ich es war, dann sucht die Polizei überall im Freien, und dann wird Monika schneller gefunden. Niemand hat mich bedroht oder zu der Aussage gezwungen.«

Eine Erklärung, die wohl nur mit dem auffallend niedrigen Intelligenzquotienten zu begründen ist, den die Bernburger Psychologen Günter Kolz bescheinigten.

Peter Lohberg blieb im Visier der Ermittler. Die Untersuchung fuhr sich fest, man trat, bildlich gesprochen, auf der Stelle. Schwarz kam mit dem Verdächtigen nicht mehr zu Rande. Lohberg lehnte ihn als Vernehmer ab. Ein Vorgang, der im kriminalistischen Alltagsgeschäft durchaus normal ist und immer wieder passieren kann. In solchen Fällen übernimmt ein anderer Sachbearbeiter den Vorgang. Oberleutnant Löser erhielt die Akte. Er verhörte und verhörte, zog alle Register der Vernehmungskunst, doch auch ihm vertraute Lohberg das Geheimnis der verschwundenen Leiche nicht an. Dafür löste er ein anderes Geheimnis. Die Aussagen der beiden Eisenbahnerinnen, die Monika Kolz angeblich im August im Eislebener Stadtcafé gesehen hatten, beruhten auf einer Verwechslung.

Staatsanwalt Wölfels Vorgesetzte drängten, es sei an der Zeit, die Anklage beim Bezirksgericht einzureichen, das Strafverfahren müsse endlich vom Tisch. Wölfel, der findige Jurist, zögerte. Wochen und Monate strichen ins Land.

Sonntag, der 11. November 1979. Röblingen am See.

In der »Aktuellen Kamera« des DDR-Fernsehens dominierten an diesem Abend optimistische Filmbeiträge über das Leben in Äthopien und in der Volksdemokratischen Republik Jemen. Laut Korrespondentenberichten bereitete sich die Bevölkerung der bereits als »sozialistisch« vereinnahmten Länder der dritten Welt auf den offiziellen Freundschaftsbesuch des DDR-Staatsratsvorsitzenden Erich Honecker vor.

In der ARD lief »Network«. Der amerikanische Spielfilm war keineswegs nach Helene Klings Geschmack. Schon nach kurzer Zeit war die Rentnerin auf der Couch selig entschlummert. Ihr Gatte Helmut hielt noch durch. Er wartete auf die Sportberichterstattung, die um 22.00 Uhr unter dem Titel »Sport vom Sonntag« einen Sendeplatz im DDR-Fernsehen hatte. Helmut Kling beugte sich vor, um den Kanalwähler zu bedienen. Die Spätausgabe der AK war gerade vorbei. Nur den Wetterbericht bekam er noch mit, der für morgen ein Nachlassen der Schauertätigkeit und kühlere Herbstluft ankündigte. In der Schaltpause erschien ein Standbild auf dem Bildschirm, unterlegt mit leiser Musik. In diesem Moment war ein dumpfes Poltern zu vernehmen und das Klappen einer Tür.

Helene Kling öffnete erschreckt die Augen. Sie setzte sich auf und blickte unsicher auf ihren Mann. War das draußen im Treppenhaus gewesen, oder kamen die Geräusche aus dem Fernsehgerät? »Schalt doch mal den Kasten aus!«, bat sie.

Noch bevor Helmut reagieren konnte, begann das Rumoren erneut. Stimmen, die auf einen Wortwechsel schließen ließen. Bruchstückhaft nur, sodass sich kein Sinn für die Klings erschloss. Undefinierbare Geräusche. Das Poltern kam aus der Wohnung unter ihnen. Ellen Träkel wohnte dort, eine 79-jährige Rentnerin, die vor einigen Monaten zugezogen war. »Das lässt mir keine Ruhe«, sagte Helene. »Vielleicht ist sie hingefallen und braucht unsere Hilfe. Ich schau mal nach.« Sie verließ die Couch und ging ins Treppenhaus.

Fünf Mietparteien wohnten in der Seestraße 13. Niemand außer den Klings hatte den Lärm registriert. Das Rumoren in der Parterrewohnung war jetzt verstummt. Helene klopfte gegen die Wohnungstür. »Frau Träkel, ist alles in Ordnung?«

Keine Antwort.

»Hallo, Frau Träkel! Fehlt Ihnen was?«

Beherzt drückte Helene Kling gegen das Holz der Türfüllung. Die Tür schwang auf, gab den Blick in die Diele frei. Licht fiel aus einem Zimmer. Warum war die Tür nur angelehnt? Jede weitere Überlegung wurde jäh unterbrochen. Ein junger Mann stand plötzlich vor Helene Kling. Den Oberkörper entblößt. Blut an den Händen.

Ein gewaltiger Schreck fuhr der Frau in die Glieder. O Gott, was sollte sie tun? »Was ist denn hier los?«, stammelte sie atemlos. »Ist mit Frau Träkel was passiert? Ist sie krank?«

»Ja, so ein bisschen krank.«

»Soll ich Hilfe holen?«

»Nein, nein. Ich bin ja da.«

Wie angewurzelt stand der Unbekannte vor ihr, mit stierenden Augen, die Helene Kling bis an ihr Lebensende verfolgten. Klugerweise trat sie sofort den Rückzug an. Sie stieg die Treppe hinauf. Leichenblass und mit jagendem Puls betrat sie ihre Wohnung.

Helmut saß noch immer vor der Fernsehröhre. Über den Bildschirm flimmerte die Zusammenfassung der Fußballergebnisse vom Wochenende. So dauerte es einen Moment, bis er richtig begriff, was seine Frau ihm da erzählte. »Vielleicht sollte man der Polizei bescheid sagen«, drängte Helene. »Der ABV wohnt doch gleich um die Ecke!«

Seufzend schlüpfte Helmut Kling in Schuhe und Mantel. Bevor er sich der Quengelei seiner Frau aussetzte, gab er lieber nach.

Oberleutnant Friedrich Sonderhausen war zwar nicht mehr Abschnittsbevollmächtigter – die Ärzte hatten ihn aus gesundheitlichen Gründen in den Innendienst verbannt –, doch bis zu seiner Wohnung waren es nur zehn Minuten Fußweg. Der Oberleutnant saß in der Badewanne, als Helmut Kling an der Haustür Sturm klingelte. Seine Frau ging öffnen.

»Fritz, du musst dich mal anziehen. Bei Klings im Haus scheint was passiert zu sein.«

»Ich bin nicht mehr der ABV!«, rief Friedrich erbost. Trotz seiner Versetzung wandten sich die Röblinger aus alter Gewohnheit noch immer an ihn. »Für solche Sachen ist der Gruppenposten zuständig. Ruft dort an!«

Niemand meldete sich. »Polizei, dein Freund und Helfer!«, knurrte Sonderhausen verbiestert. Nun blieb ihm keine Wahl, er war verpflichtet, das wohlig-warme Badewasser zu verlassen, seine Uniform überzustreifen und Helmut Kling zu begleiten.

Das zweistöckige Mietshaus lag unverändert in der nächtlichen Stille. Hinter den Fenstern der Wohnung Kling brannten sämtliche Lampen. Auf Anraten ihres Mannes hatte Helene sich dort eingeschlossen. Lichtschein sickerte auch im Parterre durch die Ritzen eines Fensterrollos, das zur Küche der Frau Träkel gehörte.

Um 23.10 Uhr drang Oberleutnant Sonderhausen in die abgedunkelte Diele vor. Helmut Kling gewährte ihm Rückendeckung. Die Männer fanden die Küchentür nur angelehnt. Ein schmaler Lichtstreifen fiel in den Korridor. Nichts wies darauf hin, dass sich jemand in der Wohnung aufhalten könnte. Der Unbekannte war verschwunden. Nachdem ihr Rufen unbeantwortet blieb, öffnete Friedrich Sonderhausen die Küchentür. Noch auf der Schwelle stockte sein Fuß. Der Anblick, der sich ihnen bot, ließ den Polizisten vor Entsetzen schaudern. Helmut Kling klammerte sich am Türrahmen fest.

117 Mordtaten hat die offizielle Kriminalstatistik der DDR für das Jahr 1979 verzeichnet. Das Verbrechen an der 79-jährigen Rentnerin in Oberröblingen zählte zu den erschreckendsten Fällen dieser Art.

Das Grundstück Seestraße 13 lag an der Ausfallstraße von Oberröblingen nach Aseleben, direkt am Ortsausgang. Eine halbe Stunde nach Mitternacht wurde es auf der Straße lebhaft. Polizeiautos rollten heran. Zuerst ein Funkwagen, dessen Besatzung für die Absperrung sorgte, dann der Kriminaldauerdienst des VPKA Eisleben. Etwas später der Wartburg der Morduntersuchungskommission aus Halle, ein B-1000-Laborfahrzeug mit den Kriminaltechnikern, die Gerichtsmediziner der Martin-Luther-Universität zu Halle, ein Staatsanwalt und zuletzt das schwarze Transportfahrzeug eines Eislebener Bestattungsunternehmens.

Jeder dieser Männer hatte Erfahrungen im Umgang mit dem Tod, betrachtete ihn gewissermaßen als Routinebestandteil seines Berufes. Doch das Bild von der reglosen Frau, die hinter dem Herd, zwischen Küche und Wohnzimmer, bäuchlings auf dem Boden lag, prägte sich jedem als unauslöschliche Erinnerung ein. Ihr linker Arm ragte unnatürlich zur Seite, das Gesicht war entstellt. Eine riesige Blutlache sickerte unter dem rechten Arm hervor. Der unbekleidete Körper war mit Stichwunden übersät. Dazu das viele Blut auf dem Fußboden, an den Wänden und am Türrahmen.

Manfred Löser, der als Bereitschaftsdienst der MUK den ersten Einsatz leitete, stand wie festgenagelt auf der Schwelle. Auf dem Büfett tickte hastig und überlaut eine Küchenuhr. »Wer überfällt eine alte, mittellose Frau und richtet sie auf solch entsetzliche Weise zu?«, äußerte er sich betroffen.

»Das sieht verdammt nach einem Lustmord aus«, griff der Gerichtsmediziner, der an Lösers Seite trat, den Gedanken auf. »Das Töten wird zum Selbstzweck, verstehen Sie. Es ersetzt sozusagen den Geschlechtsakt. Von unbezähmbarem sexuellen Verlangen getrieben, kennt ein solcher Täter keine Hemmungen.«

»Er handelt wie im Blutrausch?«

»Auf jeden Fall eine schwere Form von Sadismus, die meines Wissens eher auf die Spezies männlicher Individuen projiziert ist. Wenn der Täter nicht rechtzeitig gestoppt wird, sind weitere Verbrechen vorprogrammiert.«

Oberleutnant Löser nickte zu den Worten des Mediziners. Was sich da abzeichnete, überstieg seine Vorstellungskraft: In dem Mann, den sie zu suchen hatten, verbarg sich ein Unhold in Menschengestalt!

Die Männer von der Kriminaltechnik kamen zum Zuge. Für Stunden belegten sie den Tatort mit Beschlag. Millimeter für Millimeter nahmen sie ihn unter die Lupe. Sie fotografierten und vermaßen. Alles, was nach einer Spur aussah, sicherten die Spezialisten Bernd Heyroth, Dr. Ulbrich und Hauptmann Jäger. Sie entdeckten keine Abwehrverletzungen an den Händen der getöteten Frau. Die Fingernägel waren intakt.

Oberleutnant Löser koordinierte die Maßnahmen vor Ort. Er zwang sich, den Überblick zu behalten. In den ersten Nachtstunden fiel ihm das nicht leicht. Vorgesetzte Dienststellen, bis hinauf in die Hauptabteilung K des Innenministeriums, verlangten unausgesetzt nach Informationen und Ergänzungsmeldungen. Die Abgebrühtheit eines Hauptmann Schwarz ging Löser ab. Der brachte es gut und gern fertig, eine private Nachrichtensperre zu verhängen, wenn der Stress durch übergeordnete Behörden überhand nahm.

Die beiden Ermittler, die Löser aus Halle mitgebracht hatte, schwärmten im Wohnhaus und in der unmittelbaren Nachbarschaft aus. Weitere Einsatzkräfte wollte Löser bei Tagesanbruch über den ODH der Bezirksbehörde anfordern. Dann konnte er den Radius der flächendeckenden Befragungen auf die angrenzenden Straßenzüge ausdehnen.

Niemand – außer den Köcks – hatte im Haus etwas mitbekommen. Lediglich Herr Altmann, der im Parterre rechts wohnte, erinnerte sich an gedämpfte Stimmen. »Wie kurzes Rufen oder Schreien hat sich das angehört«, erzählte er den Kriminalisten. »Aber das konnte ja ebensogut aus dem Fernseher kommen, nicht wahr. Wann vermutet unsereins solche Scheußlichkeiten.«

Auch Friedrich Sonderhausen und Helmut Kling gaben ihre Aussagen zu Protokoll. Mehr der Ordnung halber, denn zum Tathergang oder einem möglichen Verdächtigen hatten sie keine Hinweise.

An der Befragung der wichtigsten Zeugin, Helene Kling, nahm Löser persönlichen Anteil. Der Arzt hatte ihr zur Beruhigung eine Spritze verabreicht, sodass sie einigermaßen gefasst alle Fragen beantworten konnte. Frau Kling beschrieb die Geräusche, die sie und ihr Mann am Abend gehört hatten, erzählte, wie sie aufgestanden und ins Treppenhaus gegangen war. Von der angelehnten Wohnungstür berichtete sie, und wie der Mann in der Diele plötzlich vor ihr stand.

»Richtig unheimlich, kann ich Ihnen sagen. Ich zittere jetzt noch, wenn ich bloß dran denke. Die Hände sahen aus wie mit Blut beschmiert. Warum der kein Hemd anhatte? Und dann hat er mich so angestiert. Richtig grässlich, sage ich Ihnen. Das muss ein Irrer sein. Mit großen Augen, als würde er mich gar nicht erkennen, so hat er geguckt. Woran ich mich noch erinnere? Ach ja, dass er nicht ruhig stand. Er schwankte so merkwürdig. Wie ein Betrunkener. Ich fragte, ob Frau Träkel krank sei, was er gleich bejahte. Na, Gott sei Dank bin ich nicht in die Wohnung mit rein. Als ich meine Hilfe anbot, meinte er gleich, dass er ja da sei. Der hätte mich genauso abgemurkst. – Helmut, ein Schluck Wasser, bitte!«, rief sie ihren Gatten.

»Der Mann war Ihnen nicht bekannt, Frau Kling?«

»Vielleicht habe ich ihn schon mal gesehen. Nur, erinnern kann ich mich nicht.«

»Aber Sie würden ihn wiedererkennen?«

Helene Kling nickte.

»Wie alt mag er gewesen sein?«

»So Mitte dreißig.«

»Größe?«

»Groß und kräftig. Und ein rundes Gesicht hatte er.«

»Haarfarbe?«

»Blond. Ja, hellblond ist er gewesen.«

»Und die Frisur?«

Sie überlegte. »Das Haar war links gescheitelt.«

Zur Bekleidung konnte Helene Kling ihnen nichts sagen. Mit nacktem Oberkörper war der Mörder ihr gegenübergetreten.

Für Montag wurde die Bildung einer »erweiterten MUK« angewiesen. Befähigte Kriminalisten gehörten ihr an, die in verschiedenen Kreisämtern des Bezirkes arbeiteten und über entsprechende Erfahrungen in der Bearbeitung von Tötungsdelikten verfügten. Bis zu vierzig Mann kamen in den folgenden Wochen in Röblingen zum Einsatz. Die Grundstruktur der Kommission sah eine Dreiteilung vor. Es gab eine Vernehmer-, eine Auswerter- und eine Ermittlergruppe. Naturgemäß verfügte Letztere über die größte Anzahl von Mitarbeitern.

Der Hallenser Dezernatsleiter Wolfgang Lorenz, Staatsanwalt Wölfel und Hauptmann Schwarz reisten zu einer ersten Visite in Röblingen an. Löser, der die Leitung der Untersuchung behalten sollte, hatte seinen Führungsstab in den Räumen des

ABV-Stützpunktes aufgeschlagen. Zwei weitere Gebäude im Ort standen ihnen auf Empfehlung des Bürgermeisters als provisorische Arbeitsstätten zur Verfügung.

Stichwortartig fasste Löser das Ergebnis ihres bisherigen Einsatzes zusammen und kam dann zu dem Schluss: »Das Opfer, die 79-jährige Rentnerin Ellen Träkel, wird uns als vorsichtig und zurückhaltend geschildert. Vor knapp neun Monaten ist sie in die Seestraße 13 eingezogen, pflegte aber kaum Kontakte in der Nachbarschaft. Alle Tatumstände belegen, dass wir es offensichtlich mit einem Sexualverbrechen zu tun haben. Und aus der Tatortsituation lässt sich ableiten, dass sie den Täter wahrscheinlich gekannt hat. Sie hat ihm, obwohl schon im Nachthemd, die Haustür aufgeschlossen und ließ ihn zu so später Stunde noch in die Wohnung. Andererseits«, schränkte er ein, »zwingt die Aussage der Zeugin Kling auch an einen Psychopathen zu denken. Der wilde starre Blick, sein seltsames Gebaren. Nicht auszuschließen ist, dass Alkohol der Auslöser war.«

Dann legten sie die Schwerpunkte für die weitere Untersuchungstätigkeit fest. Während ein Teil der Männer das Persönlichkeitsbild des Opfers und den familiären Hintergrund tiefer ausleuchten sollte, trugen andere die Namen sämtlicher Beziehungspersonen zusammen, die – aus welchen Gründen auch immer – irgendwann Kontakte zu Frau Träkel unterhielten. Eine dritte Ermittlergruppe kümmerte sich um eine Liste der Gaststättenbesucher. Bei vielen Tötungsverbrechen in der DDR spielte Alkoholgenuss eine ungute Rolle. Schon zur Routinearbeit einer MUK gehörten die Überprüfung der Personen, die wegen Sexual- oder Roheitsdelikten vorbestraft waren, und Erkundigungen in Krankenhäusern und psychiatrischen Einrichtungen nach flüchtigen Patienten. Unter Punkt sechs »fremde Personen« hatte Löser sich das Stichwort »Monteure« notiert. »Auf der Südseite der Bahnstrecke steht eine Barackenunterkunft für Montagearbeiter«, erläuterte er. »Die Männer, nämlich Belgier und Westdeutsche, bauen eine Staubanlage im Braunkohlenwerk.«

Dezernatsleiter Lorenz wirkte alarmiert. »Größte Vorsicht, Genossen. Bevor wir da was unternehmen, müssen wir uns mit dem MfS arrangieren. Nur in Absprache und über meinen Tisch, bitte ich mir aus!«

Auf der Rückfahrt nach Halle schloss Schwarz für einen Moment die Augen. Die vermisste Monika Kolz kam ihm flüchtig in den Sinn. Die Leiche der jungen Frau war noch immer nicht gefunden worden. Kann es sein, dass Lohberg uns zum Narren hält? Wäre es nicht denkbar, dass die Schrankenwärterin ein Verhältnis zu einem der Monteure unterhielt, der ihr später zur Flucht in die Bundesrepublik verhalf? Einmal aufgetaucht, ließ der Gedanke Schwarz nicht mehr los. Die Praxis ist das Kriterium der Wahrheit, hatte er beim Studium gelernt. Doch der Hauptmann fand nicht mehr die Zeit, seine neue Version in der Praxis zu überprüfen. Ein Leichenfund in der Muldeniederung bei Dessau erzwang seinen Einsatz.

Ein halbes Dutzend Wirtshäuser gab es 1979 in Röblingen. Die Mitropa-Gaststätte am Bahnhof, das »Haus des Bergmannes« in Unterröblingen, das »Restaurant am See«, ein Jugendtanzcafé, Gartenkneipen und noch manch andere Destille. In allen Gaststätten bekam das Schankpersonal Besuch von der Kripo. Anhand vorbereiteter Listen erkundigten sich die Ermittler nach den Namen der Gäste, die den Sonntagabend von Bierdurst geplagt in den Kneipen verbracht hatten. Rund achtzig Männer unterschiedlichen Alters gerieten ins Netz der MUK. Die Listen landeten bei der Auswertergruppe. Um die Zeitdauer des jeweiligen Gaststättenbesuches zu verifizieren, musste jede Person aufgesucht und nach ihren Erinnerungen und Eindrücken befragt werden.

Am Mittwoch, dem 14. November, fuhr ein Kriminalmeister nach Erdeborn, wo er mit dem zweiundzwanzigjährigen Karl-Heinz Schoch sprach. Der junge Mann wohnte in Oberröblingen, arbeitete aber als Kranfahrer im Trocknungswerk Erdeborn. Der volkseigene Betrieb grenzte an die Bahnanlagen des Reichsbahnhaltepunktes in Erdeborn. Schoch war keineswegs überrascht, als man ihn von der Krananlage weg ins Verwaltungsgebäude rief, um dem Kriminalisten Rede und Antwort zu stehen. Die Befragungsaktion der Kripo hatte sich wie ein Lauffeuer herumgesprochen.

»Ich kann mir schon denken, worum's geht«, erklärte der kräftige Bursche, nachdem der Kriminalmeister sich vorgestellt hatte. »Also, ich hab am Sonntag in der MITROPA gesessen.«

Ob er die Zeit nicht etwas genauer bestimmen könne?

So gegen vier Uhr müsse das wohl gewesen sein. Zum Skatspiel sei er hingegangen.

Mit wem er am Tisch gesessen habe?

Schoch nannte einige Namen. Der Kriminalmeister notierte sie akkurat.

»Viel weiß ich aber nicht mehr von dem Abend«, warf Schoch eilfertig ein. »Ab und zu mache ich so 'ne Raupe. Und am Sonntag, na, da hatte ich vielleicht 'ne wahnsinnige Naht geladen.«

Wie hoch die Zeche war?

»An die zwölf Doppelkorn und vierzehn oder fünfzehn Bier werden's gewesen sein. Vielleicht weiß Regina, die Kellnerin, das noch genau. Sie hat mich zum Schluss abkassiert.«

Wann er aufgebrochen sei?

»Um halb zehn hab ich bezahlt. In der Wohnung war ich gegen zehn. Auf die Minute kann ich mich nicht festlegen.«

»Warum nicht?«

Schoch kratzte sich verlegen am Kopf. Na ja, ein Stück Film fehle ihm natürlich. Meistens gehe er ja an der Bahn entlang, bis zur Hauptstraße. Die überquere er bei der Bahnschranke, dann weiter auf dem Eisenbahnerweg, bis zu seinem Haus im Winkel. Im Allgemeinen eine halbe Stunde Fußweg.

Ob ihm jemand auf dem Heimweg begegnet sei?

Schoch wusste es nicht. Unterwegs habe er stehenbleiben müssen, weil ihm sauelend war. »Wie's in dem fröhlichen Lied heißt: ›Eins von den dreißig Bierchen war wohl schlecht.‹ Kennen Sie bestimmt auch, Herr Genosse.«

Der Kriminalmeister überging die dümmliche Anspielung. »Jetzt sagen Sie mir bitte noch, wer Ihre Angaben bestätigen kann?«, forderte er.

»Ach so, wegen's Alibi? Fragen Sie lieber die Gäste aus der MITROPA. Und dann noch meine Frau. Die merkt sich immer, wenn ich zu Hause war.«

Der Kriminalmeister stieg in seinen Dienst-Trabbi. Auf der Rückfahrt nach Röblingen fiel ihm ein, dass er den fälligen Besuch bei Schochs Ehefrau auch gleich erledigen könnte, dann brauchte er später nicht nochmal los.

Sieglinde Schoch öffnete ihm die Wohnungstür. Auf dem Arm hielt sie ein Kleinkind von anderthalb Jahren. Das Kind greinte. Die reichlich erschöpft dreinschauende Mutter versuchte vergeblich, die Kleine zu trösten. »Sie zahnt«, sagte die junge Frau. »Da kann man nichts machen.«

»Dann will ich mich kurzfassen. Sie sollen mir nur sagen, wann Ihr Mann am Sonntagabend nach Hause gekommen ist.«

Sieglinde Schoch zauderte. Angestrengt überlegte sie. »Ich weiß es nicht genau. Um drei viertel zehn bin ich schlafen gegangen. Karl-Heinz war noch nicht da. Ich schlief gleich ein, musste aber nochmal aufstehen, weil die Kleine einen Hustenanfall hatte. Als ich in die Küche kam, saß mein Mann am Tisch und trank eine Flasche Bier. Wie spät das war? Ich will nichts Falsches sagen, aber es könnte gegen dreiundzwanzig Uhr gewesen sein.«

Auch diese Angaben brachte der Kriminalmeister gewissenhaft zu Papier. Das Ergebnis seiner Recherchen lieferte er im Führungspunkt ab. Sämtliche Ermittlungsprotokolle wanderten über den Tisch der Auswertergruppe. Aufgabe der hier eingesetzten Kriminalisten war es, mögliche Widersprüche zwischen den Aussagen der Befragten und ihren Alibigebern aufzuspüren.

Vier Tage nach dem Verbrechen zeichnete sich noch keine heiße Spur ab. Sie liefen wie durch wattigen Nebel. Die Überprüfung der Krankenhäuser und der klinischen Einrichtungen war abgeschlossen. Die Sichtung der kriminalpolizeilichen Karteien und Sammlungen, die per Hand zu durchforsten waren, dauerte an. In der Röblinger Einsatzzentrale klingelte ohne Unterlass das einzige Telefon, das der MUK zur Verfügung stand. Lösers Antrag, einen Sonderanschluss freischalten zu lassen, war von der Post abgelehnt worden. Technische Schwierigkeiten. Jeder Anruf wurde vom diensthabenden Telefonisten notiert, Zeit, Name und Art der Information in einem Lagefilm festgehalten. Wichtiges wurde von Nebensächlichem getrennt, Mögliches von Unwahrscheinlichem. Die Männer der Ermittlergruppe kamen kaum zur Ruhe. Jede Recherche sollte rasch und mit möglichst großem Fingerspitzengefühl erledigt werden. Die Stoppelbärte der Männer zeugten vom hohen Einsatzwillen. Angebrochene Zigarettenschachteln lagen in den Arbeitsräumen herum, volle Aschenbecher und Tassen, aus denen man zwischendurch starken Kaffee schlürfte.

Lösers Kommission wurde von zwei Mordspezialisten der Hauptabteilung Kriminalpolizei im Innenministerium beraten. Man entschloss sich, die Mithilfe der Bevölkerung anzusprechen. Der ABV und seine Freiwillligen Helfer verteilten Handzettel. Und in der SED-Bezirkszeitung »Freiheit« erschien am 16. November die Notiz:

»Die Volkspolizei bittet um Mithilfe!

Am 11. November 1979 wurde in Röblingen, Kreis Eisleben, Seestraße (Ortsausgang Richtung Aseleben), an einer Rentnerin ein Tötungsverbrechen begangen. Gesucht wird eine männliche Person im Alter bis 35 Jahre, mit blondem, linksgescheiteltem, glatten Haar.

Wer hat die gesuchte Person in der Zeit von 20.00 bis 23.00 Uhr in der Ortslage Röblingen gesehen?

Wer hat eine Person dieser Beschreibung bzw. mit auffälligem Verhalten in Röblingen oder Umgebung gesehen bzw. Kenntnis vom Aufenthalt in diesem Bereich?

Hinweise, die auf Wunsch vertraulich behandelt werden, nimmt das Volkspolizei-Kreisamt Eisleben, Telefon 570, oder jede andere VP-Dienststelle entgegen.«

Noch am Freitag hielt Löser das Ergebnis der Opferumfeld-Ermittlungen in der Hand. Die drei Kriminalisten, die den Komplex zu bearbeiten hatten, legten ein perfektes Protokoll vor. Der Personenkreis, der zu Frau Träkel Kontakt hatte, war samt und sonders aufgelistet. Nicht nur die Namen der wenigen Verwandten – einige wohnten in der BRD –, auch die Nachbarn, der Briefträger, die Gemeindeschwester und sogar der Name des Hausarztes, der ab und an nach der Rentnerin sah, standen auf dem Papier.

Von besonderem Interesse erschien jedoch der letzte Absatz in dem Bericht. Der Chef der Auswertergruppe hatte ihn mit einem Bleistiftstrich versehen. Bis zum Herbst des vergangenen Jahres war Frau Träkel in der Kesselstraße wohnhaft gewesen. Natürlich hatten sich die Ermittler auch dort umgehört, wobei sie einem Hausbewohner die Information entlockten, dass drei Männer aus der Familie Schoch der Rentnerin Träkel beim Umzug behilflich waren. Karl Schoch, der achtundfünfzigjährige Senior der Familie, und seine beiden Söhne Herbert und Karl-Heinz!

»Alles zusammentragen, was über die Schochs bekannt ist!«, wies Löser an.

Putzmunter und voller Tatendrag erschien der Oberleutnant Helmut Lieneweit am anderen Morgen zum Dienst. Von Zeit zu Zeit schickte Löser die eingesetzten Kriminalisten nach Hause, damit sie ausschlafen und frische Wäsche holen konnten. Lieneweit, der zur Eislebener Außenstelle des Dezernates II gehörte, wohnte im dreißig Kilometer entfernten Hettstedt.

Eine Gruppe junger Burschen lungerte auf dem Flur des zum Kripo-Hauptsitz umfunktionierten Gebäudes herum. Die Männer wohnten in Röblingen und hatten eine Vorladung zur Vernehmung erhalten.

Als Lieneweit sich beim Einsatzleiter meldete, sagte Manfred Löser: »Draußen wartet der Kranführer Karl-Heinz Schoch. Beschäftige dich mal mit ihm. Wir brauchen seinen genauen Tagesablauf vom 11. November. Nimm jede Minute zu Protokoll. Widersprüche nimmst du zur Kenntnis, kommentierst aber nichts. Am besten – wortwörtlich aufschreiben, was er dir erzählt!«

»Aufgabe verstanden.« Lieneweit nahm seinen Platz in dem provisorischen Vernehmungszimmer ein, dann ließ er den Kranfahrer kommen.

Karl-Heinz Schoch blieb an der Tür stehen und sah sich mürrisch um. Seine ganze Körperhaltung signalisierte Trotz und stummen Widerstand.

»Treten Sie näher und nehmen Sie Platz. Unser Gespräch wird einige Zeit in Anspruch nehmen.« Lieneweit beobachtete das Gebaren des jungen Burschen. Auf sein Äußeres schien er wenig Wert zu legen. Schoch war nachlässig rasiert, trug verwaschene Jeans, einen braunen Anorak aus synthetischer Faser und darunter ein kariertes Hemd. Er hatte ein ebenmäßiges glattes Gesicht, die Augen in wässrigem Blau und einen schmalen Mund mit ausgeprägter Unterlippe, deren Rosa sich kaum von der Farbe der

Kinnpartie abhob. Breite Stirnecken und kurzes Blondhaar. Trotz seiner zweiundzwanzig Jahre erschien Schochs Haarwuchs unnatürlich gelichtet. Vielleicht die Folgen einer Krankheit aus der Kinderzeit, vermutete der Oberleutnant.

»Was wollen Sie denn schon wieder von mir? Ich hab Ihrem Kollegen alles gesagt.«

Lieneweit lächelte friedlich, als ginge es wirklich nur um Kleinigkeiten. »Routinefragen, Herr Schoch. Wir müssen jeden hören, der am Sonntagabend nicht in den eigenen vier Wänden war.«

»Bitte, bitte, wie Sie wollen«, erwiderte Schoch gekränkt, nahm aber auf dem angebotenen Stuhl Platz. »Wo soll ich anfangen?«

»Nun, zum Beispiel: Wann sind Sie am Sonntag aufgestanden?«

»Ich schlief bis um neun. Meine Frau war mit den Kindern beschäftigt.«

»Und dann?«

»Nach dem Frühstück bin ich mit der Töle rausgegangen.«

»Sie besitzen einen Hund?«

»Einen Riesenschnauzer. Ich war mit ihm auf dem Übungsgelände unseres Vereins. So bis gegen Mittag.«

»Allein?«

»Nein, nein.« Schoch zählte die Namen der Sportfreunde auf, mit denen er im Spartenheim gesprochen hatte. »Zwei, drei Flaschen Bier haben wir auch noch gekippt«, gab er bereitwillig Auskunft. »Dann bin ich nach Hause, weil meine Frau das Essen um zwölf Uhr fertig hatte.«

»Nach dem Mittagbrot?«

»Hat Sieglinde sich mit den Kindern hingelegt. Ich bin zum Sportplatz und hab mir das Fußballspiel angesehen.«

»Wer hat gewonnen?«

»Aktivist natürlich. Zwei zu eins. Ganz gut für den Klassenerhalt.«

»Nach dem Spiel?«

»Das war um sechzehn Uhr. Ich bin in die MITROPA. Hab Karten gespielt.« Ohne dass Lieneweit nachfragen musste, benannte er seine Skatbrüder. »Und um halb zehn, also einundzwanzig Uhr dreißig, bin ich nach Hause.«

»In Begleitung?«

»Nein. Allein. Unterwegs war mir schlecht, musste kotzen. Und an der Bordkante bin ich auch noch hingefallen. Sehen Sie, hier!« Schoch krempelte das linke Hosenbein hoch und zeigte Lieneweit die Schürfwunde an seinem Schienbein.

»Sie hatten getrunken?«

»Zwölf Doppelkorn und fünfzehn Bier.«

Lieneweit erschrak. Bei der Menge wäre er wahrscheinlich für einige Tage im Dienst ausgefallen oder gestorben. »Trinken Sie immer so viel?«, brachte er erstaunt hervor.

Schoch nahm es als Kompliment. »Zwei- bis dreimal in der Woche gehe ich einen trinken. Fünfzehn oder zwanzig Bier kommen da leicht zusammen.«

Der Oberleutnant wollte schon den Kopf schütteln, besann sich aber noch rechtzeitig auf die Leitlinie, die Löser ihm vorgegeben hatte: Kein Kommentar, keine Diskussion! »Welche Kleidung trugen Sie am 11. November?«

»'ne alte Lederjacke. Hab sie von 'nem westdeutschen Monteur gekauft. Und die Jeans aus Ungarn.«

»Schuhwerk?«

»Lederturnschuhe. DDR-Produktion«, kam seine Antwort. »Ist alles dreckig geworden an dem Abend. Hat meine Frau noch gar nicht gemerkt.«

»Beschreiben Sie den Heimweg!« Schoch tat es.

»Was war mit der Schranke?«, unterbrach Lieneweit. »Geöffnet oder geschlossen?«

Schoch schluckte. Die Zwischenfrage behagte ihm nicht. Auf so etwas war er nicht vorbereitet.

»Die Schranke…«, setzte er an, »ja, ich glaube…, also, die Schrankenbäume waren oben!«

»Es fuhr kein Zug?«

»Nein«, antwortete Schoch gepresst. Das Thema beunruhigte ihn augenscheinlich.

»Wann sind Sie zu Hause angekommen?«, lautete Lieneweits erneute Frage.

»Kurz nach zweiundzwanzig Uhr.« Erst als der Oberleutnant die Schreibmaschine aufdeckte, fragte Schoch: »Wird das jetzt alles getippt? Dann muss ich, glaube ich, vorsichtig sein.«

»Warum?«

»Na, weil meine Frau zu dem anderen Polizisten gesagt hat, dass sie mich erst später zu Hause gesehen hat. Vielleicht war ich wirklich erst halb elf in der Wohnung – oder Sieglinde hat sich geirrt?«

Endlich lag der Mordkommission das Ergebnis der Karteien-Recherche vor. Ein Eintrag in der Jugendschutzkartei KP 40 zwang die Kriminalisten, Karl-Heinz Schochs Stellenwert im Netz der Tatverdächtigen neu zu bestimmen. Im Juli 1971 war am Süßen See eine Frau angefallen worden. Als Täter ermittelte die Polizei den damals vierzehnjährigen Schüler Karl-Heinz Schoch aus Oberröblingen. Formal war seine Strafmündigkeit zwar gegeben, erfahrene Pädagogen winkten jedoch ab. Schochs Sündenfall brachte dem Knaben väterlicherseits eine Tracht Prügel ein, der Rest wurde mit einem »erzieherischen Gespräch« beim Referat Jugendhilfe der Abteilung Volksbildung abgetan. Nun gewann der Vorgang plötzlich an Bedeutung. Oberleutnant Manfred Löser traf Vorsorge, dass die jüngsten Informationen nicht über den Kreis der unmittelbar Eingeweihten hinausdringen konnten. Es gab genügend Vorgesetzte, die nur darauf brannten, den Kranfahrer auf der Stelle einzubuchten.

Neben der »Spur Schoch« lagen weitere Hinweise vor, die man keinesfalls vernachlässigen durfte. Sich auf eine einzige Ermittlungsrichtung zu versteifen, konnte im Fiasko enden.

Karl-Heinz Schoch, Geburtsjahr 1957, war in Röblingen geboren worden. Er hatte hier die Schule besucht, musste sich aber nach zweimaligem Sitzenbleiben mit dem Abgangszeugnis der 6. Klasse bescheiden. Schoch absolvierte eine Lehre als Hilfsmaurer. Auf dem Bau begann seine Bekanntschaft mit dem Alkohol, der ihn grob und unberechenbar auftreten ließ. 1973 wechselte er als Transportarbeiter ins Plattenwerk. Von 1976 bis zum Frühjahr 1978 leistete er den Wehrdienst ab. In diese Zeit fiel seine Heirat. Schoch wurde Vater. Nach der Entlassung aus der Armee arbeitete er im Trockenwerk Erdeborn als Kranfahrer. Am 29. Juli 1978 gebar seine Frau ihr zweites Kind. Die junge Familie zog in eine Dreiraumwohnung in einem Röblinger Altbauhaus und zahlte dafür 87,- Mark Miete. Schoch sei überaus rechthaberisch, hieß es im Leumundbericht, und meide keinen Raufhändel. Im Alkoholrausch habe er auch schon auf seine Ehefrau eingeschlagen, die Kinder liebe er abgöttisch. In seiner Freizeit beschäftige er sich mit seinem Hund, ansonsten lebe er unauffällig. Soweit das Bild zu seiner Person.

Zwei Tage nahmen sie sich Zeit, um Schochs Aussagen zu durchleuchten. Helmut Lieneweit und ein zweiter Kriminalist ermittelten in der Mitropa-Gaststätte. Der Geschäftsführer konnte ihnen nicht viel sagen, nur dass er Schoch am Sonntag gesehen habe, wie er in die Gaststätte kam, mit einer alten Lederjacke und Jeans bekleidet. Um so nützlicher erwiesen sich die Aussagen der Büfetteuse und der Kellnerin Regina. »Na freilich hat der Schoch bei uns gesessen. Erst hier am Stammtisch, wo die Skatspieler saßen, später dort drüben an der Wand.« Frau Regina deutete auf eine Tischreihe an der Fensterfront mit Blick zu den Bahnsteigen. »Gestänkert hat er schon beim Skat, und dann mit den beiden

Gästen am Fenster. Zwei Rangierer von unserem Bahnhof. Klar, die drei kannten sich.«

Lieneweit legte ihr ein Blatt Papier vor, auf dem ein Bestuhlungsplan der MITROPA-Gaststätte zu sehen war. Frau Regina bezeichnete die Plätze, auf denen die einzelnen Gäste gesessen hatten, und nannte alle Namen.

»Wissen Sie auch, wann Schoch die Gaststätte verlassen hat?«

»Ich sagte schon, dass der zu stänkern anfing. Hatte wieder mal seinen Sauftag. Fünfzehn Bier und zehn Doppelkorn. Kurz vor einundzwanzig Uhr habe ich ihn am Fenstertisch abkassiert und dann zur Tür expediert.«

»Um einundzwanzig Uhr? Wissen Sie das bestimmt?«

»Wenn Sie mir nicht glauben, dann fragen Sie die Rangierer.«

Die beiden Männer, unabhängig voneinander befragt, bestätigten die Aussage der Kellnerin. Worum es bei dem Streit an ihrem Tisch gegangen sei, wollte Lieneweit noch von ihnen wissen.

»Um Schochs Hobby. Wenn der besoffen ist, prahlt er immer mit seinen angeblichen Erfolgen bei Frauen. Der hat doch 'n Stich, der Kerl!«

Staatsanwalt Wölfel kam nach Röblingen. Er begleitete Lieneweit, der bei einbrechender Abenddämmerung mit einer Stoppuhr bewaffnet, den Weg vom Bahnhof bis zu Schochs Wohnung verfolgte. Das provisorische Untersuchungsexperiment diente dem Ziel, Vergleichsdaten zu eruieren.

Ein Zaun, hinter dem sich eine Hecke verbarg, trennte den Bahnkörper vom Fußweg. Die uralten Bäume verloren ihre Blätter. Lieneweit lief bewusst langsam. Er imitierte ein Marschtempo, das dem torkelndem Gang Betrunkener entsprach. Dennoch erreichten sie schon nach acht Minuten den Bahnübergang. Gerade senkten sich die Schrankenbäume herab.

»Habt ihr geprüft, ob die Schranke am 11. November zwischen 21.30 und 22.00 Uhr geöffnet war?«, fragte der Staatsanwalt.

»Die Trapo hat eine Kopie der Stellwerksunterlagen beschafft.« Lieneweit schlug sein Notizbuch auf. »Um 21.38 Uhr wurde die Schranke für eine Zugfahrt aus Richtung Amsdorf geschlossen. 21.52 Uhr fuhr der Gegenzug in Richtung Halle. Während dieser Zeit war die Schranke dicht. Für eine volle viertel Stunde.«

Jenseits der Hauptstraße setzten Staatsanwalt und Kriminalist das Experiment fort. Exakt bei fünfundzwanzig Minuten blieben die Zeiger der Stoppuhr stehen, als sie vor Schochs Haustür aufkreuzten!

Am Morgen des 20. November, noch vor sechs Uhr, wurde Schoch, als er aus dem Haus trat trat, von einer Gruppe Kriminalisten festgenommen. Sie verfrachteten ihn in den dunkelbraunen Wartburg und fuhren nach Eisleben.

Löser und Lieneweit hatten sich auf ihren Mann vorbereitet. In gemeinsamer Arbeit war eine Dramaturgie entwickelt worden, die auf Schochs Wesen zugeschnitten war. Nach diesem »Fahrplan« wollten sie den Ablauf der Vernehmung gestalten. Tonaufzeichnungstechnik wurde im Vernehmungszimmer installiert. Es war der gleiche Raum, in dem Günter Kolz vor einem Jahr sein Pseudogeständnis abgelegt hatte.

Schoch setzte sich mit finsterer Miene auf den zugewiesenen Stuhl. Nervös, unsicher und voller Argwohn musterte er seine Kontrahenten. Den Kleinen mit dem harmlosen Gesicht kannte er. Der zweite Mann, seinem Auftreten nach wohl der Chef, war ihm fremd. Zu seiner Überraschung überschütteten sie ihn keineswegs mit Fragen und Vorwürfen. Sie stellten ihm einen Aschenbecher hin, boten Zigaretten an und Kaffee. Eine lockere Konversation hob an. Sie sprachen über den Alltag in Röblingen, über Hundezucht, erkundigten sich nach seinem Familienleben, wollten wissen, wie er mit seiner beruflichen Tätigkeit zufrieden sei und ob die Höhe des Lohnes auch der Schwere der Arbeit entsprach.

Nach anfänglichem Stillschweigen, das Schochs Misstrauen entsprang, lockerte sich seine Haltung. Er beteiligte sich an dem Gespräch, antwortete freier und ließ in dem einen oder anderen Satz sogar einen Anflug von Humor aufblitzen. Aber in seinem Innern bohrte die Frage: Was wollen die wirklich von mir? Wegen dieser harmlosen Plauderei haben sie mich bestimmt nicht hergeholt. Welchen Zweck verfolgen sie mit dem Wortgeplänkel? Haben sie was in der Hand gegen mich?

Für Lieneweit und Löser war das Ganze in der Tat nur ein Vorspiel. Je mehr sie Schoch zum Reden brachten, ihn mit lockerem Geplauder ablenkten, um so günstiger standen ihre Chancen, dass er sich in Widersprüche verfing. Nach zweistündigem Abtasten rückten sie ihm mit geballter Kraft auf den Pelz. »Wir wollen Ihre Aussagen nochmal im Einzelnen durchgehen!« Sie stellten nun direkte Fragen, erörterten seine Antworten, konfrontierten ihn mit nackten Vorhaltungen: »Sie sind nicht erst um einundzwanzig Uhr dreißig nach Hause gegangen!«

Schoch klammerte sich an seiner Aussage fest. »Wollen Sie behaupten, dass ich ein Lügner bin?«, knurrte er.

»Um einundzwanzig Uhr hat Sie die Kellnerin rausgeschmissen. Weil Sie Zoff hatten mit den Rangierern am Fenstertisch!«

Lieneweit nickte zustimmend. »Drei Zeugen, die gegen Sie sprechen, Herr Schoch! Gibt Ihnen das nicht zu denken?«

»Ach, Scheiße!« Ungehalten warf er die Zigarette, die er eben angeraucht hatte, in den Aschenbecher. »Gut, dann hab ich mich eben geirrt!«

»Wie lange brauchten Sie für den Heimweg? Fünfundzwanzig Minuten, nicht wahr?«

»Ich war ja ein bisschen besoffen. Vielleicht hat's auch etwas länger gedauert?«

»Einverstanden, Herr Schoch. Schlagen wir ruhig zehn Minuten zu Ihren Gunsten drauf. Dann wären Sie zwischen halb und drei viertel zehn in der Wohnung gewesen. Stimmt doch, oder? Ihre Frau, die zu diesem Zeitpunkt schlafen ging, hat Ihr Kommen aber nicht gehört!«

»Verdammt, Verdammt!« Pause. »Dann haben sich eben die Zeugen geirrt! Und meine Frau auch!«

Löser nickte. »Auch auf dieser Schiene wollen wir Ihnen entgegenkommen.« Freundliche Gelassenheit sprach aus seiner Stimme.

»Nehmen wir also an«, leitete er zur nächsten Zeitberechnung über, »Sie sind tatsächlich erst um einundzwanzig Uhr dreißig in der MITROPA aufgebrochen, dann müssten Sie spätestens fünfundvierzig an der Schranke eingetroffen sein. Zu der Zeit war sie nämlich geschlossen. Es fuhren zwei Züge.«

»Na ja! Hab ich doch gesagt!«

»Falsch!«, griff Lieneweit ein. Er nahm das Vernehmungsprotokoll vom 17. November zur Hand und zitierte mit Nachdruck: »›Die Schrankenbäume waren oben. Es fuhr kein Zug.‹ – Ihre eigenen Worte, Herr Schoch!«

Bedächtig mahnte Löser: »Wie wir die Sache auch drehen und wenden, junger Freund, Ihr Alibi stimmt hinten und vorn nicht!«

Die Attacken hielten an. Schoch gab sich zwar noch selbstbewusst, gelegentlich raffte er sich zu einer pampigen Antwort auf, doch er konnte ihnen schon nicht mehr in die Augen sehen. Nach Stunden unwiderlegbarer Fakten und Vorhaltungen erlahmten seine Rechtfertigungsversuche. Sein Aufbegehren zerbröselte. Zunehmende Müdigkeit tat ihr übriges. Die Kriminalisten wussten, dass ihr Delinquent sich in einem psychischen Spannungszustand befand, ausgelöst vom Wissen um die reale Tat und der bangen Frage: Was können sie mir wirklich beweisen? Und dieser seelische Druck nahm ständig zu. Sie nutzten ihn für ihren letzten Schlag.

»Kannten Sie Ellen Träkel?«

»Sie meinen die ermordete Frau? – Nein, die ist mir nicht bekannt.«

»Seltsam, wo Sie ihr doch erst vor einem Jahr beim Umzug von der Kessel- in die Seestraße geholfen haben! Sie, Ihr Vater und Ihr Bruder!«

Verzweifelt setzte Schoch sich gegen den unerklärlichen Drang zur Wehr, die Wahrheit einfach hinauszuschreien. Nach mehr als zwölfstündigem Verhör, selbstverständlich von Pausen unterbrochen, unterlag er dem Druck. Er sähe jetzt ein, dass Lügen und Ausreden keinen Zweck mehr haben, leitete er sein Generalgeständnis ein. Ja, er war an jenem Abend in der Seestraße. Was ihn dorthin getrieben habe, wisse er selbst nicht zu erklären. Plötzlich habe er vor dem Haus der alten Frau gestanden. Hinter einem Fenster brannte Licht. Weil er Durst verspürte, habe er geklopft und wollte von Frau Träkel etwas zu trinken. Sie, schon im Nachthemd, ließ ihn in die Wohnung ein. Als sie sich umdrehte, um eine Flasche Bier zu holen, sei es über ihn gekommen. In der Küche riss er sie zu Boden, wollte sie vergewaltigen und stach, als die alte Frau sich wehrte, mit einem Küchenmesser auf sie ein. Danach verging er sich an der Toten. Das Messer warf er auf dem Heimweg fort. Die blutbefleckte Kleidung – Jacke, Hemd und Jeans – habe er im Schuppen, hinter dem Hundezwinger versteckt, damit seine Frau sie nicht fände.

Am 21. November 1979 lancierte der Chef der Hallenser Bezirkspolizeibehörde in der »Freiheit« die spärliche Notiz:

Tötungsverbrechen aufgeklärt!

Durch intensive Ermittlungen der Deutschen Volkspolizei unter aktiver Mitwirkung der Bevölkerung wurde das am 11. November 1979 an einer Rentnerin in Röblingen, Kreis Eisleben, begangene Verbrechen aufgeklärt.

Als der Tat dringend verdächtigt wurde ein 22-jähriger Bürger aus Röblingen in Untersuchungshaft genommen. Die DVP dankt allen Bürgern, die zur Aufklärung der Straftat beigetragen haben.

Die erweiterte Morduntersuchungskommission wurde aufgelöst. Die beteiligten Kriminalisten, unter ihnen der Oberleutnant Helmut Lieneweit, kehrten in ihre Dienststellen zurück. Manfred Löser und Staatsanwalt Wölfel gedachten, das Verfahren so rasch wie möglich über die Bühne zu bringen. Die Öffentlichkeit erwartete eine abschreckende Sanktion. Doch Karl-Heinz Schoch machte allen einen Strich durch die Rechnung. Wenige Tage nach seiner Inhaftierung widerrief er das Geständnis. Nun zeigte sich, wie nützlich es sein konnte, nicht jeden Beweistrumpf gleich in der ersten Phase aufgedeckt zu haben.

Am 30. November wurde Schoch auf den Hof der Untersuchungshaftanstalt gebracht. Er trug seinen Anorak und blaue Jeans. Fünf Männer, etwa gleich groß und ähnlich bekleidet, stellten sich rechts und links neben ihm auf. Löser hatte für das Experiment einige Häftlinge, aber auch zwei Kriminalisten requiriert. Wichtig war, dass alle Vergleichspersonen hellblondes Haar hatten.

Helene Kling wurde hereingeführt. Löser stand seitlich an einen Pfeiler gelehnt. Aufmerksam beobachtete er das Mienenspiel im Gesicht seiner Zeugin. Helene Kling ließ sich Zeit. Sie musterte die Männer, die im Abstand von drei oder vier Metern vor ihr an der Hofmauer aufgereiht waren. Dann zeigte sie auf den dritten von rechts. Ein Fotograf stand bereit. Er hielt die Reihung im Bild fest.

Auch Schoch erinnerte sich an die alte Frau. Von Selbstvorwürfen zerfressen, weil er beim Widerruf dem Ratschlag eines alten Knastis aufgesessen war, widerrief er seinen Widerruf. Doch er spürte, dass der Bonus, den Kriminalisten für geständige Täter naturgemäß aufbringen, dahinschmolz.

Löser und der Staatsanwalt Wölfel unterbrachen das Verhör. Mittagspause. Häftling wie Vernehmern stand eine Erholung zu. Bevor sie die Zelle verließen, fragte Wölfel einem unbestimmten Impuls folgend: »Kennen Sie eigentlich Monika Kolz?«

Die Antwort kam wie aus der Pistole geschossen: »Klar, die Moni.«

Lapsus linguae? Oder verbarg sich mehr hinter Schochs dürftigen Worten? Hatte ihn die Niederlage, die er bei der Gegenüberstellung einstecken musste, weich und anfällig gemacht?

Nach der Mahlzeit hockte Schoch schweigend in seiner Zelle. Er starrte die Wand an, rasend vor Wut über die eigene Dummheit. Sein Kinn zuckte unbeherrscht. Er zerrte an den Fingern, bis die Gelenke knackten. Als die Vernehmer ihn dann erneut aufsuchten, um das Verhör mit den Worten »Also, wir hören. Aber bleiben Sie bei der Wahrheit!« fortzusetzen, düpierte er sie mit der Behauptung: »Mit der Schrankenwärterin Kolz war ich nicht bekannt. Ich weiß, dass sie vermisst wird. Die Leute erzählen doch, dass Lohberg sie umgebracht hat. Was wollen Sie noch von mir?«

Nach der Devise »Wo Rauch ist, da muss auch Feuer sein« nahm Löser den Faden in Röblingen auf. Die Kolz, so hieß es in der Vermisstenakte, habe zuweilen die Mitropa-Gaststätte aufgesucht. Jeden Dienstag veranstalteten die Schichtbrigaden des Bahnhofes Röblingen ihren obligatorischen Dienstunterricht. Nach der Schulung pflegte sich das ebenso hungrige wie durstige Eisenbahnervölkchen in der Mitropa zu stärken.

Frau Regina, die bestens informierte Kellnerin, verhalf Löser zu einem Durchbruch. »Schoch und die Monika Kolz hab ich schon zusammen gesehen«, sagte sie aus. »Im vorigen Jahr, nach dem Umzug zum 1. Mai, haben die Eisenbahner 'ne Aktivistenfeier bei uns abgehalten. Die Monika Kolz war auf jeden Fall dabei. Sie hat mit Schoch, der zufällig hier aufkreuzte, getanzt. Also dafür leg ich meine Hand ins Feuer.«

Die Büfetteuse, die sich zu ihnen gesellte, nickte heftig.

Man müsste Schochs Tagesablauf vom 29. Juli 1978 rekonstruieren, dachte Löser. Sicher, ein schwieriges Unterfangen, aber es konnte alle Mühen wert sein. Einen Anhaltspunkt gab es. An jenem Sonntag war Schochs zweites Kind geboren worden. Was tun die frischgebackenen Väter? Sie geben in aller Regel einen aus!

Löser und Leutnant Schäfer wagten sich an die Filigranarbeit. Ihre Ausdauer wurde belohnt. Wie ein Weihnachtsgeschenk mutete es ihnen an, als Schäfer ein Mitglied der Sektion Hundesport auftat, der ihm versicherte, dass er mit Schoch und einigen Kumpels am 29. Juli im Spartenheim die Ankunft des neuen Erdenbürgers begossen hatte. Bis gegen 21.00 Uhr dauerte die Fete, dann löste der Kreis sich auf. Schoch wollte noch ins »Haus des Bergmanns«.

Löser und Schäfer protokollierten die Zeugenaussage und fuhren nach Halle zurück. In einer Arbeitsbesprechung erinnerte sich Hauptmann Schwarz: »Augenblickchen, Jungens, wenn mich nicht alles täuscht, existiert ein kaum benutzter Weg vom Hundeplatz zur Bergmannskneipe. Und der, ihr werdet's nicht glauben, führt in der Nähe des Schrankenpostens 16 vorbei!« Das Jahr 1979 verabschiedete sich.

Am 16. Januar 1980 suchten Löser und Staatsanwalt Winfried Wölfel Schoch in der Haftanstalt auf. Blass und schmal war er in den Wochen der Untersuchungshaft geworden. Die Ungewissheit zehrte an ihm. Nichtentdeckte Mörder leiden vielfach unter dem Druck, ihr tödliches Geheimnis bewahren zu müssen. Doch irgendwann droht der Damm, den sie zu ihrem Schutz im Innern errichtet haben, zu bersten. Die Erinnerungen quellen immer wieder hoch. Das macht sie verwundbar. Und manchen depressiv.

Schoch steckte in einer solchen Phase, als sie ihn jetzt verhörten. Den Blick zu Boden gerichtet, erklärte er: »Ich will heute ehrlich zugeben, dass ich Monika Kolz gekannt habe. Sie war seit einem halben Jahr meine Geliebte. Wir hatten uns bei einer Maifeier kennengelernt. Wir trafen uns oft. Am 29. Juli 1978 hatten wir uns für den Abend verabredet. Ich traf Monika nach dem Dienst am ›Haus des Bergmanns‹. Wir tranken noch einige Bier und gingen dann am Kaolinwerk vorbei auf dem Feldweg in Richtung Stedten. Dort, wo die Fernwärmeleitung über den Berg läuft, hatten wir Geschlechtsverkehr. Danach sagte Monika zu mir, dass ich mich von meiner Frau scheiden lassen soll, denn sie wollte nur noch mit mir leben. Sie bekäme ein Kind von mir. Als ich mein Glied zum zweiten Mal bei ihr einführen wollte, kam es zum Streit. Der ganze Tag hatte mich schon mitgenommen, wegen der Feier im Spartenheim. Und dann die Drohung, meiner Frau alles zu stecken. Da habe ich ganz einfach durchgedreht. Ich schlug auf sie ein, wie ein Vieh, bis ich feststellte, dass keine Gegenwehr mehr da war. Das kam alles so schnell und ohne Überlegung. Ich stand dann auf und lief nach Hause. Erst am nächsten Tag bin ich zurückgekommen. Die Leiche lag noch an der gleichen Stelle. Ich hatte einen Feldspaten mitgenommen und begrub Monika an der Fernwärmeleitung.«

»Wo genau?« Löser schob ein Blatt Papier über den Tisch. »Zeichnen Sie es auf!«

Erst am 23. Januar, der Boden war tagelang gefroren, fuhren ein Bergungstrupp der MUK und Professor Dr. Simon von Gerichtsmedizinischen Institut der Martin-Luther-Universität Halle-Wittenberg ins Gelände. Sie bogen auf den Feldweg ein, der von Unterröblingen nordwestlich an der Amsdorfer Tagebaukante entlangführte. Parallel dazu verlief eine meterdicke Rohrleitung. Billige Fernwärme strömte nach Stedten und den angeschlossenen Industriebetrieben.

Staatsanwalt Wölfel zog Schochs Handskizze zu Rate. »Der nächste Bogen dürfte es sein.« Er zeigte auf eine der U-förmigen Ausbuchtungen, die alle hundert Meter unter der technischen Bezeichnung »U-Bogen-Kompensator« die Dehnungs- und Spannungsvorgänge in der Rohrleitung ausglichen.

Die Männer verließen die Fahrzeuge. Neben einem Betonsockel, auf dem die Leitung ruhte, ragte ein Stoffetzen aus dem Erdreich. Graublau mit einer Knopfleiste. Ein Wildtier, vielleicht der Fuchs, hatte ihn aus dem Boden gewühlt. Später konnten sie den Fetzen einer Eisenbahnerbluse zuordnen. In 50 Zentimetern Tiefe stießen die Kriminalisten auf menschliche Knochen. Mit größter Behutsamkeit bargen sie ein weibliches Skelett. Dazu Uniformreste und einen Ehering.

Professor Simon machte auf die Kiefernbrüche am Leichenschädel aufmerksam. »Da sind kräftige Schläge geführt worden«, wagte er einen ersten oberflächlichen Befund. »Geschlagen und gewürgt, vermute ich.«

Staatsanwaltschaft und MUK wiegten sich in der Gewissheit, den Mord an Monika Kolz restlos aufgeklärt zu haben. Wölfel ließ Peter Lohberg aus der Haft vorführen. Auf den Kopf sagten sie ihm zu, dass er kein Mörder sei. Lohberg stellte sich störrisch. Allen Vorhaltungen gegenüber taub, betonte er ein ums andere Mal, dass er allein die Kolz umgebracht habe. Nur er wisse, wo die Leiche geblieben sei, und ihre Grabstätte gebe er niemals preis. Sie bleibe sein Geheimnis. Das erweckte den Anschein, als habe Lohberg an einem Leben hinter Gittern Gefallen gefunden.

Einige Tage später wurde Lohberg einem Facharzt vorgestellt. Nach gründlicher Untersuchung überwies der ihn in eine Nervenklinik, wo er für einige Zeit als »verkannter Mörder« lebte.

Absolut widersprüchlich verhielt sich Karl-Heinz Schoch. Am 14. Februar wartete der Zweiundzwanzigjährige mit einem Schriftstück auf. Sein Geständnis in der Mordsache Kolz sei ungültig, schrieb er an die Adresse der Staatsanwaltschaft.

»Aber wir haben doch die Leiche an dem von Ihnen bezeichneten Ort gefunden!«, hielt Wölfel ihm verwundert entgegen.

Schoch zuckte die Schultern. »Zufall, Herr Staatsanwalt. Wie beim Lotto ›Sechs aus Neunundvierzig‹. Ich habe das bloß geraten.«

Neue Wortgefechte und Auseinandersetzungen ohne Ende. Die Schutzbehauptung hielt nicht lange vor. Bereits am fünften Tag verlangte Schoch die Rückgabe seines Schreibens. Den Inhalt erklärte er für gegenstandslos.

Mitte Juni reichte Staatsanwalt Winfried Wölfel die Anklageschrift beim Bezirksgericht ein. Vierzehn Tage später eröffnete Richter Angermann als Vorsitzender des 1. Strafsenates den Prozess gegen den Kranfahrer Karl-Heinz Schoch, angeklagt des zweifachen Mordes gemäß § 112 Absatz 1 und Absatz 2 Ziffern 3 und 4 sowie § 63 Absatz 1 und 2 des Strafgesetzbuches. Die Verhandlung, die sich über mehrere Tage hinzog, fand im ehrwürdigen Gerichtsgebäude am Hansering statt. Schoch folgte ihr mit steinernem Gesicht. Er gab sich geständig, ließ jedoch kaum so etwas wie Reue erkennen.

Professor Dr. Dr. Hans Szewczyk, der führende Gerichtspsychiater an der Berliner Charité, war zum Gutachter bestellt worden. Der »Tscheff«, wie sein Spitzname in Insiderkreisen lautete, galt als Koryphäe. In allen bedeutsamen Mordprozessen der 70er und 80er Jahre hat er seine Spuren hinterlassen. Das Ergebnis seiner Exploration mündete in den Sätzen: »In der Realität hat sich bei dem Mann, der den Geschlechtsverkehr mit hoher Potenz betrieb, der normale Sex mit perversen Triebpraktiken gemischt. Ohne jeden Zweifel ist die sexuelle Fehlentwicklung des Angeklagten auch für die Zukunft bedenklich. Da der Gutachter nicht wissen kann, zu welchem

Ergebnis der Strafzumessung der Hohe Senat kommen wird, darf er jetzt nur darauf hinweisen, dass auf jeden Fall vor einer Haftentlassung der Zustand des Mannes im sexuellen Bereich sehr präzis beurteilt werden muss.«

Die Staatsanwaltschaft beantragte lebenslänglichen Freiheitsentzug. Die Verteidigung verfocht die Auffassung, dass man in dem zweiundzwanzigjährigen Angeklagten einen perversen Psychopathen sehen müsse, der zu den Tatzeiten betrunken und zudem außergewöhnlich gereizt war. Eine Einweisung in eine psychiatrische Klinik erscheine gerechtfertigt und unerlässlich.

Am 4. Juli 1980 wurde das Urteil gesprochen: Lebenslängliche Freiheitsstrafe für den zweifachen Mörder!

Noch bevor das Urteil Rechtskraft erlangte, fuhr Winfried Wölfel nach Röblingen und Erdeborn. Er nahm an den Einwohnerversammlungen teil, zu denen ihn die Gemeindevertretungen eingeladen hatten. Wölfel stand gegen den Volkszorn, der lautstark nach Vergeltung rief. Man verstehe nicht, weshalb die Justiz Nachsicht gegenüber einem grausamen Mörder übe, hielt man ihm vor. Für einen Sexualmord, den ein Täter vor einigen Jahren in der Region beging, war ein Todesurteil gefällt worden. Folglich habe der zweifache Frauenmörder Schoch erst recht die Todesstrafe verdient.

1980 wäre ein solches Urteil in der Tat noch möglich gewesen. Die letzten beiden Todesurteile, 1980 und 1981 verhängt und vollstreckt, betrafen einen ehemaligen und einen aktiven Mitarbeiter des DDR-Geheimdienstes, die gefasst wurden, bevor sie die Seiten wechseln konnten. Erst am 18. Dezember 1987 wurde die Abschaffung der Todesstrafe von der Volkskammer der DDR beschlossen.

Winfrid Wölfel verteidigte das Strafmaß. Für viele unerwartet sprang ihm der Vater der ermordeten Monika Kolz bei: »Was nützt es mir, wenn der Schoch hingerichtet wird«, argumentierte er erregt. »Monika wird davon nicht mehr lebendig. Mir ist es wichtiger, dass er lebt und arbeiten muss und wenigstens etwas zum Unterhalt der Kinder beitragen kann.«

1990, im Jahr nach der Wende, versuchte Schoch wie fast jeder verurteilte Straftäter, sich als »Opfer der DDR-Justiz« zu präsentieren. Ein mit westdeutschen Juristen besetztes Gremium befand: Sowohl Tat- als auch Schuldnachweis wurden im Prozess vor dem Bezirksgericht fehlerfrei geführt. Unter Berücksichtigung der düsteren Prognose hinsichtlich einer Therapiefähigkeit des verurteilten Straftäters ist der Antrag zu verwerfen.

Im Februar 1996 verstarb Karl-Heinz Schoch im Strafvollzug. Laut Auskunft der zuständigen Staatsanwaltschaft an einer Erkrankung der Herzgefäße.

MORDAKTE H.

Es geschah in Eberswalde, 1969

Ein leiser Windhauch fuhr über die Oberfläche des Scharmützelsees, er kräuselte flache Wellen auf und trieb sie dem östlichen Ufer zu. Auf dem kleinen Zeltplatz bei Diensdorf erwachte das Leben. Kinder waren wie stets die ersten, die aus den grünen, roten und blauen Tuchhäusern krochen. Mit Wasserspritzen und viel Geschrei begann die Reinigungszeremonie an der Waschrinne.

Heinz Kabel, 38 Jahre alt, mittelgroß und dunkelblond mit einem deutlichen Ansatz zur Stirnglatze, reckte sich auf dem Luftmatratzenlager unter dem orangefarbenen Zeltdach. Ein schönes Fleckchen Erde, das er und seine Frau für den diesjährigen Campingurlaub entdeckt hatten. Geradezu geschaffen, um den Alltagsstress eines Polizeioffiziers zu vergessen. Kabel war Hauptmann der Kriminalpolizei. Er leitete die Morduntersuchungskommission in der Bezirksbehörde der Deutschen Volkspolizei in Frankfurt/Oder.

Jetzt drehte er vorsichtig den Kopf und sah zu Jutta hinüber. Als er merkte, dass sie nicht mehr schlief, tastete seine Hand zum Kofferradio. Er schaltete den Empfänger ein. Radio DDR, Sender Frankfurt/Oder, brachte Regionalnachrichten und den Wetterbericht.

»Heiter und trocken«, verkündete der Sprecher für Donnerstag, den 12. Juni 1969. »Tagestemperaturen um 25 Grad, tiefste Nachttemperaturen um 11 Grad.«

Heinz Kabel schaltete das Radio aus.

Jutta blinzelte. »Marsch, Genosse, Hauptmann, höchste Zeit

aufzustehen!«, befahl sie unter Lachen. Die Kabels krochen aus ihren Schlafsäcken.

Nach der Morgentoilette kümmerte Jutta sich um die Vorbereitungen für den Morgenkaffee, während Heinz mit dem Einkaufsbeutel zum HO-Kiosk trabte, wo er nach geduldigem Anstehen frische Brötchen und eine Zeitung erstand.

Auf der Seite 2 brachte das SED-Bezirksblatt »Neuer Tag« eine Vermisstenmeldung:

Wer kann Angaben machen?

Seit dem 31. Mai 1969 gegen 14 Uhr werden die Kinder
S p e c h t, Henry
geb. 9.2.1960
und L o u i s, Mario
geb. 25.8.1960

aus Eberswalde vermisst. Sie haben die Wohnung der Eltern unter Mitnahme ihrer Fahrräder verlassen und wurden seitdem nicht gesehen.

Henry ist etwa 140 cm groß, schlank, hat mittelblondes, kurzgeschnittenes ungescheiteltes Haar, hinter beiden Ohren auffällige Operationsnarben. Er ist mit kurzer graugrüner Rauhlederhose, dunkelblauem Silastikpulli, blauem Pullover mit spitzem Ausschnitt, schwarzen Socken und zerschlissenen Schuhen bekleidet. Er hat das Herrenfahrrad Marke »Elite-Diamant«, Größe 26, Nummer 601 411, mit weißer Bereifung bei sich.

Mario ist etwa 135 cm groß, untersetzt, volles Gesicht, dunkelblondes Haar ohne Scheitel. Bekleidet ist er mit einer schwarzen Trainingshose, rotem Pullover, blauer Strickjacke und braunen Halbschuhen. Er hat bei sich ein Herrenfahrrad Marke »Mifa«, Größe 24 mit 26er Rädern, Nummer 4 436 889.

Die Bevölkerung wird um Mitfahndung gebeten. Sachdienliche Hinweise können allen Dienststellen oder Angehörigen der Deutschen Volkspolizei gegeben werden. Auf Wunsch werden diese vertraulich behandelt.

Heinz Kabel las die Meldung während seiner zweiten Tasse Kaffee. Gedankenversunken starrte er auf die Kinderfotos. Zwei hübsche Jungen, dachte er. Fast vierzehn Tage waren die beiden verschwunden. Kabel weilte in Gedanken bei den Kollegen in Eberswalde. Die mussten ziemlich ratlos sein, wenn sie die Suchmeldung in der Zeitung verbreiteten. Für die Öffentlichkeitsarbeit der Volkspolizei galt eine Richtlinie, die von der Hauptabteilung K in Berlin vorgegeben war. »Wir sind nach wie vor gegen jede Sensationsmacherei in der Öffentlichkeitsarbeit«, hieß es kategorisch in dem Text. »Bei der Auswahl der für die Öffentlichkeit bestimmten Informationen ist eine hohe politische Wachsamkeit zu üben. Es kommt darauf an, bei der Bevölkerung die Überzeugung zu festigen, dass nicht ein einziges Verbrechen unaufgedeckt bleibt und jede Straftat die ihr entsprechende staatliche und gesellschaftliche Reaktion nach sich zieht.«

Gerade dieser Satz bereitete Kabel einiges Unbehagen. Wie jeder Polizist wusste er, dass es zu allen Zeiten ungeklärte Straftaten gegeben hatte. Daran würde wohl auch in Zukunft kaum etwas zu ändern sein. Zwar lag die Aufklärungsquote in seinem Spezialgebiet – die Untersuchung von Tötungsdelikten – mit über neunzig Prozent ungewöhnlich hoch, doch die marxistisch-leninistische Theorie von der Aufklärbarkeit jedes Verbrechens hatte ihre Tücken. Bei langgedienten Kriminalpraktikern stieß sie auf Vorbehalte.

Heinz Kabel hob den Blick, er sah über das bunte Treiben auf dem Campingplatz, die herumtobenden Kinder, lachende Eltern, die gelöst vom Alltagstrott mit ihren Sprösslingen spielten. Eine dumpfe Ahnung stieg in ihm auf. »Wenn da mal nicht der Tod im Spiel ist«, sagte Heinz Kabel zu seiner Frau und reichte ihr die Zeitung.

Die DDR-Verwaltungsreform des Jahres 1952 hatte Eberswalde um den Status einer kreisfreien Stadt gebracht. Sie wurde Kreissitz des neu gebildeten Landkreises Eberswalde. Die im neunzehnten Jahrhundert einsetzende Industrialisierung der von Wäldern, Auelandschaften, idyllischen Seen und Hochmooren umkränzten Stadt hatte Eberswalde zu einem industriellen Ballungszentrum anwachsen lassen. Etwa 60 000 Menschen lebten 1969 in ihren Mauern. Sie arbeiteten im Reichsbahnausbesserungswerk »8. Mai«, im »VEB Kranbau Eberswalde«, in den staatlichen Forschungseinrichtungen für die Land- und Forstwirtschaft der DDR, im Guss- und Walzwerk oder in den kleineren Chemieunternehmen. Der anhaltende Zustrom an Arbeitskräften ließ Eberswalde aus allen Nähten platzen. Der Wohnraum wurde knapp. Neue Wohnsiedlungen schossen empor, zum Teil in billiger Plattenbauweise errichtet, wie das Neubaugebiet Westend, das 1965 den Mietern übergeben wurde.

In das Haus Triftstraße Nr. 61 zogen die Familien Louis und Specht ein. Die Kinder Mario und Henry – beide gleichaltrig – fanden rasch Kontakt zueinander. Gemeinsam besuchten sie den Kindergarten und ab 1966 die gleiche Klasse in der gleichen Schule. Henry Specht und Mario Louis wurden unzertrennliche Freunde.

Am Samstag, dem 31. Mai 1969, kurz nach dem Mittagessen rief Henry seinen Eltern ein letztes »Tschüss« zu. Dann lief er die Treppe hinab und klingelte eine Etage tiefer an der Wohnungstür bei Louis. Sein Freund Mario saß schon auf dem Sprung. Auf die Frage seiner Mutter, wohin es denn eigentlich gehe, antwortete Mario lakonisch: »Rumkutschen!« Das hieß, sie würden mit ihren Fahrrädern durch das ausgedehnte Waldgebiet hinter dem Neubauviertel streifen. Die verschlungenen Wege, die über Erdhügel und Bodenwellen, entlang der Drehnitzwiesen bis hin zum Franzosenbunker und weiter in die Barnimer Heide führten, verlockten zum wilden Ritt auf stählernen Rossen, wobei sich die Jungen wie Gojko Mitic in der Rolle des Indianerhäuptlings Weitspähender Falke wähnten.

Um halb sieben gab es bei der Familie Specht Abendbrot. Henry war noch nicht zurück. Als das DDR-Fernsehen um 19.00 Uhr die Werbesendung »Tausend Tele-Tips« ausstrahlte, die der Junge wegen der eingebetteten Trickfilmserien »Arthur, der Engel« oder »Lolek und Bolek« gern sah, fehlte er noch immer. Um 20.00 Uhr wurden die Spechts unruhig. Sie fragten bei der befreundeten Familie Louis nach. Auch hier keine Spur von Henry und Mario.

»Es ist doch ziemlich lange hell«, versuchten die Eltern sich gegenseitig zu beruhigen. »Wer weiß, was die beiden aufgehalten hat.« Trotzdem hielten die Väter erste Umfragen in der Nachbarschaft. Einige Spielkameraden hatten die beiden Radler zuletzt am Franzosenbunker gesehen. »So um vier war das«, erzählten die Kinder.

Die Eltern suchten an den Drehnitzwiesen, eine waldumstandene Aue mit feuchtem, zum Teil sogar morastigem Untergrund. Vielleicht waren die Kinder mit ihren Rädern gestürzt und brauchten Hilfe. Der »Franzosenbunker«, eigentlich die Fundamentreste eines Barackenlagers, in dem 1944/45 französische Kriegsgefangene untergebracht waren, die in den Ardeltwerken, dem späteren Kranbau Eberswalde, arbeiteten, lag im dämmerigen Kiefernforst. Die Rufe der Eltern verhallten ungehört.

Kurz nach 22.00 Uhr klingelten sie am Portal des Volkspolizei-Kreisamtes.

»Unsere Kinder sind verschwunden! Einfach weg!«, stieß Renate Specht aufgeregt hervor, noch ehe der Wachposten die Tür richtig geöffnet hatte.

Der Diensthabende hinter dem Tresen des Empfangsraumes, ein älterer, fast grauhaariger Polizist, versuchte beruhigend auf die Eltern einzureden. »Bestimmt haben die Bengel beschlossen, im Wald zu übernachten«, sagte er. »Oder sie wurden von der Dunkelheit überrascht. Sie werden sehen, morgen früh tauchen die wieder auf.«

Der Kriminaldauerdienst des VPKA Eberswalde nahm die Sache durchaus ernst. Ausführlich ließ er sich von den Eltern ins Bild setzen. Er verstand ihre Ängste und auch ihre Sorgen.

»Geben Sie mir eine kurze Personenbeschreibung. Alter, Größe, Frisur, Haar- und Augenfarbe. Womit waren sie bekleidet?«

Die Angaben wurden auf einer Vermisstenanzeige protokolliert. Auf manche Fragen, die das Formular noch vorsah, verzichtete der Kriminalist. Die immense Spannung und die psychischen Belastungen, unter denen die Eltern jetzt litten, hätte ihre Erörterung unnötig erschwert. »Am besten, Sie fahren jetzt nach Hause«, riet er, nachdem das Protokoll unterschrieben war. »Versuchen Sie, ein wenig zu schlafen. Ich setze unseren Funkstreifenwagen ein. Wir überprüfen die Waldwege. Mehr können wir in der Dunkelheit nicht erreichen. Vielleicht hat sich morgen früh schon alles erledigt.«

Die Familien Specht und Louis verbrachten eine unruhige, von kurzen Schlafphasen unterbrochene Nacht. Gegen Morgen, zwischen vier und fünf, goss es wie aus Kübeln. Als die Eltern sich von den zerwühlten Betten erhoben, begann die Suche erneut.

Gegen sieben Uhr dreißig übernahm der Fahndungsoffizier der Eberswalder Kripo die Vermisstensache. In Begleitung eines jüngeren Kollegen fuhr er zur Triftstraße, um die Lage zu sondieren. »Wir müssen erfahren, warum die Kinder weg sind; und wir müssen herausfinden, wohin sie wollten. Dann erst lässt sich einschätzen, wo wir zu suchen haben.«

Von Henry Specht und Mario Louis gab es noch immer keine Spur. Der Fahndungsoffizier erkundigte sich nach Verwandten. »Vielleicht sind sie dort überraschend aufgetaucht.«

»Dann hätten uns doch die Erwachsenen Bescheid gegeben!«, fuhr Herr Louis unwillig dazwischen. Sein Gesicht war von Zorn und Ungeduld gerötet.

Der Oberleutnant überhörte die Grobheit. »Lassen Sie uns gemeinsam überlegen«, schlug er, um Sachlichkeit bemüht, vor. »Und zur Sicherheit nochmal in alle Winkel schauen. Je gründlicher, umso besser. Vielleicht geht uns dabei ein Licht auf.«

Sie blickten in die Zimmer der Kinder. Das übliche Spielzeug, mit dem sich Neunjährige befassen, eine Handvoll Bücher, die Schulmappen. Doch nirgendwo ein Hinweis, der das Ausbleiben der Jungen erklären konnte.

Sie überprüften die Keller des großen Miethauses, die anliegenden Schuppen und Garagen.

Dann fragten die Kriminalisten nach Fotos. Passbilder seien am besten für die Fahndung geeignet, fügte der Oberleutnant hinzu.

Die Mütter rissen die Fotos aus den Pionierausweisen.

Bei der Übergabe der Bilder verlor Renate Specht ihre Fassung. »Bilder … Fahndung …! So tun Sie doch endlich etwas!«, schrie sie die beiden Kriminalisten an. »Warum suchen Sie nicht im Wald?«

Das tat die Eberswalder Volkspolizei dann auch. Gegen 9.00 Uhr wurde der Personalbestand des Kreisamtes alarmiert, hinter dem alten Westendstadion in Suchgruppen eingeteilt und in südlicher Richtung durch den Wald geschickt. Bis auf ein einsames Liebespärchen, das sie in einem Gebüsch nahe dem Drehnitzfließ aufstöberten, verlief die Aktion ergebnislos. Dafür erregte die Polizeipräsenz Aufmerksamkeit bei den Spaziergängern in der Unterheide. In Windeseile sprach es sich herum: Im Westend werden zwei Kinder vermisst!

Dass Menschen ihrem gewohnten Lebenskreis für kürzere oder längere Zeit entfliehen, war auch in der DDR kein ungewöhnliches Phänomen. Etwa 78 Prozent aller vermissten Personen waren Kinder und Jugendliche im Alter zwischen 9 und 18 Jahren. Ein Drittel von ihnen galt als Dauerausreißer. Die meisten kamen aus ungünstigen Erziehungsverhältnissen, aus Trinkerhaushalten oder asozial eingefärbten Familien. Erziehungston und -haltung boten aber auch in scheinbar wohlgeordneten Elternhäusern Anlässe für eine Flucht aus dem vertrauten Milieu. Leistungs- und Verhaltensschwierigkeiten in der Schule, Angst vor Strafe, vor Heimeinweisungen, das Gefühl unverstanden zu sein und ungerecht behandelt zu werden, waren neben Abenteuerlust, Einzelgängertum und einem vagen Freiheitsdrang die hauptsächlichen Motive für das Entweichen von Kindern. Jeder Ausbruch aus dem sozialen Beziehungskreis galt als Anomalie im geregelten Sozialverhalten. Die Anzahl der Vermisstenvorgänge, die sich ohne nennenswertes Zutun der Kriminalpolizei erledigten, war relativ hoch, nur 8 bis 10 Prozent aller Fälle endeten tragisch.

Am Sonntagnachmittag tickerte die »Eilfahndung – Vermisst« nach Mario Louis und Henry Specht über die Fernschreibleitungen in alle Bezirke.

Montag, der 2. Juni 1969. Wieder ein Morgen nach durchwachter Nacht. Und noch immer gab es keinen Hinweis auf den Aufenthalts-ort der verschwundenen Kinder. Der Leiter des Kreispolizeiamtes ordnete eine stabsmäßig geführte Suche im Westend und in den angrenzenden Wäldern an. Einheiten der Bereitschaftspolizei, freiwillige VP-Helfer, die Feuerwehr und Angehörige der Kampfgruppen aus den Eberswalder Betrieben verstärkten die Suchketten, die sich sowohl in Richtung Süden als auch west- und nordwärts in Richtung Finowkanal und darüber hinaus entfalteten. Der Tierpark am Zainhammerteich und der Forstbotanische Garten wurden besonders sorgfältig durchsucht.

»Richten Sie Ihre Aufmerksamkeit auf weggeworfene Gegenstände und Spuren aller Art«, belehrte der Kripochef die Suchkräfte. »Und melden Sie dem Stab, wenn Sie auf verdächtige Erdgrabungen stossen!«

Die Suche nach den vermissten Kindern setzte Prioritäten. Die Bezirksbehörde der Volkspolizei in Frankfurt/Oder entsandte ihren Dezernatsleiter Fahndung in die nachgeordnete Kreisstadt. Am Dienstag kurvten Lautsprecherwagen durch die Eberswalder Straßen. Handzettel wurden gedruckt und in den Betrieben, Schulen und in den Geschäften zum Aushang gebracht, Straßenpassanten und die Kinder auf den Spielplätzen befragt. Kriminalisten kamen zum Einsatz, um die Krankenhäuser der Umgebung zu überprüfen.

Eberswalde war am 25. April 1945 von der Roten Armee besetzt worden und seither sowjetische Garnisonstadt. Drei große Kasernen lagen in den angrenzenden Forstgebieten, jedes Areal gut bewacht. Darüber hinaus am Südwestrand der Stadt ein ausgedehnter Militärflugplatz. Bei so viel militärischer Präsenz konnte es nicht verwundern, dass die Suchkräfte allenthalben auf Sperrschilder stießen, die ein weiteres Vordringen untersagten.

Als der Standortkommandant, ein Gardeoberst, von den Vorgängen in der Stadt Kenntnis erhielt, bot er die Unterstützung durch seine Truppen an. Sowjetische Hubschrauber stiegen in den folgenden Tagen auf und kreisten über den Forsten. Ein Bataillon Soldaten durchkämmte einen Waldstreifen nach dem anderen. So gut gemeint diese Art von Hilfe war – Sprachdefizite bei der Abstimmung der Aktionen führten dazu, dass die Forstjagen 117, 118 und 119 zwischen Schwärzesee, Kalkofenbrück und der Berliner Eisenbahnstrecke bei der Suche ausgelassen wurden.

Die vergebliche Fahndung bestärkte jene Polizisten, die zu der Auffassung neigten, dass die Kinder sich auf Wanderschaft befänden.

Am 5. Juni konsultierte der Eberswalder Einsatzstab den Chef der Fahndung bei der Hauptabteilung K in Berlin. Major Philipp stimmte dem Entwurf einer Suchmeldung zu, die der Presseoffizier der BdVP Frankfurt/Oder für die Medien des Bezirkes vorbereitet hatte. Taucher nahmen den Grund des Schwärzesee in Augenschein.

Am 13. Juni 1969, einem Freitag, lief der Forstarbeiter Günther Brenken aus Spechthausen durch das sogenannte Kesselfenn, einem Waldstück südlich der Bahnstrecke Eberswalde–Berlin. Sein Ziel war ein Forstjagen zwischen Großem und Kleinem Schwärzesee. Brenken arbeitete im Holzeinschlag des Staatlichen Forstwirtschaftsbetriebes.

Am Eisenbahnkilometer 85,2 überquerte Brenken die Gleisanlagen. Das Gebiet nördlich der Bahn trug den Namen Kalkofenbrück. Eine Holzbrücke führte hier über die Schwärze, die aus dem Großen Schwärzesee kommend in Richtung Spechthausen und dann weiter nach Eberswalde floss. Mischwald mit dichtem, fast dschungelartigem Unterholz zu beiden Seiten des Weges. Neben Buchen standen Kiefern, Erlengruppen, Stieleichen und die schlanken Stämme der Moorbirken. Hoher Farn, Brombeerhecken, Vogelbeersträucher bedeckten das zum Bachufer abfallende Bodenrelief. Die Vernässung in den Senken hatte Feuchtbiotope entstehen lassen, über denen Wolken von Insekten schwebten. Holzbruch moderte vor sich hin, und fette Kröten plumpsten vom Schritt des Vorübergehenden aufgeschreckt ins Wasser.

Ein Geruch von Aas hing plötzlich in der Luft. Brenken hob die Nase. Vielleicht ein Stück Wild, das von einem Eisenbahnzug angefahren wurde und erst im Unterholz verendet war. Brenken durchbrach das Weißdorngestrüpp am Wegesrand. Er trat auf eine kleine Lichtung – und erstarrte. Vor ihm lag der Körper eines toten Knaben. Brenken erkannte das Kind.

Es handelte sich um Mario Louis. Dessen Bild hatte er vor zwei Tagen in der Zeitung gesehen.

Wie von Furien gehetzt sprang der Waldarbeiter zurück. In der Nähe hörte er das schrille Singen einer Motorkettensäge, mit der seine Kollegen den Kiefernstämmen zu Leibe rückten. Rauschen und Splittern kündete vom Fallen eines Baumes.

Mit aschgrauem Gesicht erreichte Brenken den Einschlagplatz. »Dahinten … Kommt schnell … da liegt ein totes Kind!«, keuchte er.

Dann standen sie zu dritt vor dem grausigen Fund. Etwas abseits im Gebüsch entdeckten sie ein »Mifa«-Fahrrad.

»Vorsicht! Nichts anfassen!«, warnte der Brigadier. »Günther und ich sperren den Weg ab. Und du«, er wandte sich an den Jüngsten, »läufst zum Forsthaus. Alarmiert die Polizei!«

Etwa dreißig Minuten später erreichte ein Funkstreifenwagen den Forstwirtschaftsweg am Kalkofenbrück. Das Vorauskommando der Eberswalder Kripo, zu dem der Kriminaltechniker Hans Grunds und der K-Leiter Lungwitz gehörten, arbeitete sich entlang des Bahndammes vor. Der KT (Kriminaltechniker) war hochzufrieden, dass die drei Waldarbeiter nichts verändert hatten. Mit weitaus größerer Sorge äugte er auf das rasche Anwachsen des »Spurenvernichtungskommandos«, einer Gruppe aus leitenden Polizeifunktionären und Vertretern der örtlichen Partei- und Staatsnomenklatura, die von Neugier getrieben durchs Gelände trampelten und zur Gefahr für die letzten Spuren werden konnten, sofern überhaupt noch welche zu erwarten waren. Madenbefall und Fäulnis hatten die Leiche stark angegriffen. Erst als der Kreisstaatsanwalt auf den Plan trat, der die Meute in Schach hielt, atmete Grunds auf.

Während der KT mit kleinen Zahlentafeln Spuren markierte und die ersten Fotoaufnahmen schoss, forderte der amtierende Kripochef eine Hundertschaft der Bereitschaftspolizei aus Basdorf an. Die Einheit, die erst am 14. Juni zur Verfügung stand, erhielt den Befehl, die angrenzenden Jagen 119, 143, 144 und 145 abzusuchen. Noch fehlte jede Spur von Henry Specht. Sie fanden ihn gegen 7.45 Uhr, genauso grausam zugerichtet wie Mario Louis. Der kleine Körper lag in südwestlicher Richtung, etwa zweihundertfünfundsiebzig Meter entfernt, Kopf und Rumpf zum Teil von Laub verdeckt.

Als der Kriminaltechniker der Frankfurter MUK den kleinen Leichnam besichtigte, fiel ihm die geöffnete Hosenklappe an der Kleidung des Jungen auf. Gewissenhaft vermerkte Möncke diesen Umstand im Tatortbefundbericht.

Am Sonntag – der Campingplatz hielt Mittagsruhe – tauchte ein grün Uniformierter zwischen den blauen, gelben und orangefarbenen Leinwandvillen auf. Heinz Kabel beobachtete den Mann aus seinem Liegestuhl heraus.

»Genosse Hauptmann Kabel?« Seufzend nahm der VP-Meister die Mütze vom Kopf und wischte über das Schweißband. »Sie sollen sofort den Urlaub abbrechen und sich bei Ihrer Dienststelle melden!«

Heinz Kabel nickte. Er nahm es gelassen. Bei wem hätte er sich auch beschweren sollen? Als man ihn 1957 nach dem Abschluss des zweijährigen Lehrganges an der VP-Schule für Kriminalistik in Arnsdorf nach seinen Einsatzwünschen befragte, hatte er sich spornstreichs für die Arbeit in der Mordkommission entschieden. Seit 1961 war er ihr Chef und hatte bei jedem Urlaubsantritt die genaue Anschrift zu hinterlegen. Volkspolizisten mussten jederzeit abrufbar sein. Doch bei den zehn bis zwölf Tötungsdelikten, die sie im Bezirk jährlich zu bearbeiten hatten, kam dies höchst selten vor.

Am nächsten Morgen fuhr Kabel nach Eberswalde. Im Kreisamt traf er auf vertraute Gesichter. Werner Möncke und Konietzki, die strukturmäßig zu seiner MUK gehörten, Eberswalder Kollegen, die er aus der langjährigen Zusammenarbeit kannte, und einige Mitarbeiter von Morduntersuchungskommissionen aus Cottbus, Potsdam und Neubrandenburg, die man als Verstärkung nach Eberswalde abgeordnet hatte. Horst Popiela, der Stellvertreter des Kripochefs im Bezirk Frankfurt/Oder, koordinierte den Einsatz. Er war erleichtert, Heinz Kabel zu sehen. Sofort drückte er ihm die Akten in die Hand und schob ihn in ein leeres Zimmer. »Mach dich mit der Lage vertraut, Heinz!«, befahl er.

Was der Hauptmann lesen konnte, ist später von Herbert Grieschat in einem Auswertungsbericht zusammengefasst worden. Der Major war für den Arbeitsbereich Tötungsdelikte in der Hauptabteilung K verantwortlich, wenn man so will – der oberste Mordermittler in der DDR.

Im Ergebnis der Tatortuntersuchungen und der gerichtsmedizinischen Obduktion konnten trotz der fortgeschrittenen Leichenfäule folgende Befunde erhoben werden:

1. Die Leiche des einen Jungen wurde mit geordneter vollständiger Bekleidung in Rückenlage aufgefunden. Sie wies eine Stichverletzung in der Brust und eine tiefe Schnittverletzung an der linken Halsseite auf. Der Tod war auf Verbluten infolge des Halsschnittes zurückzuführen. Das Fahrrad lag in unmittelbarer Nähe des toten Kindes.

2. Die Leiche des anderen Jungen wurde in Bauchlage mit abgtrenntem Kopf aufgefunden. Der Brustbereich wies mehrere Stichverletzungen auf. Die infolge starken Madenbefalls und Leichenfäulnis erklärbare vollständige Abtrennung des Kopfes und damit einhergehende Vernichtung eindeutiger Spuren ließen hier nur die Annahme eines tiefen Halsschnittes zu. Auffällig war bei der sonst geordneten Bekleidung die geöffnete Hosenklappe.

Als Tatwerkzeug kam, nach den Stichverletzungen zu urteilen, ein relativ breites, einschneidiges Messer in Betracht.

Kabel las die Akte ein zweites und ein drittes Mal. Er betrachtete die Tatortfotos und er war erschreckt über die Bestialität, die den Tod der Kinder herbeigeführt hatte. Wer ist dazu wohl fähig, grübelte er. Ein Verrückter vielleicht? Unwillkürlich kam ihm die Bezirksnervenklinik am Nordostrand der Stadt in den Sinn. »Nachprüfen, ob dort Patienten zur Tatzeit abgängig waren«, notierte er für den Untersuchungsplan.

Nächste Frage: Warum sind die Kinder nicht früher gefunden worden?

Der Eberswalder Fahndungsoffizier erklärte es ihm anhand der Lagekarte. »Wir haben uns auf den stadtnahen Bereich konzentriert. Drehnitzwiesen, Unterheide, Oberheide, Schwärzesee, Unteres Schwärzetal und Leuenberger Wiesen. Weiter südlich haben die Freunde* gesucht. Und hier lagen die Leichen.« Er deutete auf einen Punkt, der etwa fünf Kilometer südwestlich vom Neubaugebiet Westend entfernt lag. »Niemand hat in Wahrheit damit gerechnet, dass die Jungen so weit von der Stadt entfernt waren.«

Was wussten sie über die Familienverhältnisse?

Die ersten Protokolle, die darüber Auskunft gaben, lagen vor. Die Eltern Specht und Louis galten als unauffällig. Sie waren gute Nachbarn, nahmen an den NAW-Einsätzen im Wohngebiet teil. »Hans Specht ist Mitglied der SED«, hieß es im Ermittlungsbericht des Abschnittsbevollmächtigten. »Er hat einen guten Ruf. Kollegen und Nachbarn bezeichnen ihn als prima Kerl und respektablen Burschen.« Nichts deutete darauf hin, dass eine familiäre Konfliktsituation möglicherweise den Nährboden für das blutige Verbrechen geliefert hatte.

»Verwandtenspiegel!«, notierte Kabel. Auch hier waren die Verbindungen unter ähnlichen Gesichtspunkten zu durchleuchten. Die Erfahrung lehrte, dass die meisten Verbrechen an Kindern von Beziehungstätern begangen wurden, von Personen also, die aus dem Lebensumkreis der Kinder kamen. Dazu gehörten Verwandte ebenso, wie Nachbarn oder Freunde der

Familie. Ein Racheakt war möglich, aber auch die Beseitigung der Kinder, weil sie unter Umständen Zeugen eines Verbrechens geworden waren.

In der Lagebesprechung der erweiterten MUK skizzierte Kabel seine Versionen und die angedachten Ermittlungsrichtungen. Eine Auswertergruppe wurde gebildet, bei der alle Protokolle und Arbeitsdokumente abzurechnen waren. In Anbetracht der Fülle der zu erwartenden Informationen erschien es unmöglich, den Leiter der MUK mit dieser Arbeit zu belasten. Kabel hielt sich ohnehin gern den Rücken frei, um beim Anfall einer heißen Spur sofort in die Ermittlungen vor Ort einzusteigen.

Die übrigen Kräfte wurden zu Ermittlergruppen zusammengefasst. Während ein Team sich mit der Auswertung der Straftäterkartei befassen sollte, hatten andere Kriminalisten Alibis zu überprüfen. Die Kinder, die am Franzosenbunker gespielt hatten, sollten erneut vernommen werden.

Noch einmal trat der Hauptmann vor die Karte. »Was ist das hier?« Er deutete auf den Bahnübergang am Tierpark, wo ein dünn gezeichnetes Nebengleis in einem fast vierhundertfünfzig Meter langen und etwa achtzig Meter breiten Areal verschwand. Von hier waren es nur drei Kilometer bis zum Fundort der Leichen. Nach dem Westend höchstens zwei.

»Ein Versorgungsdepot der Freunde!«, lautete die Antwort seiner Genossen. Er registrierte ihre verlegenen Mienen. Seit Tagen gab es Gerüchte in der Stadt, dass die Russen etwas mit dem Verschwinden der Kinder zu tun haben könnten.

Die Befragung der Kinder hatte Vorrang. In zwei Wochen schlossen die Schulen ihre Pforten. Die meisten Schüler würden nach der Zeugnisausgabe in ein Ferienlager fahren, andere mit ihren Eltern an die Ostsee oder in die DDR-deutschen Mittelgebirge verreisen. Hauptmann Kabel trieb zur Eile.

Ein halbes Hundert Kinder wurde in den nächsten Tagen von den Ermittlern befragt, manche zwei- oder dreimal ausgequetscht. Das Ergebnis blieb mager. Etwa ein Dutzend Mädchen und Jungen hatte sich am 31. Mai im Drehnitzgebiet aufgehalten. Mario und Henry waren an mehreren Punkten des Waldes gesehen worden, zuletzt aber am Franzosenbunker, wo sich auch ein Fremder herumtrieb, über dessen Alter und Bekleidung die befragten Kinder widersprüchliche Aussagen machten. Während die einen ihn für jung hielten, behaupteten andere, er sei schon »ziemlich alt, so um die Fünfzig« gewesen. In der Auswertergruppe, die Major Popiela leitete, entstanden Personenbeschreibungen von mindestens fünf oder sechs Täterphantomen, die sich für die Fahndung nicht verwenden ließen.

»Unser Ansatzpunkt ist der Franzosenbunker«, beharrte Kabel auf seinem Standpunkt. »Specht und Louis wurden hier zum letzten Mal gesehen. Bei dem, was danach passierte, müssen sie ihrem Mörder über den Weg gelaufen sein.«

»Gefahren«, warf Dr. Kuschel, der im Bezirk für Mordsachen zuständige Staatsanwalt, trocken ein.

»Wie?«

»Ich sagte – gefahren. Die Kinder sind doch mit ihren Fahrrädern zum Tatort gelangt. Also liegt es auf der Hand, dass auch der Täter ein Fahrrad benutzte!«

Polizeiposten bezogen auf den Waldwegen Position. Sie registrierten sämtliche Personenbewegungen und befragten alle Passanten, ob ihnen am Samstagnachmittag im Waldgebiet drei Radfahrer begegnet wären – zwei Jungen und ein Erwachsener.

Die Tage währende Aktion brachte keine neuen Erkenntnisse.

Mit einem Negativergebnis endeten auch die Ermittlungen im Verwandten- und Bekanntenkreis der Familien Specht und

Louis. Seitenlange Protokolle wurden getippt, in denen es von Namen und Adressen nur so wimmelte. Reale Verdachtsmomente oder Anhaltspunkte für weitere Ermittlungen enthielten die im typischen Polizeideutsch abgefassten Elaborate nicht.

Nun nahmen sie sich den Kreis der Personen vor, die wegen Rohheitsdelikten vorbestraft waren. Dann die Sexualtäter. Schließlich alle Homosexuellen, die Entblößer, danach Handtaschendiebe und zuletzt sogar die Einbrecher. Einen nach dem anderen fischten sie routinemäßig aus der Täterlichtbildkartei, aktualisierten die Wohn-adressen und gingen auf Alibijagd.

Nach längerem Hin und Her erwirkte Dr. Kuschel eine Zusammenarbeit mit der Militärstaatsanwaltschaft in Wünsdorf, dem Hauptquartier der Gruppe der Sowjetischen Streitkräfte in Deutschland. Wie in jeder Armee der Welt gab es auch bei den Russen Fahnenflüchtige. Und manche scheuten vor einem Verbrechen nicht zurück, weil sie Geld für ihre Flucht brauchten. Angesichts der spartanischen Verhältnisse, unter denen die Soldaten in den Kasernen hausten, kamen Desertationen oder Suizide häufiger vor. Für die Öffentlichkeit in der DDR waren solche Vorkommnisse Staatsgeheimnis. Wie nicht anders zu erwarten, lautete die Auskunft aus Wünsdorf: »Kein Flüchtiger im betreffenden Zeitraum!«

In der letzten Juniwoche fanden Mario Louis und Henry Specht ihre letzte Ruhestätte auf dem Waldfriedhof zu Eberswalde. Die Eltern hatten beschlossen, die im Leben unzertrennlichen Freunde in einem Gemeinschaftsgrab beizusetzen. In ihrem Schmerz baten sie um eine Trauerfeier in aller Stille. Doch die Anteilnahme aus der Bevölkerung trieb Hunderte von Trauergästen an das Doppelgrab. Vertreter der örtlichen Partei- und Staatsmacht durften da nicht fehlen. Auch sie drückten den Eltern am offenen Grab stumm die Hand, unfähig wie die anderen, Worte des Trostes zu finden.

Selbst der abgebrühteste Polizist, der einem kriminalistischen Auftrag folgend, gleich anderen Beamten auf dem Friedhof nach verdächtigen Personen Ausschau hielt, gestand später »ein überaus beschissenes Gefühl« gehabt zu haben.

Eine Woche darauf erschien eine Todesanzeige in der Presse, die den Dank der Eltern für bezeugtes Mitgefühl einschloss.

Ein schwarzer Stein schmückt heute das Grab. Neben den Namen, Geburts- und Sterbedaten der Kinder steht die Inschrift »Kurz war euer Leben und tragisch der Tod«.

Das in der Bundesrepublik bei solchen Gelegenheiten übliche Medienspektakel fand nicht statt. In der DDR gab es keine Regenbogenpresse. Und die Redakteure der parteiengebundenen Tageszeitungen wünschten keinen Zoff mit ihren Zensoren. Dennoch wusste jeder Einwohner von Eberswalde und in der weiteren Umgebung über den Fall Bescheid. Die Angst grassierte in den Straßen. Kinder sah man nur noch in Begleitung von Erwachsenen. Die Spielplätze in den Wohngebieten blieben leer und auf den verschlungenen Pfaden und Wegen der Wälder ertönte kein Kinderlärm.

Was tat die Polizei?

In erster Linie bekämpfte sie den Frust in ihren eigenen Reihen. Kriminalisten wissen: Je mehr Zeit zwischen einer Tat und der Festnahme eines Täters verstreicht, um so größer wird sein Vorsprung und um so schwieriger die Beweisführung. In Eberswalde lieferte die Zeit den Ermittlern ein gnadenloses Rennen. Alle herkömmlichen Mittel und Methoden waren ausgeschöpft.

Oberst Ernst Strauß, der Leiter der Hauptabteilung Kriminalpolizei, befahl den Spezialisten, Major Grieschat, nach Berlin zum Rapport. Der Hauptmann Dieter Lüdicke von der Untersuchungsgruppe des Ministeriums für Staatssicherheit hatte seinem Minister zu berichten. Die Kreisleitung der SED in

Eberswalde und der Sicherheitsbeauftragte der Bezirksleitung verlangten Auskünfte über den Stand der Ermittlungen. Nicht zuletzt erwarteten die Menschen in Eberswalde die befreiende Nachricht von der Festnahme des grausamen Mörders.

Statt dessen wurde die Personaldecke in der erweiterten Morduntersuchungskommission verringert. Das V. Deutsche Turn- und Sportfest in Leipzig verlangte einen Massenaufmarsch an Sicherheitskräften aus allen Bezirken der DDR. Die 1. Synodaltagung des neugewählten Bundes der evangelischen Kirchen in der DDR erhielt oberste Priorität im Überwachungsprogramm des MfS. Und der mit aufwendigem Pomp gefeierte 20. Jahrestag der DDR geriet, wie Insider wissen, zu einem Festival kompletter Heerscharen uniformierter und ziviler Waffenträger.

Verärgert packte Heinz Kabel seine Akten unter den Arm und fuhr zur Bezirksstaatsanwaltschaft. Die Majore Grieschat und Popiela begleiteten ihn. Dr. jur. Heinz Kuschel, ein mittelgroßer, untersetzter Mann, der die Abteilung II bei der Bezirksstaatsanwaltschaft leitete, führte die Aufsicht über das Ermittlungsverfahren. Er und Kabel kannten einander aus langjähriger Zusammenarbeit; jeder wusste um die Stärken und Schwächen des anderen.

Während Kuschels Sekretärin, eine dunkelhaarige Schönheit, in deren Adern romanisches Blut floss, den obligatorischen Kaffee servierte, erstattete Kabel Bericht.

»Ihr seid mit eurem Latein am Ende«, fasste Kuschel seinen Eindruck zusammmen. »Das kann uns in Teufels Küche bringen, Genossen!«

Major Popiela raffte sich zu der Bemerkung auf: »Solange ich dabei bin, habe ich einen solchen Fall noch nicht erlebt. So brutal und ohne erkennbares Motiv.« Erst Jahre später sollte sich erweisen, wie recht der Major mit diesem Bekenntnis hatte. Die Eberswalder Knabenmorde gehörten in ihrem Charakter und Ausmaß in eine Verbrechenskategorie, die es bislang in der Kriminalgeschichte der DDR nicht gegeben hatte. Das erklärt in gewisser Weise die Hilflosigkeit der Kriminalbeamten.

»Gewiss gibt es ein Motiv«, konterte Staatsanwalt Kuschel. »Ihr habt es bloß nicht entdeckt! Vielleicht muss man die Lösung doch im Umkreis der Familien suchen?«

Herbert Grieschat schaltete sich ein: »In der Fachliteratur wird ein Liegenlassen des Opfers als relativ lose Täter-Opfer-Beziehung gedeutet. Mit anderen Worten: Der Täter rechnet damit, dass seine Beziehungen zum Opfer der sozialen Umwelt verborgen geblieben sind. Es gibt keinen Zeugen, der ihn mit den Kindern gesehen hat.«

»Für eine Person aus dem Familienkreis kann ich mir das nicht vorstellen«, schob Heinz Kabel nach.

Der Staatsanwalt nickte. »Da ist was dran, Genossen. Was bedeutet das für die Ermittlungen?«

»Wahrscheinlich haben wir es mit einem Sexualmord zu tun, wenn auch nicht im herkömmlichen Sinne.«

Dr. Kuschel bearbeitete mit der rechten Hand seinen schütteren Haarwuchs. »An den Leichen wurden keine Spuren von Vergewaltigungen gefunden. Weder Sperma noch andere Anzeichen.«

»Nicht im herkömmlichen Sinne«, gab Grieschat zu. »Aber da ist die geöffnete Hosenklappe bei Henry Specht. Und da sind die kleinen Stichverletzungen im Brustbereich, die wir als Spuren der realen Bedrohungssituation für den Jungen angesehen haben. Heute würde ich sie als Hinweis auf eine mögliche sadistische Neigung des Täters werten.«

»Was schlagen Sie vor?«

»Wir sollten einen Gutachter zu Rate ziehen.«

»Haben Sie jemand bestimmten im Auge, Genosse Grieschat?«

»Ich habe an einen Dozenten der Humboldt-Universität gedacht. Ist Ihnen der Name Doktor Doktor Hans Szewczyk ein Begriff?«

»Flüchtig, mein Lieber. Nur flüchtig.«

»Szewczyk leitet die Gerichtspsychiatrie der Nervenklinik im Charité-Bereich. Er hat sich mit dem Thema ›Sadismus – eine Form der sexuellen Abnormität‹ auseinandergesetzt. Können Sie übrigens im ›Forum der Kriminalistik‹ nachlesen.« Grieschat deutete auf einen Sammelband der Kripo-Fachzeitschrift in Kuschels Bücherschrank.

»Also gut.« Der Staatsanwalt ließ sich von den Chefermittlern überzeugen. Gemeinsam arbeiteten sie die Fragen aus, die Kuschel samt Ermittlungsakten an die Charité übergab.

Der Dozent Dr. med. habil. Dr. rer. nat. Diplompsychologe Hans Szewczyk benötigte einige Zeit für sein Gutachten. Selbstverständlich wusste er aus der internationalen Fachpresse, dass solche Täterhypothesen, wie man sie von ihm erwartete, in den USA bereits üblich waren, aber hier in der DDR bedeuteten sie absolutes Neuland. Einerseits musste er vorsichtig formulieren, um seinen Ruf als Koryphäe nicht zu gefährden, und anderseits war das Quellenmaterial, das Polizei und Staatsanwaltschaft ihm zur Verfügung stellten, nur im beschränkten Maße aussagefähig.

»Der Verdacht einer sexuellen Abnormität ergibt sich vielfach bereits aus der Tatortsituation«, führte Szewczyk aus. »Wenn das Vorgehen des Täters nicht mit der Tatversion einer Vergewaltigung übereinstimmt und zum Beispiel die Leiche Verletzungen zeigt, die mit dem Ziel einer Vergewaltigung oder der Tötung des Menschen ebenfalls nicht erklärbar sind.« Er verwies auf die geringfügigen Stichverletzungen. »Einem Sadisten schaffen Quälen und Schmerzenzufügen diejenige Befriedigung, die ein anderer bei der Vollführung des Geschlechtsaktes empfindet. Ziel der Handlung eines solchen Täters ist also nicht die Vollendung des Geschlechtsverkehrs, wohl aber sind fast stets Misshandlungen sexueller Selbstzweck. Dabei empfindet der Sadist um so größere Befriedigung, je stärker der Widerstand des Opfers schon gebrochen ist.«

Es folgte die allgemein gehaltene Beschreibung: »Ein Sadist ist an seinem Äußeren und an seinem Allgemeinverhalten als solcher nicht zu erkennen. In der Mehrzahl sind sie gehemmte, ängstliche und übergenaue Menschen, die sich sonst nicht in geeigneter Weise durchsetzen können. Sexuell sind sie häufig Spätentwickler, ohne große Triebkraft, vielfach impotent, oder sie kommen auf normale Weise nicht zur geschlechtlichen Befriedigung. Ein großer Teil hat bis zur Tat nie sadistische Handlungen vollführt, aber sie in Tagträumen, vor allem aber bei Onaniephantasien immer wieder durchlebt. Die Zahl ihrer Sexualkontakte vor der Tat ist zumeist gering. Sie bevorzugen häufig ältere Frauen. In der Ehe beugen sie sich der Meinung und dem Willen der Frau.« Für die Person des unbekannten Mörders von Eberswalde folgerte er, dass es sich bei dem homophilen Sadisten um eine noch ziemlich jugendliche männliche Person handeln kann, die vermutlich in geordneten, mit hoher Wahrscheinlichkeit nicht asozialen Verhältnissen lebt.

Über die Ursachen des Sadismus gibt es bisher noch keine gesicherten Erkenntnisse. Der Sadismus als sexuelle Perversion ist nicht heilbar, eine Rückfallgefahr ist immer vorhanden.

Der letzte Satz jagte nicht nur Heinz Kabel Schauer über den Rücken.

Ende November 1969 bestätigte Dr. Kuschel die »vorläufige Einstellung des gegen Unbekannt eingeleiteten Ermittlungsverfahrens gem. § 143, Ziff. 1 der Strafprozessordnung, weil der Täter nicht ermittelt werden konnte«.

Natürlich war das Verfahren mit der vorläufigen Einstellung nicht endgültig vom Tisch. Jeder Straftäter, der 1969 und 1970 in Eberswalde und Umgebung in Erscheinung trat, wurde hochnotpeinlichen Verhören unterzogen, um möglichen Zusammenhängen zur ungeklärten Mordsache doch noch auf die Spur zu kommen. Dass der Aufwand mit fortschreitender Zeit nachliess, ist nachzuvollziehen, obwohl Heinz Kabel Szewczyks unheilvolle Prognose nie ganz aus dem Gedächtnis verlor: »Der Sadismus als sexuelle Perversion ist nicht heilbar, eine Rückfallgefahr ist immer gegeben!«

Freitag, der 9. Oktober 1971. Zwei Jahre und vier Monate waren seit der grausamen Bluttat im Eberswalder Forst vergangen. In Finow-Ost, westlich der Drehnitzwiesen, stampften Bauleute ein weiteres Wohngebiet aus dem märkischen Sand. Kinder bevölkerten wieder die stadtnahen Waldgebiete, und die Spielplätze waren so belebt, als wären die Erinnerungen an den zweifachen Knabenmörder längst getilgt.

Doch das Raubtier war nicht verstorben, wie manche Ermittler inzwischen glaubten. Niemand ahnte, dass ein neunzehnjähriger Koch, der unauffällig im Westend lebte, dieses furchtbare Doppelleben führte. Da war einerseits die biederbürgerliche und an den sozialistischen Staat angepasste Welt seiner Eltern, in der die Mutter, eine angehende Ingenieur-Ökonomin, dominierte, und andererseits die Phantasiewelt eines Pubertierenden, die sich immer stärker auf abstruse sexuelle Inhalte konzentrierte.

Seit er als Vierzehnjähriger ein Mädchen auf dem Schulhof küssen wollte und dafür geohrfeigt worden war, wuchs seine Abneigung zum weiblichen Geschlecht. Und als der dickliche Junge eines Tages seinen Klassenkameraden von einem Huhn »Amanda« erzählte, das auf einem Auge blind im elterlichen Garten lebte, hatte er seinen Spitznamen weg. Das Gefühl, ausgestossen zu sein, machte ihn zum Einzelgänger. Die allmähliche Veränderung seiner psychischen Strukturen ließ bestimmte sexuelle Triebvorstellungen wachsen. Es zog ihn zu Jungen mit hübschen Gesichtern und zarten Körpern, möglichst blond sollten sie sein, und vor allem schwächer als er. Bilder von wilden Folterszenen begleiteten seine Onaniephasen. Ende 1968 nahmen die Phantasien auch von seinen Träumen Besitz. Im April 1969 verstärkten sie sich derart, dass er Nacht für Nacht von Folter und Tötungen träumte. Sechs Wochen später wurden sie grausame Realität.

Nach den Morden an den beiden Jungen, die ihm höchste Lust verschafft hatten, ließen die Träume nach. Die Gefahr, entdeckt zu werden, dämpfte seinen satanischen Trieb. Doch im Sommer 1971 setzten die Träume mit unverminderter Wucht wieder ein, entbehrten bald nicht mehr einem suchtartigen Zwang. Ruhelos kreisten seine Vorstellungen um ein neues Tötungserlebnis, bis alle inneren Hemmschwellen brachen und das Raubtier erneut in den Forsten spürte.

»Heute muss es klappen«, motivierte sich der Neunzehnjährige, der seit gut zwei Stunden um die Drehnitzwiesen strich. In der Nähe einer Futterstelle für Rehwild vernahm er lärmende Kinderstimmen. Er nahm Witterung auf. Schon das Anschleichen, Beobachten und Absichern bereiteten ihm eine gewisse Art von Genuss. Doch die Situation in der spielenden Gruppe entsprach nicht seinen Erwartungen. In seiner Vernehmung sagte er später aus:

Ich habe die Kinder aus dem Grunde wieder verlassen, einmal weil es zu viele Kinder waren, zum anderen, weil ein Mädchen dabei war und weil ich Mädchen für meine sexuellen Handlungen nicht gebrauchen konnte. Deshalb habe ich die Kinder nach kurzer Zeit wieder verlassen.

Weitergehen, trieb er sich an. Weitersuchen! Gegen 17 Uhr – es dämmerte bereits – gab er seine Hoffnungen endgültig auf. Heute findest du keinen, dachte er enttäuscht und wandte sich dem Waldrand zu. Als er auf den Weg hinaustrat, der das Gelände von den ersten Häusern des Westendgebietes abgrenzte, vernahm er ein klapperndes Geräusch. Sein Blick fiel auf einen Bretterstapel, den man wohl für Reparaturarbeiten an einer Schutzhütte und an den Bänken des Ausflugsgebietes herbeigekarrt hatte. Zwei Jungen kletterten auf dem Stapel herum. Zwischen 11 und 12 Jahren, der eine blond und schmächtig, mit einer pfirsichzarten Haut. Dieser und kein anderer! – schoss es ihm durch den Sinn. Sofort war die Erregung da.

»Was macht ihr denn da auf den Brettern?«, schnauzte er im oft gehörten Befehlston. »Das ist verboten! Runter und sofort herkommen!«

Die Kinder spritzten auseinander. Während der größere Junge instinktiv zu den nahen Wohnbauten flüchtete, rannte der kleinere in den Wald hinein, dicht gefolgt von dem unheimlichen Fremden. Sie brachen durch die Büsche. Keuchender Atem. Hastige Schritte. Die Drehnitzwiesen. Am jenseitigen Waldrand eine Sandkuhle. Der Junge stolperte, fiel hinein. Im nächsten Augenblick war der Mörder über ihm.

... Und ich denke mir, da wolltest du ihn sowieso hinhaben, und bin gleich hinterher. Er gefiel mir, ich hätte ihn um keinen Preis mehr losgelassen. Ich habe ihm kleine Stiche mit dem Messer versetzt. Er musste sich ausziehen. Ich befühlte sein Geschlechtsteil, griff so hart zu, dass er wimmerte.

Ein unverhofftes Geräusch in der Nähe zwang das Untier einzuhalten. Vielleicht war es das Klappern eines Fahrrades oder die raschen Schritte eines joggenden Freizeitsportlers. Der Mörder warf sich den Körper des Jungen über die Schulter und schleppte ihn 50 Meter tiefer in den Wald hinein. Er spürte die Todesangst des Kindes, die ihn belustigte. Es war alles so wunderbar arrangiert, wie er es sich besser nicht vorstellen konnte. Ein geiler Kitzel, den er durch weitere Messerstiche stimulierte. Der Junge schrie.

Jetzt war ich auf vollen Touren, habe zugestochen. Mehrmals kleine Stiche in den Rücken, dann in die Brust, in den Kopf.

Kurz vor dem Höhepunkt den ersten Schnitt an der Halsschlagader durchgeführt …

Wie ein elektrischer Stromschlag jagte der Orgasmus über den Rücken des Mörders. Eine Welle der Glückseligkeit schwappte über ihm zusammen. Leicht wie eine Feder fühlte er sich jetzt, beschwingt und beseelt von einer undefinierbaren Euphorie, die in diesem Moment seine Gefühlswelt dominierte.

Als der zwölfjährige Frank Fuhrmann nach Einbruch der Dunkelheit in der elterlichen Wohnung erschien, stand ihm das schlechte Gewissen im Gesicht geschrieben. Es dauerte eine Weile, bis die Mutter seine Bedrücktheit bemerkte. Nach mehrmaligem Fragen erzählte er seinen Eltern von dem Erlebnis am Bretterstapel.

»Und wo ist Ronald jetzt?«, wollte der Vater wissen.

»In den Wald gerannt.«

»Und der fremde Mann ist hinter ihm her?«

Die Familie Winkler wohnte im gleichen Haus. So erfuhren die Fuhrmanns, dass Franks gleichaltriger Freund Ronald nicht nach Hause zurückgekehrt war. Panisches Entsetzen flog durch den gesamten Wohnblock. Die Menschen erinnerten sich der tragischen Ereignisse des Jahres 1969. Mit Lampen und handfesten Knütteln bewaffnet zogen die Männer durch den Wald. Erst gegen 23.00 Uhr, die verzweifelte Suche war erfolglos abgebrochen worden, verständigte Herr Winkler die Polizei.

Der Diensthabende Offizier beorderte die beiden Funkstreifenwagen nach Westend. Zwei Einsatzzüge der Feuerwehr rückten zur Unterstützung an. Für den Personalbestand des VPKA wurde Einsatzalarm ausgelöst.

Zwei Stunden später fanden die Suchtrupps den toten Ronald Winkler. Der kleine Leichnam lag rücklings gegen eine Baumwurzel gelehnt, verblutet an einem Halsschnitt.

Verschlüsselte Blitzfernschreiben informierten die Bezirksbehörde in Frankfurt/Oder und den Leitungsdienst der Hauptabteilung Kriminalpolizei in Berlin. Gut zweihundert Polizeibeamte aus den verschiedenen Dienstzweigen der VP, darunter die Spezialisten des Kriminalistischen Institutes, und zahlreiche Mitarbeiter des MfS wurden in Marsch gesetzt.

Der Bericht des DDR-Chefermittlers in Sachen Mord und Totschlag, Major der K Herbert Grieschat, hielt fest:

Bereits die erste Inaugenscheinnahme des Fundortes ließ den Zusammenhang mit den Morden im Jahre 1969 deutlich werden. Die Leiche wies zahlreiche Stichverletzungen und einen klaffenden Halsschnitt auf. Aufgrund der eingetretenen Situation – es musste mit weiteren Angriffen des sich nun deutlich als Lustmörder manifestierenden Täters gerechnet werden – machten sich außergewöhnliche Maßnahmen erforderlich.

Es wurden mehrere Morduntersuchungskommissionen und zusätzlich eine große Anzahl Kriminalisten eingesetzt. Einer Spezialistengruppe oblag die Anleitung, Kontrolle und Koordinierung der Untersuchung.

Während die Anleiter und Kontrolleure mit der Unterbringung der aus verschiedenen Bezirken und Dienststellen eintreffenden Einsatzkräfte beschäftigt waren – sowohl Arbeitszimmer als auch Nachtquartiere mussten gefunden werden –, konzentrierten sich die Gerichtsmediziner und die Spezialisten des Kriminalistischen Institutes auf die Tatortuntersuchung.

Mehrere 800 W Halogen-Leuchten stellten sie auf. Um die notwendige Stromzufuhr kümmerte sich die Feuerwehr, die zwei Dieselaggregate herankarrte.

»Die Leiche ist bis auf eine Sandale, die neben den Füßen des Toten liegt, vollständig bekleidet«, hielten die Untersucher sodann im Protokoll fest. »Erdverschmutzungen im Unterbauch- und Genitalbereich sowie ein ungeordneter Sitz der

Hosen deuten auf sexuelle Manipulationen des Täters hin. Die Todeszeit ist mit dem Zeitpunkt des Vermisstseins gleichzusetzen. Hinsichtlich des Tatwerkzeuges muss an ein relativ breites einschneidiges Messer mit feststehender oder feststellbarer Klinge gedacht werden.«

Major Klaus Schwenzer, ein diplomierter Biologe, und seine Kollegen von der trassologischen Disziplin nahmen sich Zentimeter für Zentimeter des Waldbodens vor. Buchstäblich auf den Knien krochen sie über die Erde, sie drehten jeden Grashalm und jedes vertrocknete Blatt um. An verschiedenen Kiefernzweigen entdeckten sie Faserbüschel, die sich zwischen den zentimeterlangen Baumnadeln verfangen hatten. Im Lichtkegel der Halogen-Scheinwerfer schimmerten sie wie die Fäden des Altweibersommer.

»Was hältst du davon?«, fragte Schwenzer seinen Assistenten.

»Wenn mich nicht alles täuscht – Kunstfasern. Und wenn wir Glück haben, stammen sie vom Täter.«

Nachdem die Spurenlage fotografiert war, nahm Schwenzer eine Gartenschere zur Hand. Er schnitt die fasertragenden Zweige vom Baum und asservierte sie in geräumigen Plastiktüten.

In einem Zimmer des Volkspolizei-Kreisamtes sortierte Heinz Kabel unterdessen die alten Akten. Das Personalkarussell auf den Leitungsebenen der Kriminalpolizei hatte sich seit 1969 in Berlin und in Frankfurt/Oder mehrfach gedreht. Leiter der Hauptabteilung K war Helmut Nedwig geworden, ein dreiundvierzigjähriger Oberst, der sich mit Vehemenz für die Erneuerung des technischen Ausrüstungsgrades der Kriminalpolizei engagierte. Er entsandte seinen Vertreter Arthur Dietzsch und den Leiter der Abteilung II, Oberstleutnant Eylhauer, nach Eberswalde.

Herbert Grieschat behauptete zwar später, dass die Leitung der komplexen Untersuchung dem Chef der Kripo »des betreffenden Bezirkes« übertragen worden sei, doch die erfahrenen Praktiker der Eberswalder und Frankfurter Kripo haben andere Erinnerungen. 1970 war Major Willi Hoheisel auf den Sessel des K-Leiters im Bezirk Frankfurt/Oder gerückt. Der Major war ein Vorzeigekriminalist aus dem Bezirk Halle. Die Parteiideologen hatten ihn Ende der sechziger Jahre zu einer Art Adolf Hennecke in der Kripo aufgebaut. Altgedienten VP-Kriminalisten entlockt seine »Merseburger Initiative« noch heute ein mitleidiges Lächeln. Hinter dem hochtrabenden Begriff verbarg sich nicht mehr als die straffe Durchsetzung der Führungsprinzipien.

Unter Popielas, Kabels und Grieschats Leitung wurden die in doppelter Kompaniestärke angerückten Kriminalisten in fünf Untersuchungsgruppen aufgeteilt. Jede erhielt ihr konkretes Arbeitsfeld. Während die einen sich mit der Tatortuntersuchung einschließlich Spurensuche, -sicherung und -auswertung befassten, hatten andere die Personenbewegungen und Zeugen zu ermitteln oder sie gingen Hinweisen und Einzelspuren nach, die sich aus der Bearbeitung aktiver Verdachtsrichtungen ergaben. Angesichts der zu erwartenden unvermeidlichen Papierflut an Berichten, Protokollen, Einschätzungen und Gutachten wurde ein sechstes Team gebildet, das die einlaufenden Informationen zu sichten, zu speichern und für weitere Ermittlungsaufträge aufzuarbeiten hatte. Diese Auswertergruppe unterstellte Popiela seinem unmittelbaren Befehl.

Womit beginnen?

Zunächst versuchten sie es mit der oft erprobten Routine. Noch vor Mittag rollte der Lautsprecherwagen wieder durch Eberswalde und rief die Bevölkerung zur Mitfahndung auf. Erneut wurden Plakate gedruckt und in den Betrieben und Wohngebieten ausgehängt. Bald gab es keinen Menschen in der Stadt, der nicht mit Ronald Winklers Personenbeschreibung und der Frage, wo er zuletzt lebend und in Begleitung anderer Personen gesehen wurde, vertraut war.

Etwas mehr als dreihundert Familien wohnten 1971 im Westendviertel. Vom frühen Morgen bis weit nach zweiundzwanzig Uhr schwärmten hier die Ermittler auf »Klingeltour« aus, um jeden Erwachsenen anhand vorbereiteter Vernehmungsspiegel nach seinem Aufenthaltsort zur Tatzeit und nach Personen, die seine Angaben bestätigen konnten, zu befragen. Die solchermaßen gewonnen Daten wurden der Auswertergruppe zur Verfügung gestellt, die sie auf ein Schaudiagramm übertrug, das alle wichtigen Zeit- und Bewegungsabläufe im Wohnviertel und im Bereich der Drehnitzwiesen grafisch verdeutlichte.

Heinz Kabel und sein neuer Mitarbeiter Erdmann nahmen sich noch einmal Frank Fuhrmann vor. Es stand außer Zweifel, dass der Zwölfjährige den Mörder gesehen hatte, und dass er nur um Haaresbreite einem grausamen Schicksal entronnen war. Doch so sehr sie sich mühten, das Erinnerungsvermögen des Jungen zu aktivieren, der Erfolg blieb aus. Franks Beschreibung zielte auf einen Mann, nicht jung und nicht alt, nicht ganz so groß wie der Herr Kriminalhauptmann. Ob eine helle oder dunkle Stimme – er wusste es nicht zu sagen. Das schreckhafte Erlebnis am Bretterstapel hatte sein Gedächtnis blockiert.

Sie ermittelten auch die Kinder, die an der Drehnitzwiese gespielt hatten. Nur vage erinnerten sie sich an einen »großen Jungen«, der kurzzeitig bei ihrer Gruppe aufgetaucht war. Dieser Begriff, der in den meisten Aussagen vorkam, ließ verschiedene Deutungen zu. Nachdem die Psychologen sich den Wahrheitsgehalt der Aussagen angesehen hatten, einigte man sich auf die Person eines jungen Mannes, der zwischen 15 und 25 Jahren alt sein mochte.

Das rollende Labor des Kriminalistischen Institutes, ein »W-50-Koffer« aus dem IFA-Fahrzeugwerk Ludwigsfelde, war auf dem Hof des Feuerwehrgebäudes in der Weinbergstraße stationiert, neben einer alten Baracke. Elektrokabel führten zu den Kellerfenstern des Haupthauses hinüber. Sie sicherten die Stromversorgung für den Laborwagen. Als Herbert Grieschat und Heinz Kabel den Spezialisten ihre Aufwartung machten, feilten Schwenzer & Co gerade an den Formulierungen für ihr Fasergutachten.

»Nett, dass ihr mal bei uns reinschaut«, sagte Schwenzer. »Ihr erspart mir einen Weg.«

Kabel, der zum ersten Mal in dem vielgelobten Fahrzeug weilte, sah sich neugierig um. Vor der rechten Fensterfront zog sich ein gekachelter Labortisch hin. Links eine hüfthohe Schrankreihe, darüber festgeschraubte Wandhalter und Regale, in denen die unterschiedlichsten technischen Geräte fixiert waren. Kabels Blick erfasste die Reagenzgläser, Flüssigkeitsbehälter, Elektroverdampfer, Vergleichsmikroskope und einen Bücherschrank, wohlbestückt mit Katalogen und naturwissenschaftlichen Nachschlagewerken. Irgendwelche Geheimapparaturen entdeckte er nicht.

»Also – wie stehen unsere Chancen?«, fragte Grieschat.

»Erstens: die Fasern stammen tatsächlich von der Bekleidung des Täters, und zweitens …«

»Warte mal, warte«, unterbrach Kabel den Biologen. »Wieso seid ihr so sicher, dass es die Fasern des Täters sind? Jeder andere Spaziergänger kann sie doch auch im Wald verloren haben – oder?«

Schwenzer setzte ein überlegenes Lächeln auf. »Wir haben Bruchstücke der gleichen Fasern als Abrieb an der Bekleidung des getöteten Kindes gefunden.«

»Und zweitens?«, fragte Grieschat.

»Die Fasern bestehen aus einem Kunststoff, der nicht zum Produktionssortiment in der DDR gehört.«

»Was heißt das?«

»Es sind Kunststoffasern, die in der Textilindustrie des kapitalistischen Auslands, zum Beispiel in der Bundesrepublik, Verwendung finden.«

»Habt ihr keine genauere Vorstellung?«

»Ich denke an eine Art von Webpelz«, erklärte Schwenzer.

Kabel staunte. »Ein Mörder im Pelzmantel?«

»Red keinen Unsinn!«, konterte Schwenzer. »Diese Art von Webpelz wird als Futter in der Oberbekleidungsindustrie verarbeitet. Stell dir eine Kutte, einen Anorak oder eine Lederjacke vor.«

Kabel überlegte schon, wie man diese Aussage für die Fahndung nutzen konnte. Ihm fiel nichts Passendes ein. Für die direkte Suche nach dem Tatverdächtigen erwies sich der Hinweis auf den Webpelz kaum als brauchbar. Sollten sie allerdings einen Verdächtigen an der Angel haben, könnte man sich nach dem entsprechenden Kleidungsstück umsehen, um die Anwesenheit des Trägers am Tatort vermittels Faservergleich nachzuweisen.

»Auf jeden Fall könnt ihr davon ausgehen, dass der Täter Verbindungen in die Bundesrepublik hat, und dass er gelegentlich Bekleidungsstücke von dort bekommt«, machte Schwenzers Assistent, ein Oberleutnant, den Ermittlern Hoffnung.

»Oder er hat sie sich im An- und Verkauf geholt!«, schloss Kabel unwillig die Debatte ab. Westkontakte – wie die verwandtschaftlichen Beziehungen von DDR-Bürgern in die Bundesrepublik im ostdeutschen Amtsjargon hießen – waren ein rotes Tuch für Heinz Kabel. Jahrelang hatte seine Mutter ihn mit Vorwürfen überhäuft, weil ihre Reiseanträge zu Verwandtenbesuchen in die BRD von den Mitarbeitern der Abteilung Pass- und Meldewesen im VPKA Eberswalde mit steter Regelmäßigkeit abgelehnt wurden, wobei sie sich auf die polizeiinterne »Geheimhaltungsordnung« beriefen, derzufolge Familienangehörige ersten Grades nicht in den Westen reisen durften. Erst die Demarche eines weniger peniblen Vorgesetzten, der darauf verwies, dass die Regelung nur für den Fall gemeinsamer Haushaltungsführung zuträfe, hatte die Eberswalder zum Einlenken bewogen. Den Fleck in Kabels Personalakte konnte der Dezernatsleiter nicht verhindern.

Im Volkspolizei-Kreisamt traten sich die Mitarbeiter der Untersuchungsgruppen inzwischen gegenseitig auf die Füße. Zwar hatten die städtische und die Kreisverwaltung einige Räume zur Verfügung gestellt, die man zu provisorischen Arbeitszimmern für die Kriminalisten umfunktionierte, doch der allgemeine Platzmangel blieb. Mitunter saßen drei, vier oder fünf Polizisten in einem Büro. Sie teilten sich Telefone und Tische und stritten um die wenigen Schreibmaschinen, auf denen sie im Zweifingersuchsystem ihre Protokolle tippten. Die Flut von beschriebenem Papier versiegte in diesen Tagen nicht. Erst als der DDR-Kripo-Chef Nedwig zu einem Kurzbesuch nach Eberswalde kam und einer der Offiziere die Gunst der Stunde nutzte, um den Oberst auf die Mängel aufmerksam zu machen, änderte sich die Situation.

Die Angst vor einem erneuten Zuschlagen des Mörders nistete sich in der Stadt ein, die nicht frei von Hysterie war. Wer als Fremder nach Eberswalde kam und zufällig ein Kind nach dem Weg fragen wollte, geriet in die Gefahr als Kindermörder gelyncht zu werden. Die Stimmung in der Bevölkerung schwankte. Während die einen alle Maßnahmen der Polizei unterstützten, schimpften jene, die – aus welchen Gründen auch immer – ins Fahndungsnetz der Mordkommissare gerieten. Drei oder vier Mal wurden manche, und immer wieder unter anderen Gesichtspunkten, von den Beamten überprüft. Zeitweise war der Kreis kleiner, dann wieder größer, bis das Sieb erneut geschüttelt wurde. Frust staute sich bei den Betroffenen auf, nicht zuletzt auch über die scheinbare Unfähigkeit der Polizei.

In dieser Situation quartierte sich ein weiterer Führungsstab im Gebäude der SED-Kreisleitung ein. Die »Bezirkseinsatzkommission«, in der vor allem Parteifunktionäre, MfS-Offiziere und leitende Polizeikommandeure das Sagen hatten, galt als Krisenstab, der nur bei besonderen Lagen zusammentrat. Eine solche war nach Meinung der Funktionäre, die im Grunde wenig von der kriminalistischen Arbeit verstanden, in Eberswalde gegeben. Bei Staatsanwalt Dr. Kuschel sowie den Praktikern Popiela, Kabel und Major Grieschat stießen solche Aktivtäten auf wenig Gegenliebe, wenngleich Letzterer auch schrieb:

Es sei besonders hervorgehoben, dass die Volkspolizei bei diesem Einsatz die größte Unterstützung der Bevölkerung sowie von der Kreisleitung der SED, dem Rat der Stadt und den volkseigenen Betrieben erfahren hat.

Die Zahl der Hinweise, denen die Polizei mit aller Akribie nachspürte, überstieg bald die Tausend. Nicht immer bezogen sie sich unmittelbar auf die Knabenmorde, doch die Bereitschaft der Menschen, mit den Ermittlern über Dinge zu reden, die sie irgendwann beobachtet und als merkwürdig empfunden hatten, löste in der Ausnahmesituation die Zungen. Da fühlte sich niemand als Denunziant. Viele Straftaten, darunter Diebstähle und Einbrüche, von denen die Polizei nichts wusste, konnten bei der Gelegenheit aufgeklärt werden. Die Aufklärungsquote in der Kriminalstatistik der Eberswalder Kripo schnellte im Oktober und November 1971 mühelos auf die Hundert-Prozent-Marke.

So befriedigend die kriminalistischen Nebenprodukte für den Eberswalder Polizeichef auch sein mochten, in der dreifachen Mordsache ging es keinen Schritt voran. »Wir trampeln auf der Stelle«, gestand Popiela während einer Stabsbesprechung vor der großen Krisenkommission. »Wir wissen, dass der Täter vermutlich ein junger Mann ist und dass er in Eberswalde wohnt. Und wenn ich auf Doktor Szewczyks Täterbeschreibung aus dem Jahre 1969 zurückgreife, dann muss es sich um einen homophilen Sadisten handeln. Aber wo, um Himmels willen, findet man einen solchen Burschen?«

Staatsanwalt Kuschel stutzte. »Warum fragen wir das den Herrn Doktor nicht selbst? Sie haben doch einen guten Draht zu Szewczyk. Bitten Sie ihn, zu uns nach Eberswalde zu kommen, Genosse Grieschat!«

Szewczyk kam. Doch zunächst weigerte er sich, die ihm gestellte Aufgabe sang- und klanglos zu übernehmen.

»Bitte, verstehen Sie mich nicht falsch, Herr Staatsanwalt. Wir haben es schon mal probiert, und genutzt hat es, wie Sie wissen, nicht viel. Zu viele Unwägbarkeiten stecken in dieser Problematik. Wenn ich Ihnen wirklich helfen soll, dann nicht im Alleingang. Stellen Sie mir die verehrten Kollegen Obermedizinalrat Dr. Barylla von der hiesigen Bezirksnervenklinik und den Herrn Oberstleutnant Ochernal aus Waldheim zur Verfügung. Dann will ich's, bittschön, nochmal versuchen.«

Medizinalrat Dr. Manfred Ochernal leitete als ärztlicher Direktor die Strafvollzugsanstalt in Waldheim. Seit 1716 wurde die alte Burganlage abwechselnd als Zucht-, Armen- und Waisenhaus genutzt. In aller Welt bekannt geworden ist die Anstalt aber erst durch die »Waldheimer Prozesse« im Jahre 1950. Eines der unseligsten Kapitel in der Justizgeschichte der DDR. Zu Beginn der sechziger Jahre erhielt die Anstalt eine psychiatrische Abteilung, in der Dr. Ochernal das Sagen hatte. Der tägliche Umgang mit den Strafgefangenen wies ihn nach Szweczyks Ansicht als qualifizierten Praktiker aus. Da die Anstalt in Waldheim – wie der gesamte Strafvollzug in der DDR – dem Ministerium des Innern unterstand, veranlasste Nedwigs Stellvertreter, Arthur Dietzsch, den Marschbefehl für den Waldheimer Medizinalrat im Obristenrang.

Szewczyk war immer noch nicht zufrieden. »Haben Sie schon

mal von dem Fall Jürgen Bartsch gehört? Wahrscheinlich nicht, meine Herren. Der sogenannte ›Kirmesmörder‹ hat in einem Zeitraum von nur wenigen Jahren mindestens vier Knaben auf grausame Weise zu Tode gefoltert. Bei der ersten Tat war er fünfzehn Jahre alt, bei der letzten neunzehn.«

»Hier bei uns?«, echote ein dabeistehender Funktionär erschreckt.

Szewczyk überhörte den Zwischenruf. »Das Landgericht Wuppertal hatte eine lebenslängliche Zuchthausstrafe verhängt. 1969 hob der Bundesgerichtshof die Entscheidung auf. Bartsch wurde zu zehn Jahren Jugendstrafe und Einweisung in eine Heilanstalt verurteilt. Leider kenne ich den Fall auch nur aus der medizinischen Fachliteratur. Man müsste die Akten sehen. Vielleicht habe ich bei unserem Kölner Kollegen, dem Hauptgutachter Professor Paul Bresser, ein bissel Glück. Wir korrespondieren gelegentlich. Das kann aber dauern, meine Herren.«

»Dann versuchen wir es auf unserer Schiene«, erklärte Hauptmann Lüdecke, der das Gros der MfS-Mannen in der Eberswalder Mordsache kommandierte. Noch am gleichen Tage telefonierte er mit seinem Vorgesetzten, Oberstleutnant Pyka.

Am 15. Oktober, sechs Tage nach Ronald Winklers Tod, nahm die Kommission ihre Arbeit auf. Der »Tscheff«, wie Szewczyks Spitzname an der Charité lautete, schleppte einen kompletten Stab von Assistenten an. Unzählige Akten gingen sie durch, darunter auch das von Mielkes Mannen herbeigeschaffte »Kirmesmörder«-Material. Sie diskutierten das Für und Wider einzelner Krankengeschichten, stellten Thesen auf, verwarfen sie erneut und kamen erst am 18. Oktober zu der einhelligen Auffassung, dass man mit hoher Wahrscheinlichkeit nach einem sadistisch veranlagten jüngeren männlichen Triebtäter aus Eberswalde suchen müsse, der homosexuell-pädophil fixiert sei.

»Das heißt, der ist auf kleine Jungen scharf«, erläuterte »Tscheff« vor den Chefs der Ermittlergruppen. »Zartgliederig und vor allem blond.«

Auf der Grundlage dieser Täterhypothese und der in allen drei Mordfällen erhobenen Tatbefunde gelangten folgende Personengruppen ins Visier der Fahnder:

1. wegen Sexualverbrechen vorbestrafte Personen, deren Handlungen homosexuell-pädophile oder sadistische Neigungen erkennen ließen;
2. geistesgestörte Personen, die in den offenen und geschlossenen Häusern der in der Nähe liegenden psychiatrischen Einrichtungen untergebracht bzw. in der psychiatrischen Ambulanz von Eberswalde behandelt wurden;
3. bestimmte, mit den Tatumständen in Zusammenhang zu bringende Personengruppen, wie z. B. Fleischer, Jäger, Forstarbeiter u. a.;
4. alleinwohnende oder zur Tatzeit alleinstehend gewesene männliche Personen des gesamten Ortsteils;
5. männliche Personen, die sich sowohl zu der Tatzeit 1969 als auch zu der Tatzeit 1971 nachweisbar vorübergehend in Eberswalde aufhielten;
6. alle männlichen Jugendlichen und Erwachsenen von Eberswalde, zu denen es einen – wenn auch geringen – Hinweis auf sadistische Neigungen gab.

Als stünde er im Hörsaal vor seinen Studenten dozierte Szewczyk: »Gerade Triebtäter führen nach außen ein normales Leben. Das müssen Sie bei Ihrer Fahndung berücksichtigen. Nicht jeder Sadist wird mit Notwendigkeit kriminell. Die Tötung als sexuelles Äquivalent stellt erst den Endpunkt der Entwicklung einer sadistischen Persönlichkeit dar. Darin liegt übrigens auch der Schlüssel, dass viele Sadisten jahrelang unauffällig leben.

Ihre Neigung, die sich mitunter bis zur Kindheit zurückverfolgen lässt, äußert sich nicht immer sexualspezifisch. Mitunter sind es ganz allgemeine Rohheitsakte, Tierquälereien, Sachbeschädigungen, Brandstiftungen oder ähnliches.«

»Eine Art Inkubationszeit, wie bei Masern oder Röteln?«

»Der Vergleich ist gar nicht so schlecht«, meinte Szewczyk. »Der Sadist bedarf in der Tat zur Befriedigung seines Geschlechtstriebs immer intensiverer Reize. Der emotionale Druck nimmt zu, wie in einem Dampfkessel, bis die realitätsbezogene Triebsteuerung zusammenbricht und eine zerstörerische Dynamik freisetzt.«

»Der Mörder wird also erneut zuschlagen?«, fragte Kabel gespannt.

»Auf jeden Fall«, schloss Szewczyk kategorisch. »Ich glaube, Sie müssen sich sogar sehr beeilen.«

Eine Vorstellung von dem Mörder hatten sie nun. Doch bei Licht besehen – nicht mehr als ein Röntgenbild. Aus dem Negativ- musste ein Positivbild werden. Aber wie? In der MUK veranstalteten sie eine Art Ideenbörse, zu der jeder Mitarbeiter seine Überlegungen beisteuerte.

»Wir sollten es einmal bei Gericht versuchen«, schlug einer vor. »Unterschiedliche sexuelle Bedürfnisse schlagen sich oft genug in Scheidungsurteilen nieder. Ich weiß das noch von meiner eigenen Scheidung.«

»Das Referat Jugendhilfe hat bestimmt auch einiges in den Akten.«

Sie fügten Sexual- und Eheberatungsstellen hinzu. Selbst fachärztliche Einrichtungen, Ambulatorien und Kliniken konnten unter Umständen Hinweise liefern.

»Und die ärztliche Schweigepflicht?« Dr. Kuschel wusste Rat: »Sollte einer Ihrer Gesprächspartner die Mitarbeit verweigern, kann er per Gerichtsbeschluss von der Schweigepflicht befreit werden. Aber ich denke, das wird gar nicht nötig sein.«

Der Aktenberg wuchs. Unverdrossen schleppten die Ermittler Erkenntnisse heran, die in die sogenannten Spurenakten Eingang fanden. Zu jedem Hinweis, Sachverhalt oder Verdachtsmoment gab es inzwischen solch einen Hefter; gegen Ende Oktober bereits 1300 Stück. Es sollten noch 57 hinzukommen, bis sie ans Ziel gelangten.

Eine Personenkartei gab Auskunft über jede Person, die irgendwann mit den Untersuchern als Verdächtiger, Zeuge, Tippgeber oder sonstige Auskunftsperson in Kontakt geraten war. Die Karteikarte enthielt die kleinen Personalien und die Registriernummer des Komplexes, unter dem die Protokolle zu finden waren. Bei Verdächtigen kam noch der Vermerk hinzu, ob das Alibi zweifelsfrei gesprüft und von wem es geliefert wurde.

In den Kaderabteilungen der Betriebe gaben sich die Polizisten die Klinken in die Hand. Jeder hatte eine Liste mit Fragen, auf die er in den Personalakten oder in den Gesprächen mit den Kaderchefs, Partei- und Gewerkschaftsfunktionären, Brigadieren oder Vorarbeitern nach Antworten suchte.

So stießen sie im VEB Kranbau auf einen debilen Hofarbeiter, der sich vor Kollegen gebrüstet hatte, der »Schlitzer von Eberswalde« zu sein. Nach allen Regeln der Kunst wurde der Mann durch die Vernehmungsmühle gedreht. Im Haushalt seiner Eltern beschlagnahmten sie alle Messer und untersuchten die Schneidwerkzeuge im Labor auf menschliche Blutspuren.

Nicht anders erging es einem Junggesellen, der sich als Pilzsammler häufig in den Wäldern herumtrieb.

Es traf Förster und Waldarbeiter – von einem war über die Scheidungsakten bekannt geworden, dass er masochistische Sexpraktiken favorisierte – und immer wieder die Beschäftigten des Fleischergewerbes oder die Angestellten im Eberswalder Schlachthof.

Das Papier war geduldig. Die Ungeduld der Vorgesetzten in Berlin und Franfurt/Oder, vor allem aber im Parteiapparat stieg. Die SED-Bezirksleitung ließ anfragen, wann man den

Normalzustand in der Stadt Eberswalde wieder herzustellen gedenke. Die Bevölkerung der DDR bereite sich auf die in drei Wochen stattfindenden Wahlen zur Volkskammer und zu den Bezirkstagen vor.

Heinz Kabel begann Nerven zu zeigen. Als einige Mitglieder von Jagdkollektiven sich unter Berufung auf ihren Status als Partei- oder Staatsfunktionäre den Unannehmlichkeiten der Überprüfung entziehen wollten, explodierte der Hauptmann. Zwar stand Dr. Kuschel, der Staatsanwalt, hinter ihm, doch Kabel ahnte, dass er nun ein paar Feinde mehr besaß.

Am Freitag war das Reservoir der potentiellen Verdächtigen ausgeschöpft. Da gebar der Stab die Idee, die Suche auch auf andere Bezirke der DDR auszudehnen. Kabel lief vor Ärger rot an. »Verflixt nochmal!«, polterte er. »Was sollen wir denn in Rostock, in Magdeburg oder in Suhl suchen? Das ist doch Firlefanz! Der Täter sitzt bestimmt in Eberswalde! Und ich bin überzeugt, dass wir ihn nur über die Kinder finden werden!«

Die Mienen der hohen Vorgesetzten versteinerten.

Dem Oberleutnant Gedath aus der Branduntersuchungskommission, der ihm für den Einsatz unterstellt war und dem er besonders vertraute, schärfte Kabel ein: »Ecki, du gehst mir nicht aus dem Westend weg! Suche immer wieder Kontakt zu den Kindern. Und wenn du sie hundert- oder tausendmal befragst, etwas wird ihnen immer einfallen. Du wirst sehen, am Ende schnappen wir ihn uns!«

Müde und abgespannt verließ Heinz Kabel gegen 19.00 Uhr das Polizeihaus in Eberswalde. Zu allem Überfluss war ihm am Nachmittag zu Ohren gekommen, dass die MfS-Mannen im Eberswalder Postamt die Empfänger von Brief- und Paketsendungen aus der Bundesrepublik registrierten.

Kabel lenkte seine Schritte in die Heinrich-Heine-Straße, zum Wohnhaus seiner Eltern. Sein Blick glitt über die hässlichen Fassaden der Altstadthäuser. Als Eberswalde im April

1945 von den Russen besetzt wurde, hatten abziehende deutsche Fliegerkräfte das Stadtzentrum in Schutt und Asche gelegt. Hier in der Altstadt kannte Kabel jede Straße und jeden Winkel. Er war hier aufgewachsen, nachdem ihm und seiner Mutter noch im letzten Kriegswinter die Flucht über das vereiste Stettiner Haff gelungen war. In Eberswalde ging Heinz Kabel zur Schule, hier hatte er den Beruf eines Maschinenschlossers erlernt und zugleich die erste Liebelei seiner Jugend erlebt. 1952 ließ er sich zur Volkspolizei anwerben. Als er entgegen allen Erwartungen bei der Bereitschaftspolizei in Prenzlau landete, wo der Kasernenhofdrill ihn ansprang, war sein Widerspruchsgeist erwacht. »Entweder zurück zum Volkspolizei-Kreisamt oder die Entlassungspapiere!«, forderte er kategorisch. Und er hatte Erfolg. Beim Dienstantritt im Kreisamt bewarb er sich flugs zur Kriminalpolizei. Militärischer Drill und Kadavergehorsam waren Heinz Kabel seit früher Kindheit verhasst. Dafür hatte sein älterer Bruder gesorgt, ein glühender Nazioffizier, der 1944 »für Führer, Volk und Reich« in Rumänien gefallen war. Wenn der Bruder auf Heimaturlaub kam, hatte er den Jüngeren zum stundenlangen Strammstehen gezwungen.

Heinz Kabel verscheuchte die Erinnerungen. Inzwischen war er Hauptmann der Kriminalpolizei und sollte als Chef einer MUK drei Morde in seiner Heimatstadt aufklären. Leider war ihm der Erfolg bislang versagt geblieben. Irgendwo, in den Mauern dieser Stadt, lebte ein Mann, der unter der Maske eines Biedermannes Tag für Tag zur Arbeit ging, der mit den Kollegen scherzte und lachte, und den beim Anblick hübscher blonder Knaben Mordgelüste plagten. In Augenblicken der Ernüchterung erinnert man sich oft vergangener Enttäuschungen, an Mißerfolge und Niederlagen, selbst die kleinen Misslichkeiten der Kindheit sind einem wieder gegenwärtig. In seiner vierzehnjährigen Praxis als Morduntersucher hatte Heinz Kabel nur selten danebengegriffen, aber sogenannte »nasse Fische«, unerledigte Fälle, gab es eben auch. Würde er die Eberswalder Kindermordserie eines Tages zu den unerledigten Akten legen müssen?

Kabel betrat das Haus. Er begrüßte die Eltern. Er hörte ihre Klagen über das marode Dach, das schon wieder geflickt werden müsse, und ob er es sich nicht doch nochmal überlegen wolle, er könne doch mit seiner Familie wieder nach Eberswalde ziehen. Einer müsse ja das Haus übernehmen.

Später lag er auf dem Bett in dem Zimmer, das er immer bewohnte, wenn er dienstlich oder privat nach Eberswalde kam. Er starrte zur Zimmerdecke und seine Gedanken kreisten um die Mahnung der Eltern, sich doch einen ruhigeren Posten in Eberswalde zu suchen. Merkwürdig, dieses Gefühl von Unlust und Verdrossenheit, das sich seit geraumer Zeit immer öfter einstellte. Früher war er jeden Fall mit fieberhafter Entschlossenheit angegangen. Unvorhergesehene Wendungen und Schwierigkeiten hatten seine Sinne geschärft. In letzter Zeit aber überfiel ihn häufig eine seltsame Müdigkeit, ganz so, als widerstrebe es ihm, den unendlich langen und mühsamen Weg zur Wahrheit jedesmal von neuem anzutreten. 1955, auf der Polizeischule in Arnsdorf, hatte er gelernt, dass die Kriminaliät mit fortschreitender Entwicklung der sozialistischen Gesellschaft immer rascher abnehmen werde. Voller Ernsthaftigkeit hatten sie die Frage aufgeworfen, ab wann sie sich dann um einen anderen Beruf kümmern müssten. Heute, zehn Jahre nach dem Mauerbau, der auch die letzten Schlupflöcher von und nach Westberlin verstopfte, sah jeder, dass die Kriminalität keineswegs im Absterben begriffen war. Zwar gab es keine bewaffneten Raubüberfälle oder Rauschgiftdelikte, dafür um so mehr Baustoffdiebe in den VEB, betrunkene Rowdys und räuberische Buchhalter in den sozialistischen Produktionsgenossenschaften. Es schien, als produzierten die veränderten gesellschaftlichen Verhältnisse zugleich neue Formen der Kriminalität. Ein Kreislauf, der einmal in Gang gekommen, nicht mehr aufzuhalten war.

Verärgert ob solcher Gedanken schloss Kabel die Augen. Und dann schoss es ihm durch den Kopf: Ich habe Angst, den Eltern der ermordeten Kinder eines Tages erklären zu müssen, dass wir den Täter nicht gefunden haben!

Aufgekratzt winkte Major Popiela den Hauptmann am nächsten Morgen in den Arbeitsraum der Auswertergruppe. »Setz dich, Heinz, und lies das!« Er reichte ihm ein kurzgefasstes Protokoll. Einer der Ermittler hatte es tags zuvor im Ergebnis seiner Recherchen in der MITROPA-Gaststätte des Bahnhofes Eberswalde abgeliefert.

In dem Text wurde ein Kochlehrling erwähnt, der bis vor kurzem seine Ausbildung bei der MITROPA erhalten hatte. Dem Personal war er durch sein merkwürdiges Verhalten aufgefallen. Es ging das Gerücht, dass er zu den »Schwulis« gehöre. Auch verstünde er sich darauf, seltsame Tierschreie nachzuahmen. »Wie sterbende Karnickel«, hatte einer die Schreie charakterisiert.

»Scheint ja ein merkwürdiger Kauz zu sein«, sagte Kabel. Als Quelle für die zusammengetragenen Informationen war die »Stellvertreterin des Objektleiters« angeführt. Kabel grinste ob der hochtrabenden Bezeichnung. Dann tippte er auf das Blatt. »Findest du nicht, dass wir da nachhaken sollten? Ich rede nochmal mit der Frau. Wo steckt der Ermittler?«

»Im Moment unterwegs. Sobald er zurück ist, schicke ich ihn zu dir.«

Noch vor Mittag statteten sie der MITROPA-Verwaltung einen neuerlichen Besuch ab. Die »stellvertretende Objektleiterin« erwies sich als eine füllige Mittvierzigerin, die ihr weißblondes Haar zu einem Knoten aufgesteckt trug. Hinter ihrer

Funktionsbezeichnung verbarg sich die Verantwortung für den täglichen Frischwareneinkauf und die Lagerwirtschaft in der Bahnhofsgaststätte.

»Unser Erwin interessiert Sie also.« Sie drückte die Zigarette im überfüllten Ascher aus. Die Frau qualmte hemmungslos. »Wenn Sie meine Meinung hören wollen – der Erwin ist ein harmloser Spinner.«

»Eben das wollen wir ja herausfinden«, sagte Kabel. »Seit wann kennen Sie ihn?«

Sie begann in ihrem Schreibtisch zu kramen. »Irgendwo muss hier noch eine alte Karteikarte sein. Ich kassiere nämlich die Gewerkschaftsbeiträge. Ach ja, hier – Erwin Hagedorn, geboren am 30. Januar 1952, wohnhaft in Eberswalde-Finow, Werbelliner Straße 4. Erwin hat vor einem Jahr die Lehre bei uns abgeschlossen. So ein richtiger Koch mit Leib und Seele – Sie verstehen, was ich meine – ist aus ihm nicht geworden. War wohl nicht sein Traumberuf. Ich nehme an, die Eltern haben ihn bedrängt.«

»Eine Freundin? Kontakte zu Mädchen?«

»Ein Küchenmädchen hat ihm bei einer Weihnachtsfeier mal einen Kuss gegeben, da ist er fast in den Boden versunken.« Sie zuckte mit den Achseln. »Erwin ist ein typischer Einzelgänger. Jetzt gehört er zur Belegschaft der Autobahnraststätte in Finowfurt. Die arbeiten dort im Schichtbetrieb.«

»Wie war das eigentlich mit diesen Tierstimmen?«

Die Frau fingerte schon wieder nach einem Glimmstengel. »Der Erwin spielte ganz gerne mal den Clown. Ich selbst habe es ja nie gehört, aber ein Kollege, der inzwischen in Rente ist, hat mir davon erzählt. Wenn Erwin die Fische schlachtete, dann machte er sich diesen Jux.«

»Die Fische werden in der Küche geschlachtet?«

»Nein, nein, im Keller.« Sie schüttelte den Kopf. »Da haben wir so einen speziellen Rost dafür. Muss ja alles ganz sauber sein. Wegen der Hygiene. Ach, wissen Sie, ich zeige Ihnen den Platz gleich. Da können Sie sich selbst ein Bild machen.« Die Frau erhob sich und begleitete die Beamten durch einen dunklen schmalen Hausflur, an dessen Ende eine gewundene Holztreppe in den Keller führte. Muffige Kellerkühle wehte den Männern zwischen den unverputzt gekalkten Wänden entgegen. Rechts unter der Treppe stießen sie auf ein steinernes Becken, dessen Oberfläche ein stählerner Rost bedeckte.

»Das ist der Platz. Forellen, Karpfen oder manchmal auch Aale werden hier geschlachtet. Je nachdem, was im Angebot ist. Mit einem Messerschnitt von Kiemen zu Kiemen, verstehen Sie.«

Noch bevor sie sich den MITROPA-Koch aus der Nähe ansehen konnten, brachte die Szewzcyk-Kommission neue Aspekte in die Fahndung ein.

»Wir haben ein ziemlich genaues Porträt vom Charakter des Täters entworfen«, dozierte der »Tscheff« im Kreis der leitenden Kripo-Offiziere. »Und es gibt eine Reihe von Begleitumständen der Morde, die den Untaten des ›Kirmesmörders‹ Bartsch, ich möchte fast sagen: bis aufs Haar gleichen. Der westdeutsche Autor Friedhelm Werremeier hat übrigens ein Buch über den Fall Jürgen Bartsch geschrieben.« Sein Blick schwenkte in Richtung Grieschat. »Empfehle dringend, es gelegentlich zu lesen.« Er sah wieder in die Runde. »Ein Kollege hat neulich den treffenden Vergleich mit der Inkubationszeit bei Masern oder Röteln benutzt. Genauso war es auch bei Jürgen Bartsch. Der ersten Mordtat gingen eine Vielzahl von Handlungen voraus, bei denen er Kinder in eine Höhle lockte. Wenn wir davon ausgehen, dass unser Mörder in Eberswalde auch auf Knaben, die seinen sexuellen Phantasievorstellungen entsprechen, aus ist, dann halte ich es sogar für höchstwahrscheinlich, dass er nicht zum erstenmal versucht hat, sich solchen zu nähern. Der Bursche durchlebt Entwicklungsphasen, die ihn förmlich zwingen, immer wieder die Nähe und das Erlebnis mit den Kindern zu suchen. – Bauen wir darauf unsere neue Strategie auf!«

Major Grieschat notierte: Von diesen Überlegungen ausgehend, war zu berücksichtigen, dass solche Handlungen des Täters bisher aus den verschiedensten Gründen nicht zur Anzeige gekommen zu sein brauchten. So war es z. B. durchaus möglich, dass Kinder aus Scham Erwachsenen nichts von derartigen Erlebnissen erzählten oder der Täter seine Handlungen als Teilnahme an kindlichen Spielen kaschierte und damit seine sexuellen Absichten für die Kinder nicht erkennbar wurden. Es erschien zweckmäßig, alle Schüler der gefährdetsten Altersgruppe individuell und psychologisch gut vorbereitet anzusprechen.

Rund dreißig Kriminalisten wurden für die Aktion ausgewählt, die Hälfte von ihnen waren Frauen. Alle kamen sie aus der Arbeitsrichtung VII, dem Kripo-Kommissariat, das auf die Kinder- und Jugendkriminalität in der DDR spezialisiert war. Pädagogisches Einfühlungsvermögen wurde von den Beamten verlangt, die als Zweierteams mit den Psychologen der Szewczyk-Kommission zum Einsatz kommen sollten.

Kinderaussagen sind nicht ohne Tücken. Das, was sie erzählen, muss nicht immer der Realität entsprechen. Kinder neigen zu Übertreibungen, tatsächlich Erlebtes wird in der Wiedergabe mit phantastischen Elementen angereichert.

»Achten Sie also darauf, dass Motive wie Eitelkeit, ein gewisser Hang zur Romantik und der Wunsch, sich im Zentrum der Aufmerksamkeit zu sehen, zu falschen Aussagen führen können«, warnte der Einsatzleiter. »Das merkt man aber relativ schnell, weil Kinder Schwierigkeiten haben, ihre Phantasiegebilde nahtlos in das reale Geschehen einzuordnen. Nach meinen Erfahrungen beinhalten derlei Schilderungen aber immer ein Quentchen Wahrheit, und dieses gilt es aufzuspüren.«

1971 gab es neun Schulen in Eberswalde und fast die doppelte Anzahl von Kindergärten. Einige hundert Knaben im Alter von 5 bis 16 Jahren wurden an den ersten Novembertagen befragt. Sie taten es in möglichst kleinen Gruppen und am Ende jeden Gespräches erklärte einer der beiden Interviewer: »Natürlich kann es sein, dass euch später noch ein solches Erlebnis mit einem unbekannten Mann einfällt, oder mit einem großen Jungen, der ein Messer hatte, dann sprecht ruhig mit euren Eltern, oder ihr sagt es einem Lehrer. Wer möchte, kann es natürlich auch auf einen Zettel schreiben.«

Oberleutnant Werner Hempel verabschiedete sich vom Direktor der Karl-Marx-Oberschule. Bei der Sekretärin hinterließ er einen Zettel. »Für den Fall, dass sich doch noch etwas ergeben sollte, lasse ich Ihnen meine Telefonnummer hier«, meinte er, obwohl er keine großen Hoffnungen an seine Worte knüpfte.

Am 10. November nahm eine Ermittlergruppe einen jungen Mann im Wohngebiet Westend unter die Lupe. Die anonyme Aufforderung, »dem geheimnisvollen Treiben in der Garage auf dem Grundstück in der Britzer Straße endlich ein Ende zu bereiten!«, hatte die Ermittler in die Spur gebracht. Der Garagenbesitzer galt als Einzelgänger. Vom weiblichen Geschlecht hielt er offenbar nichts, dafür tauchten um so häufiger junge Männer bei ihm auf, mit denen er dann in der sonst sorgsam abgeschlossenen Garage verschwand. Den i-Punkt setzte jedoch der Hinweis, dass er ein Fahrtenmesser am Gürtel trage.

Als die Beamten mit staatsanwaltschaftlicher Rückendeckung die Garage öffneten, standen sie zu ihrer Überraschung vor einem Berg Diebesgut. Die Vielfalt der zusammengeschleppten Gegenstände verblüffte. Von Ersatzteilen für Autos und Motorräder bis hin zu Bohrmaschinen oder transportablen Baugeräten war fast alles zu finden. Selbst Haushaltsgeräte schrieben sie ins Beschlagnahmeprotoll, darunter einen Satz

Küchenmesser. Sie benötigten einen Lkw, um das Diebesgut abzuholen.

Für die Kriminalisten bestanden keine Zweifel: sie hatten den Brennpunktverursacher gefasst, der Baustellen, Betriebskantinen und Garagenkomplexe in und um Eberswalde seit längerer Zeit nächtens heimsuchte. Stolz ob des unverhofften Erfolges klopfte man sich gegenseitig auf die Schultern.

In der Garage lag aber auch einen Stapel zerlesener Pornohefte, deren Einfuhr und Verbreitung in der DDR verboten waren. Der pädophile Charakter der meisten Sexfotos war unverkennbar. Die Heftchen, die Messer und eine angedeutete Homosexualität machten den Mann für die Mordkommission interessant. Er wurde in die Untersuchungshaftanstalt nach Frankfurt/Oder übergeführt. Heinz Kabel, dessen Stärke vor allem in einer überlegenen und sachlichen Vernehmungsführung bestand, sollte ihm am Mittwoch die Eberswalder Mordverbrechen nachweisen.

Er ging, wie er später zugab, mit vielen Zweifel in den Vernehmungsraum. Erwin, der MITROPA-Koch, wollte ihm nicht aus dem Sinn. Nur mit Mühe konzentrierte der Hauptmann seine Gedanken auf die Vernehmung.

Sein Gegenüber war ein schmaler Bursche von 28 Jahren, weißblond und kaum mittelgroß. Die Eindrücke der ersten Nacht hinter Gittern hatten dunkle Ringe um seine Augen gelegt.

Kabel eröffnete das Verhör mit den üblichen Allgemeinplätzen. Sie sprachen über das graue Schmuddelwetter, das vor den Fenstern der Haftanstalt nistete, über Zigarettensorten, die der Delinquent bevorzugte, und kamen schließlich auf sein Hobby zu sprechen.

Der Einbrecher war in der Nachbarschaft als Autonarr bekannt. Jeden Pfennig, so hieß es, stecke er in seinen Oldtimer, den er über alle Maßen hege und pflege. So ein Steckenpferd kostet natürlich eine Stange Geld. Nicht zu unrecht vermutete der Hauptmann, dass man hier nach dem Motiv für die Einbrüche gründeln müsse.

»Wir wissen, dass eine Menge Besucher zu Ihnen in die Garage kamen.«

»Ist das vielleicht verboten?«

»Wer sind diese Leute?«

»Mal der und mal der. So genau erinnere ich mich nicht.«

»Und worüber haben Sie gesprochen?«

»Über Autos und Motorräder. Was sonst?«

»Die Leute waren doch Ihre Kunden!«, sagte Kabel überzeugt.

»Welche Kunden?«

»Sie haben Diebesgut an die Leute verhökert! Deshalb die Besuche im Dunkeln und in aller Heimlichkeit.«

Widerspruchslos nahm der Einbrecher die Vorwürfe hin. Aus seiner Sicht war es verständlich, dass er weder Personen noch Fakten preisgeben wollte. Obwohl die Kripo über hinreichende Beweise verfügte, drückte er sich um eine klare Aussage. Die Vernehmung währte Stunden. Längst brannte das Licht im Verhörraum. Zum wiederholten Male kam Kabel auf den Stapel Pornohefte zu sprechen.

»Na ja, gefällt mir eben«, warf der Beschuldigte unwillig hin.

»Auch, dass die Fotos Sexpraktiken mit Kindern zeigen?«

»Ergab sich halt so.«

Der Hauptmann erhöhte die Lautstärke: »Und wozu die Messer?«

Wieder saß er wortlos vor dem Hauptmann, minutenlang. Er war blass, einigermaßen erschöpft und atmete hastig. Bis er sich im plötzlichen Entschluss kerzengerade aufsetzte und mit spröder Stimme erklärte: »Also gut, ich gebe es zu. Ich habe die Kinder umgebracht!«

»Wie?«

»Mit dem Messer natürlich. Ich habe ihnen den Hals aufgeschlitzt.«

Heinz Kabel bewahrte Gleichmut. »Wissen Sie überhaupt, was Sie da sagen?«

»Ja doch. Ja! Ja!«, keuchte der andere. »Ich bin der Mörder! Schreiben Sie das endlich auf!«

»Wenn Sie der Mörder sind, dann können Sie mir erklären, wo und wie Sie auf Ronald Winkler getroffen sind?«

»An den Drehnitzwiesen.«

»War er allein?«

»Sonst wäre er nicht mitgegangen.«

»Sie irren. Ein Freund ist bei ihm gewesen und der hat den Täter gesehen. Morgen früh machen wir eine Gegenüberstellung!«

»Wozu denn das? Ich habe doch alles zugegeben!«

Heinz Kabel rief nach der Schreibkraft. Er diktierte das Protokoll, das der Beschuldigte kommentarlos unterschrieb.

Nach der Vernehmung rief der Hauptmann in Eberswalde an. Major Popiela konnte seine Erleichterung kaum verhehlen. »Ach du dicker Vater! Na dann ist ja alles klar, Heinz!«

»Warten wir mal ab. Der Bursche hat ein Motiv für die Einbrüche. Da gefällt er mir ganz gut. Aber bei den Morden habe ich ein dummes Gefühl.«

»Und warum?«

»Vielleicht will er uns bloß hinhalten. Jedenfalls kläre ich morgen früh erst mal die Einbrüche mit ihm!«

Während Heinz Kabel den Vernehmungstrakt der Frankfurter Untersuchungshaftanstalt betrat, um sich erneut mit dem mordgeständigen Einbrecher auseinanderzusetzen, klingelte in der Eberswalder Polizeizentrale das Telefon. Der Anrufer verlangte den Oberleutnant Hempel. Es war die Schulsekretärin. Sie fragte, ob Hempel in der Neun-Uhr-Pause in der Schule vorbeischauen könne. Der Biologielehrer, Herr Kittel, möchte mit ihm sprechen.

Der Lehrer wartete im Zimmer des Direktors. Bei ihm ein

Junge von 12 oder 13 Jahren. Strohiges Blondhaar über einem weichen Knabengesicht. Es war genau der Typ, den der Mörder für seine Bluttaten suchte.

»Das ist mein Sohn«, sagte Herr Kittel. »Er heißt Andreas.«

Hempel reichte beiden die Hand. »Tag, Andreas. Geht's gut?«

»Es geht.«

Der Oberleutnant rückte sich einen Stuhl zurecht.

Herr Kittel sagte: »Nachdem Sie in der Schule waren, Herr Hempel, habe ich zu Hause nochmal mit Andreas gesprochen. Zu meiner Überraschung rückte er plötzlich mit einer Geschichte heraus, von der ich selber keine Ahnung hatte. Die Sache liegt mehr als drei Jahre zurück. Ist im Winter 1968 passiert. Aber ich denke, Andreas soll Ihnen das selbst erzählen.«

Hempel nickte. »Einverstanden?«, wandte er sich an den strohblonden Jungen.

»Na ja, das war im Wald hinter den Drehnitzwiesen. Es lag Schnee. Ich war zum Skilaufen. Und da kam der große Junge. Erst hat er nur zugeguckt, aber dann wollte er mit mir ringen.«

»Ein Ringkampf also? Wer hat denn gewonnen?«

»Der war ja viel stärker als ich. Und als ich unten lag, da hat er …«

Der Junge stockte. Hempel nickte ihm aufmunternd zu. »Erzähl nur. Brauchst keine Angst zu haben.«

»Er hat mir die Hose runtergezogen und bei mir angefasst an … hat er angefasst. Das tat weh. Ich hab's ihm gesagt. Er hat aber nur gelacht und weitergemacht und so gekeucht und geschnieft.«

»Haben dir denn deine Spielkameraden nicht geholfen?«

»Die sind ja alle weggerannt.«

»Verstehe. Aber war da nicht noch was mit einem Messer?«

»Stimmt. Das ist ihm aus der Tasche gefallen, als wir gekämpft haben. Da hat er gesagt, dass er mich abstechen wird, wenn ich zu Hause was erzähle.«

»Deshalb hast du die Geschichte deinen Eltern verschwiegen. Könntest du den großen Jungen beschreiben? Ich meine, wie alt er war?«

»Na ja, so sechzehn oder siebzehn. Ganz früher ist er mal Aufsichtsschüler gewesen in unserer Schule.«

Hempel merkte gespannt auf. »Wie – ganz früher?«

»Da war ich in der dritten Klasse.«

Hempel rechnete schon. Andreas Kittels Antwort wies einen Weg, den unbekannten Jungen zu ermitteln. Der musste – vorausgesetzt, die Aussage stimmte – 1966 zum Schülerkreis der Karl-Marx-Oberschule gehört haben. Der Biologielehrer erriet Hempels Gedanken. »Ich beschaffe Ihnen eine Namensliste«, versprach er.

Hempel reichte dem Jungen ein Blatt Papier. »Bitte, Andreas, schreib das alles mal auf diesen Zettel! So, wie du es uns erzählt hast.« Das war so üblich. Derlei Schriftstücke konnten, wenn es um die Glaubwürdigkeit von Kindesaussagen ging, eine gewisse Bedeutung erlangen.

Doch es kam noch besser. Andreas räusperte sich und sagte plötzlich: »Ich weiß aber auch, wo der Junge wohnt.«

»Du … du weißt was?«

»Ich hab ihn immer mal in der Stadt gesehen. Und einmal, da guckte er aus dem Fenster eines Hauses in … in …« Er überlegte krampfhaft, kniff dabei sogar die Augen zu. »Ich weiß genau, wo das Haus steht. Ich kann's Ihnen zeigen.«

Ein paar Minuten später saßen sie im Auto. Andreas Kittel dirigierte das Polizeifahrzeug zur Heegermühler Straße. Sie bogen nach rechts auf die Hauptstraße ein. In Höhe des Westendtheaters befahl er: »Jetzt wieder links!«

Die Straße folgte einer langgestreckten Krümmung. Fast im Scheitel des Bogens deutete Andreas Kittel rechterhand auf ein vierstöckiges Wohnhaus.

»Dort! Aus dem Fenster da oben hat er rausgeguckt!«

»Werbelliner Straße 4«, notierte Hempel.

Sie brachten den Jungen zur Schule zurück. »Danke, Andreas, dass du alles erzählt hast. Ich glaube, du hast uns sehr geholfen!«

Im VPKA suchte der Oberleutnant die Kreismeldekartei auf. Er ließ sich aus den langgestreckten Trögen die Karteikarten der Personen ziehen, die im Haus Werbelliner Straße 4 wohnten. Es gab nur eine männliche Person im vergleichbaren Alter – Erwin Hagedorn, geboren am 30. Januar 1952!

Während Heinz Kabel in der Frankfurter Haftanstalt noch immer den Einbrecher vernahm, bereiteten sie in Eberswalde den entscheidenden Schlag vor. Einer der Auswerter hatte sich sofort erinnert: »Hagedorn, Werbelliner Straße 4 – klar war da was. Ist das nicht der Bengel aus der MITROPA?« Er suchte das Ermittlungsprotokoll heraus und legte es neben Andreas Kittels Zettel, der die »Spur 1357« eröffnete.

In aller Eile trugen sie zusammen, was die Informationsspeicher der VP und des MfS über die Hagedorns hergaben. Vater: Bibliothekar im Reichsbahnausbesserungswerk und Mitglied der SED. Mutter: Schneiderin, die sich im Fernstudium zum Ingenieur-Ökonom qualifiziert, Mitglied der SED. Einziges Kind Erwin: Koch, seit einem Jahr Kandidat der SED. Für DDR-Verhältnisse eine politisch integere Familie. Aber wenn in einer Ermittlungssache gleich zwei heiße Spuren auf ein und dieselbe Person hindeuten, brennt in aller Regel die Luft.

Am Donnerstagmittag, es war der 12. November 1971, wurde Erwin Hagedorn festgenommen. Er war allein zu Hause, als die Oberleutnante Erdmann und Gedath an der Wohnungstür läuteten. Der neunzehnjährige Koch gab sich höflich und zuvorkommend. Selbstverständlich würde er mit zur Dienststelle kommen, wenn man es von ihm verlange. Er verstehe schon, es gehe um die toten Kinder, da müsse jeder helfen, der etwas sagen kann.

»Können Sie denn etwas sagen?« fragte Erdmann noch an der Wohnungstür.

Die Frage ließ Hagedorns Redefluss versiegen. Wortlos stieg er in den Wartburg, der vor dem Haus wartete, und ebenso schweigend folgte er den Polizisten, die ihn durch die Gänge des Volkspolizei-Kreisamtes führten.

Die steinerne, starre Wucht des Treppenhauses, das wie eine Mischung von Bürogebäude und Gotteshaus wirkte, drohte auf ihn herabzustürzen. Die Gesichter der Kinder erstanden vor seinem geistigen Auge auf, jagten wie auf einem Karussell vorbei. Das springende Blut …

Die Polizisten stießen eine Tür auf. Mit zögernden Schritten trat Erwin Hagedorn über die Schwelle. In der Mitte des Raumes blieb er stehen, als habe er keine Kraft mehr, drehte sich zu Erdmann um und sagte: »Ich bin der Mann, den Sie suchen!«

Eine Stunde später hatten sie schon ein handschriftliches Geständnis. Erdmann fragte sicherheitshalber nach der Jacke mit dem Webpelz. Ja, die hänge zu Hause im Schrank. Eine schicke Lederjacke aus Knautschlack, die habe seine Oma ihm aus dem Rheinland geschickt.

Und das Tatwerkzeug?

»Ein Messer ist zu Hause. Das andere habe ich weggeworfen.«

Heinz Kabel wurde nach Eberswalde zurückgepfiffen. Als Chef der Morduntersuchungskommission war er für die weiteren Verhöre zuständig. Staatsanwalt Dr. Kuschel wollte bei den wichtigsten Vernehmungen dabei sein. Hagedorns Generalgeständnis bedurfte der Präzisierung.

Das »Ungeheuer von Eberswalde« saß in einem kleinkarierten Hemd und in einer grauen Hose vor ihnen. Ein offenes freundliches Kindergesicht. Ein richtig netter Junge, dachte

Kabel. Mit dem wirst du keine Schwierigkeiten haben. Musst nicht laut werden, der wird alles erzählen. Und so war es dann auch. Hagedorns Geständnisbereitschaft verblüffte Staatsanwalt und Kriminalisten gleichermaßen. Bisweilen überschlug er sich vor purer Hilfsbereitschaft. »Bitte«, sagte er, »Sie können mich ruhig duzen. Da spricht es sich leichter.«

Heinz Kabel erinnerte sich später: »Ich wusste manchmal morgens nicht, was ich sagen sollte, wenn er reinkam und sagte: ›Guten Morgen. Herr Kabel, auf welche Fragen kann ich heute eine Antwort geben?‹«

Auch darin ähnelte Hagedorn seinem westdeutschen Pendant Jürgen Bartsch.

»Na dann los«, sagte Kabel. »Erzähl uns mal, Ewin, wie du die beiden Kinder im Mai 1969 weggelockt hast.«

»Sie meinen den Henry Specht und den Mario Louis? Das war kein großes Kunststück. Die hab ich am Franzosenbunker aufgenommen.« Hagedorn benutzte tatsächlich das Wort »aufgenommen«, als berichte er über eine Wildfährte. »Die haben dort mit anderen Kindern gespielt. Erst habe ich sie eine Weile beobachtet, dann habe ich mich eingemischt. Ich war zu diesem Zeitpunkt sexuell erregt. Ich hatte ein steifes Glied, und ich wollte mit dem einen Jungen sexuelle Handlungen vornehmen. Ich hatte es vor allem auf den größeren Blonden abgesehen. Ich stand nun mal auf blond. Ich sagte zu den beiden, dass ich einen tollen Hochsitz wüsste, von dem man auch bei Tage Tiere beobachten kann. Wir fuhren mit den Fahrrädern bis zum Forst Schwärze, dann weiter in Richtung Spechthausen.«

»Bis zur Eisenbahn seid ihr aber nicht gekommen?«

»Nein. Ich musste die beiden Jungen trennen, denn ich wollte zum ersten Mal richtig töten. So, wie ich es oft geträumt hatte. Ich versetzte dem kleineren Jungen deshalb einen Messerstich …«

»Einfach so, aus heiterem Himmel?«, unterbrach Dr. Kuschel.

»Ich hatte zu den beiden gesagt, wie alt sie sind und dass ich mal sehen wolle, ob sie zusammen stärker sind als ich. Wir machten einen Ringkampf. Dabei zog ich das Messer und versetzte dem Jungen einen Stich in die Brust. Der kleine Junge wurde durch diesen Messerstich leicht verletzt. Ich sagte: ›Au, verflixt! Das wollte ich nicht! Leg dich ruhig hin. Ich hole mit deinem grossen Freund schnell Hilfe!‹«

»Dann seid ihr losgefahren?«

»Ja, aber nur ein Stück. Da war so dichtes Unterholz. Bereits während der ganzen Zeit war ich sexuell stark erregt und hatte ein steifes Glied. Da musste ich es endlich tun, verstehen Sie. Ich zog das Messer und stach zu. Meine sexuelle Erregung war auf dem Höhepunkt, als das Blut aus dem Körper des Jungen herausgeschossen kam. Erst nach dem Töten klang diese langsam ab.«

Hagedorn hatte sich in eine hektische Erzählhaltung hineingesteigert, die den Männern seltsam erschien. Dr. Szewczyk erklärte es ihnen später: »Hagedorn durchlebt, während er über seine Mordtaten berichtet, sexuelle Phantasiephasen.«

»Beschreibe uns doch mal, wie du das Messer gehalten hast.«

»Das Messer hielt ich so, dass die Klinge aus der Faust an der Daumenseite herausragte.«

»Du hast aber nicht nur auf ihn eingestochen. Du hast doch noch etwas getan. Überleg mal.«

»Meinen Sie vielleicht, dass ich ihm die Hose aufgemacht habe?«

»Das hast du also getan?«

»Na sicher«, sagte Erwin, und räumte damit sogenanntes Täterwissen ein. Der Umstand der geöffneten Hosenklappe war geheimgehalten worden. Nur die Polizisten und der Mörder konnten davon wissen.

»Den Blonden, den Henry, hast du im Unterholz liegen lassen. Was geschah mit Mario?«

Hagedorn besann sich nur kurz. »Für einen Moment tat mir der Junge ja leid. Mir war aber klar, dass ich ihn auch töten musste. Aus diesem Grund begann wieder eine starke sexuelle Erregung bei mir, wobei mein Glied steif wurde. Ich beugte mich über den Kleinen … und weil er um Hilfe rief … und ich Angst hatte, stieß ich ihm das Messer in die Brust, und zwar in der Herzgegend.«

Heinz Kabel verlangte es nach einer Pause. Trotz aller Sachlichkeit war ihm kotzübel zumute. Bevor er und Kuschel den Verhörraum verließen, schob er Hagedorn einen Zettel und einen Kugelschreiber hin: »Mal doch mal auf, Erwin, wie du die Kinder am Franzosenbunker gefunden hast.«

Und Erwin tat es. Mit sorgfältig gezeichneten Kreisen und Strichen skizzierte er die Situation und die Bewegungsabläufe und fügte am Schluss die Erklärung hinzu: »Kontaktaufnahme am Franzosenbunker mit den Kindern Specht und Louis am 31.05.1969«.

Nach der Pause wandten sie sich dem Mordkomplex Ronald Winkler zu. Hagedorn erzählte fließend, wie er den Jungen am Bretterstapel »aufgenommen« hatte. Lebhaft schilderte er die Verfolgungsjagd und das grausame Ende des Jungen.

»Ich komme mir dabei vor, als ob ich kein Mensch mehr bin, als wenn ich ein Wolf bin, der Blut geleckt hat. Ich muss dann Blut sehen, nicht nur die sexuellen Handlungen vornehmen. Dieses Herausquellen des Blutes aus dem menschlichen Körper, das muss sein. Ohne dem hätte die Tötung keinen Sinn.«

»Wie beim Schlachten der Fische, als du noch Lehrling warst in der MITROPA«, warf Kabel hin.

»Das wissen Sie?«, fragte Erwin Hagedorn verwundert. »Dieses Fischeschlachten hatte für mich keine sexuelle Bedeutung, es war eine innerliche Genugtuung zuzusehen, wie die Karpfen oder Aale mit ihrem Tode kämpften, wobei ich großen

Aalen besonders gern den Kopf abschlug. Es war die Freude des Tötens, verstehen Sie. Ich hätte am liebsten gar nicht mehr aufgehört zu schlachten.«

»Es stimmt aber nicht, dass du keine Erregung gefühlt hast!«

»Na ja, ich habe versprochen, die Wahrheit zu sagen. Es kam vor, dass mein Glied dabei steif wurde. Es machte mir auch nichts aus, wenn das jemand sah.«

Heinz Kabel breitete mehrere Messer auf dem Tisch aus.

»Mit welchem Messer hast du die Kinder getötet?«

Hagedorn zeigte auf ein breites einschneidiges Fahrtenmesser. »Mit diesem hier. Ich habe es mir zur Erinnerung aufgehoben.«

Dann war die Lederjacke dran. »Hast du sie am 9. Oktober getragen, Erwin?«

Hagedorns Hand strich kurz über den glänzenden Knautschlack, er berührte den Webpelzkragen. »Habe ich damit etwa Spuren hinterlassen?«, fragte er gespannt.

»Mehr als genug«, knurrte Kabel, und beendete das Verhör.

Der Führungsstab in Eberswalde wurde aufgelöst, die zugeordneten Mitarbeiter der Mordkommission in ihre Heimatdienststellen verabschiedet. Am 14. November 1971 trug jeder mit seiner Stimmabgabe am Wohnsitz dazu bei, den grandiosen Wahlsieg von »99,85 % für den Wahlvorschlag der Nationalen Front« bei den Volkskammerwahlen sicherzustellen.

Eine Pressenotiz im »Neuen Tag« informierte über die Festnahme des Mörders. Bis Mitte Dezember wurde Erwin Hagedorn in der Frankfurter Untersuchungshaftanstalt vernommen. Er erinnerte sich an Andreas Kittel.

»Ja, den habe ich in meine Folterhöhle mitgenommen …«

»In die … was?«

Verwundert erkundigte sich Hagedorn, ob er ihnen das noch nicht erzählt hätte. Ja, er habe hinter den Häusern ein kleines

Versteck hergerichtet. Eine richtige Höhle aus Brettern habe er gebaut. Dorthin habe er die Jungen gelockt, die ihm gefielen, und die er für seine sexuellen Handlungen brauchte.

»Wen zum Beispiel?«

Er beschrieb einen Jungen, den er schon im Brustbereich mit dem Messer geritzt hatte. »So als Mutprobe getarnt, verstehen Sie. Aber plötzlich kam ein anderer Junge gerannt. Ich steckte mein Messer schnell weg. Zu dumm, sagte ich mir.«

»Was noch?«

»Ja, in dem einsamen Jagen bei Spechthausen. Unweit der Stelle, wo ich Specht und Louis umgebracht hatte. Ein süßer blonder Bursche. Vielleicht sieben Jahre alt. Da tauchte ein Forstbeamter auf.«

Mindestens acht solcher Handlungen räumte Erwin Hagedorn vor den Untersuchern ein. Sie protokollierten es gewissenhaft und versuchten die Kinder zu ermitteln. Bis auf den Sohn des Biologielehrers, der sich freiwillig gemeldet hatte, gelang ihnen das nicht.

Das Kriminalistische Institut bestätigte inzwischen die Gleichheit der Kunstfaserspuren, die sie am Tatort gesichert und mit den Proben von der Jacke des Beschuldigten verglichen hatten.

Am Knautschlack wiesen sie geringfügige Spuren von Menschenblut nach. Sie erbrachten sogar den Beweis, dass es von einer männlichen Person stammte. Darüber hinaus entdeckten sie winzige Rückstände von menschlichem Blut am Messergriff. Für eine Blutgruppenbestimmung reichte die Menge leider nicht aus.

Erwin staunte, was sie ihm alles beweisen konnten. »Ich habe mich doch jedesmal gründlich gereinigt«, ließ er sie wissen. »Und das blutige Taschentuch habe ich verbrannt.«

Aus Berlin rückte ein Filmstab der Hauptabteilung Kriminalpolizei an. In Absprache mit dem MfS war die Idee entstanden, eine Filmdokumentation über den »Fall Hagedorn« zu drehen. Die filmische Rekonstruktion sollte als Lehrmaterial bei der Ausbildung kommender Kriminalistengenerationen Verwendung finden.

Ein halbes Hundert Polizisten sicherte die Filmaufnahmen im weiten Umkreis ab. Es hatte sich in der Stadt herumgesprochen, dass sie den Mörder nach Eberswalde bringen würden. Die Menschen, die ihn nur von weitem sahen, hätten ihn am liebsten gelyncht.

Hagedorn war voll und ganz bei der Sache. Er zog seine Lederjacke an, ließ sich das Mikro umhängen und stieg mit unbewegter Miene in die Grube, in der er anhand einer Schaufensterpuppe den Mord an Ronald Winkler demonstrierte.

Auf Major Hoheisels Geheiß übernahm Horst Popiela den Part des unsichtbaren Vernehmers für die Filmarbeiten. Kabel zuckte nur mit den Schultern, als er von der Entscheidung des Bezirks-K-Leiters hörte. Er hatte ohnehin den Eindruck, dass sein Stern als Chef der MUK im Sinken begriffen war. »Kritik und Selbstkritik, die unverzichtbaren Führungselemente des sozialistischen Leiters« verlangten nach einem Prügelknaben für die ungwöhnlich lange Zeit bis zur Aufklärung der Mordverbrechen.

Ende Dezember 1971 schrieb Heinz Kabel den Schlussbericht in der Mordsache »Erwin Hagedorn«. Es war tatsächlich seine letzte Amtshandlung als Chef der MUK. Oberleutnant Erdmann trat seine Nachfolge an. Heinz Kabel wurde in ein anderes Dezernat versetzt.

Staatsanwalt Dr. Kuschel beauftragte Szewczyk und Ochernal mit der Begutachtung des Eberswalder Kindermörders. Hagedorn wurde in der Haftanstalt Berlin-Rummelsburg untergebracht, und von dort fast jeden Morgen zum Hintereingang der Charité gefahren, wo das Mitarbeiterteam der Nervenklinik ihn in Empfang nahm. Dr. Manfred Ochernal, der Zweitgutachter, verlegte seinen Arbeitsplatz tageweise von Waldheim nach Berlin.

In den Gesprächen mit den Gutachtern und deren Assistenten gab Hagedorn sich äußerst aussagewillig. Er genoss es geradezu, Objekt der Aufmerksamkeit des bedeutenden Professors Dr. Dr. Szewczyk zu sein. Mit erstaunlicher Redegewandheit versuchte er seine Taten zu erklären. Er schwelgte geradezu in Details, wobei er offensichtlich noch einmal die Lust auskostete, die seine Verbrechen ihm bereitet hatten.

Ich hätte immer weiter gemordet und vielleicht wären die Abstände immer kürzer geworden. Das war wie auf einem Karussell, das sich immer schneller drehte, und von dem ich nicht mehr abspringen und es auch nicht selber anhalten konnte.

Die Experten explorierten ihn nach allen Regeln und Verfahren ihrer Wissenschaftsdisziplin. Hagedorn wurde internistisch, andrologisch und schließlich auch genetisch untersucht, um den sogenannten »Mörder-Chromosomen« in seinem Körper auf die Spur zu kommen. Forschungsergebnisse aus den USA belegten, dass es Aberrationen von der normalen Chromosomenkonstellation, die sich bei Männern als XY und bei Frauen als XX darstellen, gibt. In diesen Chromosomenanomalien, z. B. XXY oder XYY, vermutete man die Ursachen für eine schwere Aggressivität, die sich u. a. im Sexualverhalten und in der Triebsteuerung äußern sollte. Hagedorns Karyogramm zeigte, dass seine X- und Y-Chromosomen im richtigen Verhältnis angeordnet waren.

Selbstverständlich wurden auch die Eltern in die Ursachenforschung einbezogen. Das Ehepaar galt als ernst und zurückhaltend. In der Wohnung war es blitzsauber, man hätte zu jeder Zeit vom Fußboden essen können. Die Eltern nahmen aktiv am gesellschaftlichen Leben im Wohnbezirk teil, mehrere Ehrenämter hatten sie inne. Auffällig war nur, dass sie Erwin wie ein Sorgenkind behandelten, ihn abschirmten und Kontakte zu anderen Kindern meist unterbanden. Sie wollten aus dem Jungen etwas Besonderes machen.

»Wir wollten, dass er studiert, schnell vorwärtskommt«, erklärte die Mutter auf Szewczyks Befragen.

»Er musste sich an Sonntagen immer schick anziehen?«

»Ja.«

»Haben Sie, als Erwin klein war, mit ihm geschmust?«

»Ich habe ihn sehr lieb, aber schmusen kann ich nicht. Ich habe da Hemmungen.«

»Wie entwickelte sich sein Charakter?«

»Er kommt mehr nach meinem Mann, selbstbewusst, redegewandt und so.«

»Haben Sie ihn sexuell aufgeklärt?«

»Nein, das hat mein Mann gemacht.«

Der aber antwortete: »Nicht direkt.«

Szewczyk: »Sie haben ihn nie gefragt, ob er Probleme mit seiner Sexualität hat?«

»Ich hatte schon den Eindruck, dass an unserer Erziehung vielleicht etwas nicht stimmte. Anfangs dachte ich, es läge nur daran, dass er früher so unsportlich war und weil die anderen Jungen ihn nicht akzeptierten. Aber dann kam mir der Verdacht, dass er so etwas wie ein Homo sei. Ich habe ihn gefragt, ob wir nicht mal zusammen zum Arzt gehen sollten, da hat er nur gesagt, ich solle ihn in Ruhe lassen.«

Ende Januar 1972 – die Frankfurter Bezirksstaatsanwaltschaft hatte schon mehrfach gedrängt – wurde das Gutachten formuliert. Die Befunde lauteten: starkes Geltungsstreben, Minderwertigkeitskomplexe, geringe Fähigkeit, Bindungen einzugehen, flache Gefühlsreaktionen, Mitleid, Liebe, Hass etc. nur in gespielter Form vorhanden, Hagedorn ist extrem gemütslos. Der entscheidende Satz jedoch lautete:

Hagedorn war fähig, sich willentlich in sadistische Erregung hineinzusteigern und diese zu steuern.

Keiner der gelehrten Gutachter konnte sich entschließen, »eine schwerwiegende abnorme Persönlichkeitsentwicklung mit Krankheitswert« für Erwin Hagedorn zu konstatieren.

Am 9. Mai 1972 wurde Erwin Hagedorn vor dem 1. Strafsenat des Bezirksgerichtes in Frankfurt (Oder) angeklagt. Bezirksgerichtsdirektor Nasarow fungierte während der dreitägigen Verhandlung als Vorsitzender Richter. Die Anklage wurde von Bezirksstaatsanwalt Meckert und Staatsanwalt Dr. Kuschel vertreten. Die Stadtverordnetenversammlung von Eberswalde-Finow hatte einen »gesellschaftlichen Ankläger« benannt, der dem Gericht die Empörung aller anständigen Bürger aus Eberswalde übermitteln und die strengste Bestrafung des Mörders fordern sollte. Als Verteidiger stand der ortsansässige Rechtsanwalt Herbert Wesendorf zur Verfügung, ein älterer Herr mit schütterem grauem Haar und einer dunkelrandigen Brille. Seine stattliche Erscheinung erweckte Vertrauen.

Das Gericht betrat den Saal. Der Vorsitzende überprüfte mit einem Blick das Publikum. Es hatte alles seine Ordnung. Die Zuschauerbänke waren Angehörigen der Volkspolizei, des MfS, Staatsanwälten, Juristen und handverlesenen Parteifunktionären aus Berlin und anderen Bezirken der DDR vorbehalten. Am Eingang wies sich jeder mit einer namensgebundenen Eintrittskarte aus. So hielt man die unberechenbare Öffentlichkeit fern. Die Presse war nicht zugelassen, lediglich der Berliner Filmstab durfte für seine Dokumentation drehen.

Der Vorsitzende erklärte die Verhandlung für eröffnet. Die Personalien des Angeklagten wurden festgestellt, danach die Anklage vorgetragen. Dr. Kuschel warf Hagedorn drei vollendete und acht versuchte Mordtaten in Tateinheit mit Nötigung und sexuellem Missbrauch vor. Das erste Verbrechen, einen zweifachen Mord, habe er 1969 im Alter von 17 Jahren begangen, bei der letzten Mordtat im November 1971 war er 19 Jahre alt. Er sei sowohl als Jugendlicher als auch nach dem Erwachsenenstrafrecht zur Verantwortung zu ziehen.

Hagedorn spielte in den drei Verhandlungstagen die Rolle, die man von ihm erwartete. Er bestritt kein einziges Detail, schilderte seine Verbrechen in aller Ausführlichkeit und bestätigte, dass er nach jeder Tat sehr sorgsam darauf bedacht war, keinerlei Spuren zu hinterlassen. Mit anderen Worten, er redete sich um Kopf und Kragen. Denn wer bei der Spurenbeseitigung so logisch vorging, wie Hagedorn, bewies eigentlich nur, dass er um die Strafwürdigkeit seiner Handlungen wusste und gesellschaftsgemäß denken konnte.

Die Beweisaufnahme wurde mit dem Vortrag des Sachverständigen aus dem Kriminalistischen Institut der Deutschen Volkspolizei fortgesetzt.

Dann kamen die Gutachter, Professor Dr. Dr. Hans Szewczyk und Dr. Manfred Ochernal, zu Wort. Die Herren standen zu ihrem Gutachten. Auf Befragen fügten sie in der mündlichen Verhandlung hinzu, dass die Gefährlichkeit und die Schwere der Handlungen des Angeklagten ohne Zweifel nach seinem 18. Geburtstag, der Erreichung der Volljährigkeit im DDR-Strafgesetz, zugenommen hätten. So müsse man auch das von Hagedorn geprägte Bild vom »Karussell, das sich immer schneller drehte« interpretieren.

Der dritte und letzte Verhandlungstag war den Plädoyers der Staatsanwaltschaft und der Verteidigung vorbehalten. Während der Bezirksstaatsanwalt mit fester Stimme die Todesstrafe als einziges mögliches Strafmaß beantragte, wobei er die Unterstützung des gesellschaftlichen Anklägers erhielt, wies Rechtsanwalt Wesendorf, der sich in einem Psychiatrie-Lehrbuch belesen hatte, darauf hin, dass bei schwer gefühlsgestörten Persönlichkeiten – und um eine solche handele es sich ja unstrittig bei dem Angeklagten – sehr wohl die Voraussetzungen der verminderten Zurechnungsfähigkeit gegeben sein könnten. Er bitte das hohe Gericht, dieses bei der Urteilsfindung zu bedenken.

Als Hagedorn das letzte Wort erhielt, erhob sich nur kurz und erklärte knapp: »Nein, danke!«

Vor unveränderter Kulisse – sogar der Filmstab war wieder zugegen – verkündete der Vorsitzende am 15. Mai 1972:
Im Namen des Volkes:

»Der Angeklagte wird wegen mehrfachen vollendeten und vorbereiteten Mordes, teilweise in Tatmehrheit mit mehrfacher vollendeter und versuchter Nötigung zu sexuellen Handlungen und mehrfachen vollendeten und versuchten sexuellen Missbrauchs von Kindern zum Tode verurteilt.«

Die Taten, so führte er in der Begründung aus, seien heimtückisch und in besonders brutaler Weise begangen worden. Sie hätten Furcht und Schrecken in der Bevölkerung ausgelöst. Für die Person des Angeklagten sei eine schwere abnorme Entwicklung zu berücksichtigen gewesen, die jedoch keinen Krankheitswert erreicht habe, sodass dem Angeklagten die gesellschaftsschädlichen Auswirkungen seiner schlimmen Verbrechen zu jeder Phase der Begehungsweise dieser Verbrechen voll und ganz bewusst waren.

Hagedorn nahm das Urteil ohne sichtbare Gefühlsregung hin. Es ist überliefert, dass die Gedanken an eine bevorstehende Exekution sexuelle Erregungen bei ihm auslösten.

Am 16. Mai veröffentlichte die Zeitung »Neuer Tag« im Lokalteil für Eberswalde die einspaltige Mitteilung:

»Tötungsverbrechen verhandelt

Der 1. Strafsenat des Bezirksgerichtes Frankfurt (Oder) verhandelte unter Vorsitz des Direktors des Bezirkgerichtes Frankfurt (Oder) vom 9. bis 11. Mai 1972 die 1969 und 1971 in Eberswalde an Jungen begangenen Mordverbrechen. Den Anträgen des Staatsanwaltes des Bezirkes Frankfurt (Oder) und des von der Stadtverordnetenversammlung Eberswalde-Finow beauftragten und mitwirkenden gesellschaftlichen Anklägers folgend, verurteilte der Senat am 15. Mai 1972 den Täter Erwin Hagedorn aus Eberswalde wegen mehrfachen vollendeten (in drei Fällen) und mehrfachen vorbereiteten Mordes zum Tode …«

Noch in der gleichen Woche nahm die bundesdeutsche Presseagentur dpa den Artikel zum Anlass für die Nachrichtenmeldung, »dass in der Mark Brandenburg ein junger Mann gefasst wurde, dem mehrere Kindermorde zur Last gelegt werden«.

Die Volksmeinung nahm das Urteil mit Genugtuung auf. Ein eher gemischtes Gefühl beschlich die Gutachter. Aber noch gab es ja die Möglichkeit, das Todesurteil auf dem Berufungswege in eine lebenslängliche Freiheitsstrafe abzuwandeln. Wesendorf legte das Rechtsmittel ein. Doch der 5. Strafsenat des Obersten Gerichtes der DDR bestätigte das in erster Instanz ergangene Urteil. Für den Kindermörder gab es keinen Pardon.

Die allerletzte Chance, Erwin Hagedorns Kopf doch noch vor dem Henker zu retten, war ein Gnadengesuch an den Staatsrat der DDR.

Herbert Wesendorf bat »in Anbetracht der großen Jugend des Verurteilten und im Interesse der leidgeprüften Eltern des nunmehr auch letztinstanzlich zum Tode Verurteilten vom Recht der Begnadigung Gebrauch zu machen«. Gerade dieser Fall, in dem das gesetzliche Strafmaß voll ausgeschöpft sei, werde immer ein Grenzfall auch in der sozialistischen Rechtsprechung sein.

Walter Ulbricht, der Vorsitzende des Saatsrates, der gemäß Artikel 74 der Verfassung der DDR das Amnestie- und Begnadigungsrecht ausübte, war im Sommer 1972 ein kränkelnder Greis. Vor reichlich vierzehn Monaten hatte sein Kronsohn

Erich Honecker mit Moskauer Rückendeckung die Macht an sich gerissen. Ulbricht verblieben das Ehrenamt eines »Vorsitzenden« der SED und der Vorsitz im Staatsrat. Die Gesundheit des 78-Jährigen verschlechterte sich rapide. In der Öffentlichkeit war er kaum noch zu sehen. Die Umstände, unter denen er mit dem Gnadengesuch Erwin Hagedorns konfrontiert wurde, sind bis heute nicht hinreichend ausgeleuchtet.

Sowohl Rechtsanwalt Wesendorf als auch die Richter, Anklagevertretung, Gutachter, ja selbst die an der Ermittlung beteiligten Volkspolizisten waren fest davon überzeugt, dass Walter Ulbricht Gnade vor Recht ergehen lassen würde.

Ulbricht lehnte das Gnadengesuch ab. War ihm die Brisanz des Verfahrens nicht mehr bewusst geworden? Oder hatte er in Erinnerung an frühere Glanzzeiten als ZK-Sekretär die Vollstreckung der Todesstrafe mit kurzen Federstrichen in Gang gesetzt?

Dokumente aus dem ehemaligen Archiv des Zentralkomitees der SED belegen, dass Ulbricht Mitte der fünfziger Jahre in mehreren politischen Schauprozessen gegen Agenten und Spione das Strafmaß bestimmte. So hatte er am 15.6.1955 im Verfahren gegen Joachim Wiebach die vorgesehene lebenslängliche Zuchthausstrafe handschriftlich in »Vorschlag Todesstrafe« abgeändert. Im sogenannten Benkowitz-Prozess verfügte er mit vier kleinen Strichelchen – sogenannten Wiederholungszeichen – die Todestrafe für Hans-Dietrich Kogel.

Ulbrichts Wille wurde auch im Fall Hagedorn vollstreckt. Erwin, der »Kinderschlitzer von Eberswalde«, selbst von den Mithäftlingen in der Strafvollzugseinrichtung Cottbus, wo er zwischenzeitlich einsaß, verachtet, ging am 14. September auf Transport in die Haftanstalt Torgau. Tags darauf weckten sie ihn im Morgengrauen und fuhren mit ihm nach Leipzig, in die Alfred-Kästner-Straße. Gegen zehn Uhr wurde Hagedorn in einem abgeschotteten Keller der Strafvollzugsanstalt in den

Hinrichtungstrakt geführt. Staatsanwalt Kunze, der Vertreter der Generalstaatsanwaltschaft, eröffnete ihm die Ablehnung des Gnadengesuches, dann schoben sie den Delinquenten in einen Nebenraum. Unbemerkt trat Hauptmann Lorenz hinter den Mann. Er hob seine Pistole in Nackenhöhe und brachte den »unerwarteten Nahschuss« an, so wie es die »Gemeinsame Anweisung über die Vollstreckung der Todestrafe vom Juni 1968« als »Geheime Verschlusssache 02014« des Ministers des Innern, des Generalstaatsanwaltes der DDR und des Ministers für Staatssicherheit vorsah.

Ein Dreivierteljahr später verstarb Walter Ulbricht. Erich Honecker, der ihn nun auch als Staatsratsvorsitzender beerbte, erwies sich in Gnadensachen moderater. »Der Mann ist doch krank. E.H.«, steht auf einer Gnadenakte, die einem Sittlichkeitsverbrecher das Leben schenkte.

Im Februar 1973 tagte in Berlin das »IX. Internationale Kriminalistische Symposium sozialistischer Länder«. Kriminalisten, Juristen, Vertreter aus den Kriminalistischen Instituten und Gerichtsmediziner nahmen an der Tagung teil. Major der K Herbert Grieschat referierte vor international besetztem Auditorium den »Fall Hagedorn«. Noch im gleichen Monat erschien das Referat, das auf einem Auswertungsbericht des Major Horst Popiela beruhte, nach redaktioneller Kürzung im »Forum der Kriminalistik«. Die DDR-Fachzeitschrift wurde im Ministerium des Innern herausgegeben und gelangte auf offiziellen Wegen auch in die wissenschaftlichen Bibliotheken der Bundesrepublik.

In Deutschland Ost und West zeigten zwei Autoren völlig unabhängig voneinander für den Hagedorn-Fall Interesse. In der Bundesrepublik war es Friedhelm Werremeier, ein Gerichtsreporter und Krimiautor, der sich mit der Figur des von ihm für den TV-Bildschirm erfundenen Hamburger Hauptkommissar Trimmel einen erstklassigen Ruf erworben hatte. Zu seinen größten Verdiensten zählt zweifellos das Engagement, das er für den vierfachen Knabenmörder Jürgen Bartsch entwickelte. Aus anfänglicher Entrüstung über die sadistischen Taten des »Kirmesmörders« erwuchs im Verlaufe des Wuppertaler Landgerichtsprozesses ein großes Mitleid. »Bartsch ist krank«, kommentierte er, »und einen Kranken bringt man in eine Heilanstalt!« Die Richter verurteilten Jürgen Bartsch 1967 unter Anwendung des Erwachsenenstrafrechts zu einer lebenslangen Zuchthausstrafe. Werremeier gewann den namhaften Strafverteidiger Bossi für ein Revisionsbegehren. Der Bundesgerichtshof hob Ende November 1969 tatsächlich das Urteil gegen Jürgen Bartsch auf und verwies den Fall zur erneuten Verhandlung an die Jugendstrafkammer beim Landgericht Düsseldorf. Der zweite Prozess revidierte das Lebenslänglich-Urteil auf eine zehnjährige Jugendstrafe und Einweisung in eine Heilanstalt. War Bartsch im ersten Prozess noch für schuldfähig befunden worden, erkannten die Düsseldorfer Richter wenigstens auf »verminderte Schuldfähigkeit«. Werremeiers Zivilcourage hatte sich – jedenfalls zu einem gewissen Teil – gelohnt. Bartsch ist 1976 bei einer Kastrationsoperation, der er sich freiwillig unterzog, verstorben.

Werremeier wollte mehr über das Schicksal des Erwin Hagedorn wissen, der allen vorliegenden Informationen zufolge, diesem Jürgen Bartsch vom Charakter und von der Veranlagung her so faszinierend glich. Urplötzlich waren da im gleichen Jahrzehnt in beiden Teilen Deutschlands jugendliche Mörder herangewachsen, deren perverser Sadismus die Menschen aufschreckte.

Er klopfte beim Ostberliner Staranwalt Friedrich Karl Kaul an, wurde in der Charité bei Professsor Szewczyk vorstellig und schrieb einen Brief an den DDR-Generalstaatsanwalt, der erwartungsgemäß nie beantwortet wurde. Die Findigkeit des

Reporters brachte dennoch einen Informationsdeal zustande – diesmal von Ost nach West –, bei dem Mielkes Mannen vielleicht unfreiwillig Schützenhilfe geleistet haben. Werremeiers Recherchen und seine Absicht, nun ein Buch über den Fall Hagedorn zu schreiben, blieben nicht unerkannt.

In der DDR recherchierte die Autorin Dorothea Kleine. Am 26. August 1973 war ihr Krimi »Der Ring mit dem blauen Saphir« in der Fernsehreihe »Polizeiruf 110« über den Sender gegangen. Der Erfolg bestärkte die Autorin. Sie wollte einen Stoff über Homosexualität und Triebverbrechen aufgreifen. Fernsehstaatsanwalt Przybilski ermöglichte ihr die Einsichtnahme in die Ermittlungsakten Hagedorn bei der Bezirksstaatsanwaltschaft in Frankfurt (Oder). Anschließend fuhr sie nach Waldheim, um sich mit Hilfe Dr. Manfred Ochernals, Einblicke in die Psyche dort einsitzender Triebtäter zu verschaffen. Dann schrieb sie ihr Szenarium, dessen Handlung nur noch entfernt an die Eberswalder Vorgänge erinnerte, das Täterprofil jedoch sorgfältig im Auge behielt. Das Szenarium wurde angenommen und vom Regisseur Heinz Seibert, der bereits vier »Polizeiruf«-Krimis vorgelegt hatte, unter dem Titel »Am hellerlichten Tag« in Szene gesetzt.

1975 erschien Friedhelm Werremeiers Report »Der Fall Heckenrose«.

»Es sollte kein DDR-feindliches Buch werden«, merkte der Autor an. »Es wurde ein trauriges Buch über eine traurige Wahrheit.«

In den zuständigen DDR-Ministerien verschlang man das Buch geradezu. Es glänzte durch Faktenwissen und Detailtreue, sodass die Fahndung nach den Quellen unverzüglich einsetzte. Eine MfS-Kommission ging auf Jagd. Zu den Hauptverdächtigen gehörten neben Heinz Kabel, die Sekretärin Dr. Kuschels in der Frankfurter Bezirksstaatsanwaltschaft und die Mitarbeiter und Assistenten des Gutachterteams um Szewczyk und Ochernal; vor allem jene, die sich aus verschiedenen Gründen in die Bundesrepublik abgesetzt hatten. Selbst die Cottbuser Autorin Dorothea Kleine bekam Besuch von Mielkes Ermittlern. Sie sollte ihre Quellen für den »Polizeiruf«-Stoff benennen.

Werremeiers Buch wurde in der DDR als Geheimsache behandelt. Nicht einmal Heinz Kabel, der ja einer der Hauptakteure in der Ermittlungssache war, bekam es zu Gesicht.

An die Chefredaktion »Forum der Kriminalistik« erging das Verdikt, keine Falldarstellungen mehr zu spektakulären Verbrechen zu veröffentlichen. Ab 1976 trug jedes Heft den in einen Kasten gesetzten Hinweis »Zur Beachtung! Diese Zeitschrift trägt den Charakter interner Fachliteratur und ist nur zur Verwendung in der Deutschen Volkspolizei und den anderen Organen des Ministeriums des Innern bestimmt.«

Der »Polizeiruf«-Film »Am hellerlichten Tag« wurde von einer hochrangigen Gutachter-Kommission, an deren Spitze Fernsehchef Heinz Adameck stand, aus dem Programm gekippt. Selbst die Kopien wurden vernichtet, bis auf eine 16mm-Fassung, die ein Arbeiter eher zufällig vor der völligen Zerstörung bewahrte.

Der Film hatte – wie Werremeiers Buch – eine wunde Stelle in der Rechtsgeschichte der DDR berührt. Chronisten, die nach der Wende über den Fall Erwin Hagedorn berichteten, taten dies im Sinne gängiger Medienklischees: »Die vertuschten Verbrechen der DDR – Im real existierenden Sozialismus durfte es keine perversen Triebtäter geben«. Nicht selten wurde Friedrich Engels als »Beweis« zitiert, der gesagt hätte, dass es im Sozialismus gelungen sei, die »Axt an die Wurzel des Verbrechens zu legen«. Die Autoren hätten Engels vorher lesen sollen. Das richtige Zitat lautet: »Die kapitalistische Gesellschaft befindet sich im permanenten sozialen Krieg aller gegen alle. Die Kommunisten heben den Gegensatz des einzelnen Menschen gegen alle anderen auf. Sie beseitigen die soziale Ungerechtigkeit, setzen dem sozialen Krieg den sozialen Frieden entgegen und legen damit ›die Axt an die Wurzel des Verbrechens‹.« (Marx/Engels, Werke Bd. 2, S. 541 ff.) Und an anderer Stelle erklärend: »In einer Gesellschaft, wo die Motive zum Stehlen beseitigt sind, wird auf die Dauer nur von ›Geisteskranken gestohlen‹.« (Marx/Engels, Werke Bd. 20, S. 87 ff.) Engels erweist sich bei näherer Betrachtung als höchst ungeeigneter Zeuge für die angebliche These, dass geistig verwirrte Triebtäter ausschließlich Produkte der kapitalistischen Gesellschaft seien. Niemand hat dergleichen in der DDR behauptet. Das auffällige Bemühen, den Fall Hagedorn aus dem Gedächtnis der Öffentlichkeit zu streichen, lag in der panischen Furcht der DDR-Führung begründet, auf internationalem Parkett auszugleiten. Im September 1973 war sie Mitglied der UNO geworden, sie hatte die Charta der Vereinten Nationen unterzeichnet und Menschenrechte anerkannt. Im Vergleich beider deutscher Rechtssysteme hatte die DDR-Justiz im Falle Hagedorn bewiesen, dass sie unfähig war, mit jugendlichen Triebtätern umzugehen. Das vollstreckte Todesurteil hing ihr jetzt wie ein schrundiges Mal an. Spurenbeseitigung lautete die Devise. Die Mitarbeiter des Kreisarchivs Eberswalde wundern sich noch heute, warum in dem sorgfältig geführten Zeitungsbestand Lücken klaffen. Betroffen ist der Zeitraum von Mitte Mai 1969 bis Oktober 1972.

Sechs dicke Ordner umfasst die Akte, die das Ministerium für Staatssicherheit im Zeitraum von 1969 bis 1973 unter dem Kennwort »Knabenmorde Eberswalde« zusammentrug. Sie erhielten die Registriernummer 436/73 und sind in der Berliner Gauck-Behörde zu finden.

»Erwin war schon ein armes Würstchen«, meint der Kriminalhauptkommissar a. D. Heinz Kabel, wenn er sich an Erwin Hagedorn erinnert. »Einerseits ein grausames Untier und andererseits eine gebrochene und einsame Seele, die sich nach Wärme, Liebe und Freundschaft sehnte. Ich hatte den Eindruck, er war ein kranker Mensch!«

Herbert Grieschat: »Die Leitung der kriminalistischen Unterschung zur Aufklärung komplizierter Tötungsverbrechen.« In: *Forum der Kriminalistik*. Jahrg. 9, Nr. 2/1973

Heinz Diedering: »Spurensicherung bei Nacht.« In: *Forum der Kriminalistik*. Jahrg. 8, Nr. 7/1972

Neuer Tag vom 12.6.1969 und 16.5.1972

»Mordfall Hagedorn.« Spiegel TV 1997

SUPERIllu. Jahrgang 1991, 1. bis 3. Oktoberheft

»Verschwiegene Verbrechen.« In: FF. Nr. 47/1995 und Nr. 2/1996

Hans Halter: »Nahschuss in den Hinterkopf.« In: *Der Spiegel*. Jahrg. 44, Nr. 34/1991

Friedhelm Werremeier: *Der Fall Heckenrose*. München 1985

Hans Szewczyk: »Sadismus – eine Form der sexuellen Abnormität.« In: *Forum der Kriminalistik*. Jahrg. 2, Nr. 9/1966

»Zum Thema Öffentlichkeitsarbeit.« In: Forum der Kriminalistik. Jahrg. 3, Nr. 1/1967

Paul Moor: *Jürgen Bartsch: Opfer und Täter*. Reinbeck 1991

Gerhard Feix: *Der Tod kam mit der Post*. Berlin 1979

Hans Pfeiffer: *Der Zwang zur Serie*. Leipzig 1996

Rudi Beckert: *Die erste und letzte Instanz*. Goldbach 1995

Der Autor dankt Kriminalhauptkommissar a. D. Heinz Kabel (Frankfurt/Oder), Kriminalhauptkommissar a. D. Karl-Heinz Krause (Eberswalde), Friedhelm Werremeier (Bad Bevensen), Dorothea Kleine (Cottbus) und Dr. Rudi Beckert (Berlin).